ZOE

EN HORIZONTAL

ZOE
EN HORIZONTAL

@zoeskinner

ZOE
EN HORIZONTAL

@ZoeSwinger

Primera edición: enero de 2017

Printed in Spain – Impreso en España

ISBN: 978-84-9129-061-2
Depósito legal: B-19.862-2016

Compuesto en Arca Edinet, S. L.
Impreso en Rodesa, Villatuerta (Navarra)

SL90612

Penguin
Random House
Grupo Editorial

A mi padre y a mi madre, que jamás me habrían animado a escribir una novela como esta.

A todas aquellas personas con las que compartí muchos de los momentos que aquí se cuentan.

Acabo de salir de Encuentros VIP. Son las seis y cuarto de la mañana, esta noche me he dejado llevar demasiado. No recuerdo la cantidad de chicos con los que he tenido sexo durante las últimas cinco horas. También chicas, sí: dos, preciosas, divinas. Mi acompañante hace ya rato que se fue a casa. Tenía que trabajar y me dijo que estaba cansado. Comprendo que hay días en que es difícil seguirme el ritmo. Me abrocho el abrigo, el frío de la calle acaricia mi piel con tanta delicadeza como antes lo han hecho decenas de manos.

Caminando por la calle, en el silencio de la madrugada, tengo tiempo de pensar en cómo me siento: por un lado, plena de energía, como si en lugar de gastar la mía hubiese absorbido la de mis ocasionales compañeros. Por otro, sucia, todavía no he conseguido deshacerme de esa sensación. El metro acaba de abrir. Avanzo por la calle medio desierta y el retrovisor de un coche aparcado en la acera me devuelve mi reflejo. Me observo, me escudriño, intento recordar a esa yo tan diferente de hace un año tan solo. Esa persona que hoy no me habría reconocido.

Me llamo Zoe. Antes era una chica «normal», ahora, por lo visto, soy *swinger.*

Un año antes

Tiene un culo perfecto. No solo es el amor de mi vida, sino que además tiene un culo perfecto. Dicen que el domingo es el día más aburrido de la semana, pero a mí me encanta: es el único que puedo disfrutar entero con mi chico. Llevamos ya diez años pero con nuestros horarios, si sumamos los momentos que pasamos juntos, nuestra relación no pasaría de tres meses. Quizá es por eso que tenemos la ilusión del que todavía está empezando.

Javi gira la cabeza, parece como si hubiera notado mis pupilas clavadas en sus nalgas y, con esa mirada que solo él tiene y que siempre me desarma, me sonríe. Está desnudo de cintura para arriba, y yo, medio dormida y hecha un bicho bola con el edredón, lo contemplo embobada desde la cama. No tiene un cuerpo espectacular, pero es mi chico y a mí me parece el tío más atractivo del mundo.

—¡Buenos días, cariño! —Se acerca y sus labios acarician mi frente—. ¿Qué tal has dormido?

—De maravilla —contesto estirándome como si fuera a desmembrarme—. ¿Y tú?

—Yo también, pero no demasiado. No quería perderme el precioso espectáculo que es verte durmiendo a mi lado —me dice, zalamero. Este quiere algo.

—Anda, eso se lo dirás a todas. Podrías inventarte algo más original conmigo —contesto bromeando.

—Pero ¡no a todas les traigo el desayuno! —Y, como por arte de magia, desliza una bandeja con café recién hecho, zumo de naranja y mis cruasanes favoritos de la pastelería de abajo. Decididamente, quiere algo.

—Pero ¿cuándo te has levantado, si no me he dado ni cuenta?

—Pues ya ves, los pesados del grupo de baloncesto, que no paraban de mandar wasaps porque les faltaba uno a última hora para jugar. Que les ha fallado Carlos. Seguro que salió anoche, como siempre, y se ha quedado dormido. Ya les he dicho que se busquen a otro, que hoy estoy con mi churri —dice con la boca pequeña. Ya sé lo que quiere.

—¿Y ya han encontrado a alguien? —No sé ni para qué pregunto si ya conozco la respuesta.

—Qué va, lo llevan crudo. ¿A quién se le ocurre montar un partido un domingo por la mañana?

—¡Ay, pobres! Oye, si quieres ir a jugar, no pasa nada. De verdad. Pero no te puedes quedar a las cervezas, ¿eh? —le digo mientras pienso que soy una santa.

—No, paso, que para un día que podemos estar juntos, sin nadie que nos moleste... —farfulla todavía con menos convicción que antes.

—De verdad, que no me importa, yo aprovecho y me veo un capítulo de *Breaking Bad,* que como nunca me esperas, me llevas ya tres de adelanto. Pero te vienes nada más terminar, ¿vale?

—Ummm…, bueno, lo haré por estos, que me dan pena. —Sus ojos se han iluminado de repente.

—Sí, por estos y por ti, que hace ya dos semanas que no juegas y tienes un mono de baloncesto… Eso sí, no gastes muchas energías, que luego te voy a dar cañita de la buena —le digo riendo.

—¡Uy, entonces me voy a mover menos que los ojos de Espinete! Pero ¿hoy no tenemos que ir a comer a casa de tus padres?

—Hoy no. Hoy te libras. Y hasta te dejo ir a jugar. Si es que claro, me traes el desayuno a la cama y me ablando… Pero ¡no te acostumbres!

—¡Pues salgo corriendo, que ya no llego! —Su cara es la de un niño al que le han dado permiso para salir al recreo.

—Si es que sabías que te iba a decir que sí. Me conoces demasiado.

—Y tú a mí…, y tú a mí.

Me regala un beso delicado y comienza a ponerse la ropa. Me encanta verlo vestirse, casi tanto como desvestirse. Cuando termina, me guiña un ojo desde la puerta y se marcha con su mochila al hombro a echar su partido de baloncesto. ¡Son tan simples! A veces pienso que nuestro perrito *Genaro* y él no se diferencian demasiado: son felices con un poco de comida, una pelotita tras la que correr y de vez en cuando a menear la cola.

Empiezo a desayunar mientras escucho Band Of Horses en el ordenador. Es mi momento del día y, sin embargo, soy tan gilipollas que ya echo de menos a Javi. ¡Mierda! Suena el teléfono. Y no es el móvil, que lo tengo apagado para que nadie me moleste. Es el fijo, por lo que no puede ser otra que la pesada de mi madre.

—¡Hola, cariño, buenos días! ¿Qué tal has amanecido? —me dice con su voz chillona.

—Hola, mamá… pues bien. —Hasta que llamaste tú—. Aquí, desayunando.

—Tan tranquilita con Javier, ¿no? ¿Por qué no venís luego a comer?

—Pero si ya te he dicho que no, que este finde lo queríamos entero para nosotros…

—Pero es que vienen todos tus hermanos y tú vas a ser la única que no estés… —Mi madre, como todas las madres, es una especialista en el chantaje emocional.

—Que no, mamá, que vamos *todos* los domingos. Por uno que no vayamos no pasa nada. Que al pobre Javi lo tengo hartito.

—Pero si voy a preparar cocido, que sabes que le encanta.

—Que no, mamá, no insistas —añado firmeza al tono para dar por zanjada la cuestión.

—Está bien. Oye, dile a Javier que se ponga, que le quiere preguntar Miguel una cosa del ordenador.

—No está ahora, se acaba de ir a jugar al baloncesto.

—Hija, no te entiendo, o sea que no vienes para estar con él y se va a jugar con sus amigos. Tiene un vicio que no veas con el deporte ese. Yo creo que le consientes demasiado. —Ahí lleva razón.

—Y a ti, mamá. A ti sí que te consiento demasiado. Venga, un beso, que estoy desayunando. Dales recuerdos a todos.

—Está bien, hija mía, un beso, anda. Que siempre parece que molestamos. —Otra vez chantaje emocional. Si no, no sería ella.

—Un beso.

Vuelve la paz. Mi madre tiene una maravillosa capacidad para conseguir crisparme incluso cuando, como ahora, más tranquila estoy. Enciendo el móvil. ¡Cuarenta y ocho wasaps de Teresa! Comienzo a leer:

Tía, ¡qué fuerte! ¡Llámame cuando te levantes! Tengo que contarte lo que me pasó. Nunca pensé que haría algo así. / La verdad es que ha estado bien, pero no sé, ahora me siento rara. / Anoche se me fue todo un poco de las manos. Tenías razón en que no me sienta muy bien beber, que me descontrolo… (emoticono de risas) / Pero no sé si me arrepiento o no… Fue… diferente… / ¿Estás? / Llámame tía, ¡despiértate ya!

Y así, una y otra vez, sin ir al grano, como suele ser típico de mi amiga Teresa. Decido no continuar leyendo el testamento de wasaps, le pego un buen mordisco al cruasán, le doy un trozo a *Genaro*, que lo recibe la mar de contento, y marco su número. A ver por dónde me sale hoy.

—¡A ver, guapi!, ¿qué te pasa? —le pregunto con la boca llena.

—¡NO TE LO VAS A CREER! No sé si contártelo por teléfono o ir mejor a tu casa esta tarde y contártelo en persona.

—Pues mejor por teléfono, porque esta tarde estamos Javi y yo solos y nadie ni nada va a impedirlo.

—Tú y tu Javi. La verdad es que me das envidia. Bueno, te cuento. ¿Te acuerdas de esa noche que estuvimos hablando sobre los tríos, y el estar con otra chica y esas tonterías?

—Sí, claro. El día que estuvimos de cervezas en el garito nuevo.

—¡Pues ayer Víctor y yo estuvimos con una chica! —Casi se me atraganta el cruasán.

—Pero ¡qué me estás contando! ¿Tú, otra chica y Víctor? Si eres ultra celosa… Y Víctor…, pensaba que era de los formalitos. ¡Si es el tío más soso del mundo!

—Pues, maja, no sé cómo ocurrió, pero acabamos los tres en la cama.

—¡Jooooooodeeeer! ¿No estarás de coña, no? ¿Y que no sabes cómo ocurrió? A ver, ¿qué te tomaste?

—Que no, tía. Mira, te cuento… Ayer salimos con estos, como siempre, pero Víctor y yo teníamos ganas de pasarnos un rato por El Perro de la Puerta de Atrás, porque hacía mucho que no íbamos por allí, y eso que está al lado de casa. Y como a estos no hay quien los saque de Huertas, pues nos fuimos nosotros dos para terminar la noche. Tampoco queríamos volver muy tarde. Llegamos y ponían una música de lujo: Franz Ferdinand, Kings of Leon, Cristal Fighters…

—Continúa… —Tere tiene una gran habilidad para salirse del tema y no ir nunca al grano.

—Pues nada, todo era normal hasta que Víctor decidió ir al servicio. Resulta que el baño de chicos estaba estropeado y lo habían cerrado, así que todo el mundo tenía que ir al de las chicas, con lo que había una cola que no veas. Víctor se tiró por lo menos media hora esperando y mientras, yo me quedé sola en la barra, bebiendo mi copa y observando al personal. Estaba distraída pensando en mis cosas cuando me giré y una chica que iba mirando a otra parte se chocó conmigo y me tiró media copa en el vestido.

—Vaya.

—La chica me pidió disculpas mil veces y me quería dar dinero para la tintorería. Tenía acento francés. Bueno, es que era francesa, de Lyon. Yo le dije que no hacía falta, pero al final ella se empeñó en que por lo menos me pagaba la copa. Y bueno, tanto insistió que tuve que aceptar.

»Ya que me había invitado y al ver que estaba sola le di un poco de conversación, mientras regresaba Víctor. La chica era majísima y muy guapa, y me contó que había venido a disfrutar de unos días de turismo en España y a practicar el idioma, porque era profesora de español, y que se iba al día siguiente.

»Empezamos a hablar de los tópicos de cada país, de la comida, las costumbres… Ya sabes. Y al final, como estaba un poco borracha se me ocurrió comentarle que aquí en España llamábamos "francés" al sexo oral. Y le pregunté que cómo se llamaba en Francia. Me dijo una palabra francesa de la que ni me acuerdo, pero el caso es que comenzamos a hablar de sexo y a reírnos y, bueno…, te resumo: no sé por qué, me fijé en sus labios y me dieron como ganas de besarla.

—¿Qué dices?

—Eso. Fue algo bastante raro. Como el bar estaba a tope de gente y la música muy alta nos hablábamos casi al oído, y me encantaba cómo olía.

—Buenoooo… Pero ¿desde cuándo te gustan las mujeres?

—Yo qué sé. Si no me gustan. Es que esta chica era muy especial, teníamos como un *feeling* extraño. Y, bueno, la culpa fue suya porque debió de notar algo y en mitad de la conversación se lanzó, se acercó a mi boca y me besó. Yo me quedé como paralizada, sin saber qué hacer, pero ella siguió haciéndolo y me gustó. ¡Cuando quise darme cuenta me estaba besando con una chica!

»Yo me morí de vergüenza y le dije que no sabía cómo había podido ocurrir aquello, pero ella me contestó con ese acento tan bonito que no pasaba nada, que tampoco habíamos matado a nadie. Que si dos personas se gustan un sábado por la noche tampoco hay que darle más vueltas.

»E inmediatamente después ¡me estaba invitando a acompañarla a la habitación de su hotel!

—¡Hala! No puede ser.

—Pues créetelo. Le contesté que había dos impedimentos: uno, que nunca había estado con una mujer; y dos, que tenía marido y que estaba esperando a que saliera del servicio. Y va ella y me contesta que lo mande a casa, que no pasaría nada por un día.

—Joder, sí que era lanzada la francesita.

—Y tanto. Y eso que al principio parecía tímida. Yo le dije riendo que no. Y nada, llegó Víctor, se la presenté y estuvimos un rato charlando los tres. Él, claro, ajeno totalmente a que nos habíamos enrollado. Víctor dijo que estaba cansado, que si nos íbamos a dormir. Ya sabes que se ha hecho mayor. La chica, que se llamaba Sophie, nos dijo que ella también se iba al hotel y salimos todos juntos del bar. ¿Sigues ahí?

—Sí.

—Bueno, pues al despedirnos, Sophie le dijo a Víctor: «Hace un rato casi te la robo. Pero solo por esta noche». Víctor se quedó extrañado, le preguntó qué quería decir y yo le conté lo de nuestro beso. Entonces se quedó como alelado. Y ahí se me fue la olla y le dije a Sophie: «Oye, ¿y si te vienes un ratito a casa a tomar algo? Que vivimos aquí al lado».

—No me lo creo.

—Ni yo —me dice riendo—. Pero así fue. Tampoco pensaba hacer nada, solo quería continuar un poco la noche. Y ella respondió que sí ante la sorpresa de Víctor, que me miraba como si me hubiese vuelto loca.

—Jo-der. Si es que eres como los gremlins, no se te puede dar de beber después de las doce.

—Jajaja. Ya ves. Pues llegamos a casa y…, en fin. Ya te lo contaré tranquilamente, que no quiero que esto parezca el teléfono erótico, pero pusimos un poco de música, empezamos a hacer el tonto y la cosa acabó que no veas.

—Pero ¿Víctor también?

—Sí, con Víctor también. Al principio se suponía que él no iba a hacer nada, pero luego le dejamos participar un poquito. Total, que la tía se ha ido ya a Francia y no creo que la volvamos a ver.

»Oye, que te dejo, que precisamente Víctor me está llamando al portero, que nos vamos a dar una vuelta. ¡Tiene una sonrisa tonta que no se le va a quitar en un mes por lo menos!

—Me quedo flipada. —Hasta *Genaro* parece haberlo escuchado todo y tiene cara de alucine y las orejas de punta, jajaja—. Venga, pásatelo bien.

—Chaoooooo. ¡Ya te contaré más detalles!

No me lo puedo creer. Teresa y Víctor haciendo un trío con una francesa aparecida sabe Dios de dónde. ¡Teresa y Víctor! Pero si son la pareja más tradicional que he conocido. La palabra «convencional» no es lo suficientemente apropiada para definirlos. Tere es un poco locuela, eso sí es verdad, pero la he visto despellejar a muchas tías con la mirada solo por preguntarle la hora a su chico. Nunca se sabe.

La verdad es que su historia me ha sorprendido mucho y, he de decirlo, también me ha dado cierta envidia. El sexo con Javi es estupendo y yo no necesito nada más, pero puede que él se aburra un poco, aunque no me lo diga… Quién sabe, igual no sería tan malo probar algo nuevo a modo de aventura… ¿Y si le propongo un día un trío con una desconocida? Pero tendría que ser con una chica como la francesa, alguien que luego desaparezca de nuestras vidas, claro. ¿Y cómo será estar con otra mujer? La verdad es que tengo curiosidad. Ahora parece que está de moda… Pero me da un poco de asco, ufff… No, mejor, no… Voy a ver un par de capítulos de *Breaking Bad* a ver si se me va de la cabeza esta historia.

OYE, JAVI...

Qué tal el partido, cariño? —Javi acaba de llegar y *Genaro* y yo hemos salido corriendo a recibirlo a la puerta.

—¡De lujo! ¡Ha sido un partidazo! Les hemos ganado en el último segundo. —Viene pletórico, hasta arriba de endorfinas fruto de la victoria.

—¡Ese es mi chico!

Me lanzo encima de él y le doy un beso. Está totalmente sudado, podría decirse que no huele muy bien, pero la historia de Tere me ha puesto tan cachonda que ahora mismo lo tiraría encima de la cama y le haría unas cuantas cosas.

—¿Y tú qué tal, qué has hecho? —me pregunta mientras se quita la camiseta de los Lakers.

—Pues he visto dos capítulos de la serie, pero no me concentraba mucho, porque me ha llamado Tere y me ha contado una historia para no dormir...

—¿Ah, sí? ¿De qué?

—De sexo.

—¿De sexo? ¿Teresa? Cuenta, cuenta. —No falla. Si fuera de cualquier otra cosa, no estaría tan atento.

Le cuento todo lo que mi mejor amiga me acaba de referir mientras él pone cara de asombro. Después, con media sonrisa, le suelto casi sin pensar:

—He estado pensando… ¿A ti no te gustaría? ¿Te pondría que hiciésemos un trío con una chica?

—Pues no, a mí contigo me basta y me sobra. —Me corta de forma tajante para mi sorpresa. Me parece que Javi no piensa que vaya en serio. De hecho, creo que realmente no voy en serio.

—Pero ¡qué dices! Conmigo no te hagas el santito, jajaja. ¡Si un trío con dos mujeres es la fantasía de todos los hombres! —insisto, intentando alargar la coña.

—Pero yo no soy como todos los hombres, Mata Hari. —Javi a veces tiene la costumbre de llamarme así. Es una pequeña broma privada que solo nosotros entendemos. Una de esas cosas que hacen que una pareja se sienta cómplice y diferente al resto. Desde luego, «Mata Hari» es mucho mejor que «gordi», «flaca», «cari» o «bollito»—. Y además, ¿desde cuándo te parece bien que me tire a otra chica? —Me mira con cara de santo varón.

—No sería tirarte a otra chica, nos la tiraríamos los dos —digo riendo—. Eso no son cuernos —puntualizo.

—Claro, y luego me dirías: «¡Venga, ahora vamos a probar con dos chicos para equiparar!».

—Jajaja. Bueno, ya se vería… Que no, Javi, ya en serio, es que desde que Tere me lo ha contado estoy dándole vueltas… Es una situación que me pondría celosa, pero a la vez también me atrae un poco pensarlo. Y además, confiésalo, últimamente te aburres un poquito conmigo —le digo mientras me siento en jarras en sus piernas para provocarlo—. Llevamos muchos años y ya lo hemos hecho todo en todas las posturas y en todos los lugares.

—¿¿Yo?? A ver si eres tú la que te aburres y por eso me propones estas cosas —me dice con una sonrisa tensa, a la vez que guarda las distancias y no responde a mis guiños—. Mira, Zoe, no sé si estás hablando en serio, pero yo no quiero meter más gente en nuestra relación, ni necesito vivir esas experiencias. —Adopta un tono serio y me aparta de su regazo—. No creas que me pondría celoso solo con un chico, con una chica también. ¿Y si descubres que te gustan más las mujeres que yo? A mi amigo Óscar le dejó su chica por otra.

—Me dejas anonadada. ¡Yo que pensaba que iba a darte la alegría de tu vida! —Reí—. Era coña, Javi, por favor... Es que la historia esta me ha sorprendido tanto... Era solamente para ver qué decías. Yo tampoco lo haría ni loca, ¡listo!

—Ya, ya... —Viene a rodearme con sus brazos.

—Eh, tú, ni te acerques, que vienes todo sudado. ¡Corre a la ducha! —Su negativa me ha bajado toda la libido de repente.

Javi murmura algo y desaparece por el pasillo en dirección al baño. A los pocos segundos comienzo a escuchar el sonido del agua de la ducha cayendo con fuerza. Y, como siempre, inmediatamente lo oigo entonando una canción de Héroes del Silencio, su grupo favorito desde que tenía dieciséis años. Entonces reflexiono, y me doy cuenta de que Javi es un hombre de certidumbres, poco amigo de los cambios. Es mejor abandonar mi loca idea. Bueno, casi mejor así.

Me tumbo a leer sobre la cama. Al cabo de un rato pienso que no sé cómo he podido tener esa ocurrencia. Hay días que no me reconozco. Fijo un par de segundos la vista en el anticuado gotelé de la pared y me sumerjo en la lectura. Sin embargo, me es imposible concentrarme porque el móvil de Javi no para de sonar. Un mensaje tras otro. Empieza a ser realmente irritante. *Genaro* comienza a ladrar uniéndose al maldito teléfono. Le lanzo su pelota favorita y en su lugar me trae el aparato. Conoce bien el orden de prioridades de los humanos, tengo el perro más inteligente del mundo. Me encuentro con el móvil de Javi en la mano y sin parar de sonar. Dibujo la contraseña (es igual que la mía, lo hicimos así como señal de confianza) para ponerlo en silencio, y descubro en la parte superior un nombre de mujer. Sé que no debería, pero mi dedo se desliza solo. Y lo que leo me deja en estado de shock:

> Me encantó lo de ayer. Tenemos que repetirlo. Me excito solo de pensar en nuestro reencuentro. Besos.

Una tal Pilar acaba de hacer saltar mi mundo por los aires. No puedo creer lo que veo. Mi mente dice que no está pasando. Javi sigue en la ducha. Me meto en su galería de imágenes. Aparecen ante mí varias fotos de su pene que, por supuesto, no se ha hecho para mí, y descubro imágenes de una guapa chica sonriente en lencería. Vuelvo a ver más fotos de esa chica. Hay muchas más fotos de modelos desnudas o con poca ropa, algunos vídeos de sexo de esos que se envían en los grupos de wasap… Pero… ¡Oh, acaba de llegar otro wasap! ¡Es un vídeo y está enviado por Pilar! Mis manos empiezan a temblar… Javi continúa cantando desde la ducha, tengo tiempo para averiguar de qué se trata.

Cuando abro el archivo, lo que veo es a Javi, mi Javi, teniendo sexo con ella. Dura apenas un minuto, pero a mí me han parecido los sesenta segundos más largos y horribles de mi vida.

—¡Mierdaaaaa! —Pego un chillido y él sale asustado del baño, con una toalla en la cintura. En otro momento verlo así me habría encantado, ahora solo me produce asco.

—Pero ¿qué te pasa, cariño? ¡Pensé que te habías hecho daño!

—¿Daño? ¿Más daño del que me acabas de hacer? —Apenas puedo articular palabra.

Inmediatamente rompo a llorar. Estoy hecha un manojo de nervios, la cabeza me da vueltas y me cuesta respirar. Javi observa que tengo su teléfono en la mano y su rostro cambia de expresión.

—¿Qué pasa, cari? —me pregunta. Pero ya sabe qué pasa. Me conoce y sabe que todo se ha jodido. Yo no soy de las que perdonan. Y me ha llamado cari, cosa que sabe que odio.

—Pasa que te acabo de pillar follándote a una tal Pilar, y pasa que no quiero volverte a ver nunca más. ¡Eres un cerdo!

—Pero, déjame explicarte… Fue solo una vez, iba a contártelo…

—Mira, Javi, déjalo, no quiero saber nada más. ¡Encima grabándoos en vídeo! Me gustaría que te fueras, por favor. —No me creo nada de lo que dice o me vaya a decir, y no quiero escuchar mentiras.

—Pero… no significó nada. ¡Déjame explicarte!

—¡¡Vete!! —le chillo con todas mis fuerzas.

A Javi no le gustó nunca discutir. Se gira y comienza a buscar sus cosas en el armario. Yo le estoy gritando que se vaya, pero lo que realmente quiero es que me diga que todo es una broma, un sueño, que no ha ocurrido.

Pero es imposible, ha sucedido y me conozco, a pesar de que hace un momento me sentía incluso dispuesta a probar un trío, ahora me siento engañada, traicionada, como una imbécil, incapaz de mirar al que ha sido mi chico durante diez años sin sentir rabia y lástima de mí misma. ¿Por qué?

Javi se viste. Tiene un gesto serio, pero no dice nada. Actúa como si yo no estuviera en la habitación. No puedo soportar la situación y me meto corriendo en el baño. Doy un portazo. Deseo morirme allí mismo. Pero que primero se muera él, ¡lo odio tanto! Tanto como lo quiero, o lo quise. Tirada en el suelo, al lado de la taza, con la cara entre las manos, mis ojos están arrasados en lágrimas. Momentos después, el corazón parece descolgarse un poco de mi pecho cuando escucho el sonido de la puerta de casa al cerrarse. Javi se ha ido. Además se ha llevado a *Genaro*. ¡Será desgraciado!

¿HAY VIDA DESPUÉS DE LA MUERTE?

Han pasado cuatro meses desde que rompí con Javi. Cuatro meses en los que el vacío ha sido tan grande que temí que me tragara como un agujero negro. Cuatro meses en los que no ha transcurrido ni un solo segundo sin que pasaran por mi mente estos diez años con él, con todas las imágenes y momentos que hemos vivido juntos.

A pesar de eso no he contactado con él. Tampoco he atendido ninguna de sus múltiples llamadas y mensajes. Es más, finalmente le he bloqueado de todas partes. Era demasiado doloroso.

He pensado en perdonarle, en volver… Sin embargo, sé que aunque a él podría perdonarle, nunca podría perdonarme a mí misma. Me conozco y, si lo llamara, él estaría encantador, me trataría como a una reina, me prometería la luna y me tendría en palmitas una temporada… Pero yo lo miraría a los ojos y sería incapaz de volver a sentir lo que sentía por él. La inocencia, la entrega generosa y despreocupada… no volverán. Cuando dejo de creer en una persona, dejo de quererla.

Yo se lo di todo, pero Javi siempre fue un tipo algo complicado. ¿O quizá al final me puso los cuernos porque era sencillamente tan simple como los demás? Me he cansado de darle vueltas al asunto. Ayer, en un acto de rabia, tiré a la basura todo lo que me recordaba a él, incluidas nuestras fotos y las cajas llenas de aquellas maravillosas cartas que nos escribíamos.

También echo de menos un montón a *Genaro*. Si estuviera aquí, sería mi refugio. He sufrido dos pérdidas a la vez.

He intentado centrarme en mi trabajo, pero tampoco es el lugar más apropiado para animarse, y me cuesta mucho mantener la atención. Trabajo en una antigua Caja de Ahorros, una de esas que quebró y que tuvimos que rescatar con el dinero de todos, el mío también. Solo que yo además tengo que aguantar los sermones y los discursos de algunos de mis clientes, que me tratan como una delincuente. Como si yo estuviese en el Consejo de Administración. Ni siquiera he vendido preferentes. De todas formas entiendo su cabreo. ¡Qué asco de país!

Camino hacia el metro mientras en mis cascos suenan una y otra vez las canciones de Interpol: «I want your silent parts. The parts the birds love. I know there's such a place...». En estos dos meses no he querido escuchar otra cosa más que la voz oscura y torturada de Paul Banks. Un tío que estudió literatura inglesa, que adora a Henry Miller y que escribe todas y cada una de las letras de la banda. Y que llegó a ser tenista profesional. Elegante, guapo, macizo y enigmático hasta decir basta. ¿Dónde hay uno así que me haga olvidar a ese...? ¡Eh, no pienses en él!

Penetro como una sonámbula en uno de los vagones. Si es verdad que cuando morimos hay algo más y existen el Cielo y el Infierno, estoy convencida de que al Infierno se va en metro. Observo a mis compañeros de viaje: ¿por qué la gente es

tan horripilantemente fea? Bueno, fea quizá no sea la palabra...
¿Vulgar? ¿Anodina? ¿Me estaré volviendo una misántropa después de mi ruptura? A veces por un segundo comprendo a esos adolescentes locos que cogen una ametralladora y acaban con todo el que se encuentran por delante. Uf, quizá debería variar algo más mis gustos musicales. A ver, The Cure, Nine Inch Nails, Tulsa... ¡Soy la alegría de la huerta!

Echo un vistazo a mi móvil. Durante este último mes he tratado de recuperar algunas de mis viejas amistades. Y sí, muchas buenas palabras, mucho wasap, pero a la hora de quedar todo el mundo parece vivir en una dimensión paralela a la mía. No les culpo. Estos años he estado tan volcada en mi relación con Javi que he dado a casi todos mis contactos de lado, y además, con treinta y cuatro años, quien más y quien menos tiene su pareja, sus hijos, su churri, su *amigovio,* su *follamigo* o lo que sea... Cualquier plan es mejor que quedar a escuchar cómo una amargada se lamenta porque lo ha dejado con su chico.

Suena «My desire» en mis cascos, y empiezo a mover la cabeza al compás. ¡Vaya, un primer gesto de que estoy viva de nuevo! Creo que si no fuera por la música, todos estaríamos ya muertos. La vida sin música es como un mar sin olas.

—¿Interpol? ¿No?

—¿Eh? —Me giro y observo que el que me dirige la palabra es un chico que acaba de sentarse a mi lado, más o menos de mi edad—. Pues, sí. ¿Lo llevo un poco alto, no? Perdona, ya lo bajo.

—No, no, si me encantan. Y además me acabo de quedar sin batería, así que gracias a ti tengo hilo musical —me dice dedicándome una sonrisa.

Yo también sonrío mientras lo observo más detenidamente. Parece simpático, muy natural. No es guapo, pero me resulta atractivo: ojos marrones, pelo castaño, rasgos no demasiado sobresalientes... Tiene unos labios bonitos, eso sí. Ah, ya sé, lo que me ha llamado la atención es su voz, su forma de dirigirse a mí, esa naturalidad, esa tranquilidad… Me inspira confianza. Y su mirada me gusta. ¿Me gusta? Pero ¿qué dices? ¡Houston llamando a Zoe! ¡Volvemos a tener señales de su presencia en el espacio! ¡Pensábamos que la habíamos perdido! Mi mente empieza a visualizar a un grupo de científicos de la NASA dando saltos de alegría en la sala de control. *Zoe is back!*

Ahora me siento como una tonta. Me he puesto nerviosa. No sé si seguir escuchando Interpol, si apagarlo y hablar con él o si dejarle un auricular y subir más el volumen…

De pronto algo me saca de mis pensamientos. A mi lado se acaba de sentar un chaval de unos veinte años, con pinta de pandillero, y ha puesto en su móvil, sin auriculares, una horrible canción de algo parecido al *reggaeton*, para deleite de todos los que tenemos la inmensa suerte de compartir vagón con él. Y no suena bajito precisamente. Mi compañero misterioso amante de Interpol me mira con una sonrisa de «Qué se le va a hacer», pero yo estoy hasta los ovarios de todo y empiezo a echar humo por las orejas.

Pasan los segundos, un minuto… Y esa horrible canción sigue taladrando mis oídos. Es un auténtico atentado, no solo a la música, sino al buen gusto. Y lo peor es que es pegadiza, como todas estas aberraciones.

Tengo que quitarme la chaqueta porque creo que he empezado a sudar. ¿Por qué hay gente que todavía no ha descubierto el maravilloso invento de los auriculares? El primer momento medianamente decente que tengo en cuatro meses y viene este engendro, mezcla de Justin Bieber y Juan Magán, a jodérmelo con su musiquita. ¡Ah, pues no! Desenchufo los cascos de mi móvil y, para sorpresa del resto de pasajeros, mi querido Paul Banks empieza a desafiar a esa horrible composición. Creo que nunca he hecho una cosa así. No soy muy dada a enfrentarme a nadie y nunca me ha gustado llamar la atención, pero hoy quiero realizar un acto de justicia poética.

El otro, que no se da por aludido, sube un poco más el volumen de su pedazo de móvil y continúa como si nada. Pero no he superado una ruptura, la hepatitis, una madre esquizofrénica y una regla que no se la deseo a mi peor enemigo para que ahora venga un niñato a tocarme la moral. Con un gesto desafiante, yo también subo el volumen de mi teléfono. ¡Ahí, Paul, dale caña con «Barricade»!

Mi compañero interpolero me sonríe y me dedica una mirada llena de solidaridad. Es una mirada profunda, calmada, que parece decirme: «Yo te apoyo, estoy contigo». O eso creo. A lo mejor piensa que estoy loca. Pero sigue sonriéndome, y nuestras manos se rozan sin querer por un segundo en el asiento. Yo, algo nerviosa, lo miro, y en ese momento y sin saber por qué me gustaría abrazarlo, salir los dos volando por algún agujero del techo del vagón, subir al cielo y encontrarnos a uno de Interpol tocando en cada nube y a Paul Banks diciendo: «Sí, lo habéis adivinado, soy Dios. ¿Queréis que os case?».

Se me va la olla, lo sé. De todas formas, los carraspeos del muchacho *reggaetonero* me sacan de mi sueño perfecto. Ha notado mi determinación y empieza a mirarme con cara de pocos amigos. Y vuelve a subir el volumen de su móvil monstruoso. Tiene un teléfono de alta, no, altísima gama, que vale más que él, y sé que con mi viejo pero querido cacharro no voy a poder competir durante mucho más tiempo en esta guerra de decibelios, pero confío en Paul y su potencia vocal para mantener al menos la dignidad. Los pasajeros nos miran molestos, alguno abandona el vagón, pero nadie dice nada. A lo mejor piensan que llevo un cuchillo.

—Tranquila. —Mi ángel amante de Interpol ha cogido mi móvil entre sus manos.

Sube el volumen al máximo y, mientras me coge una mano con dulzura, le dedica una mirada terrible al niñato. La gente del vagón no sabe dónde mirar. Algunos contemplan la escena como si de una del *Far West* se tratara, dispuestos a meterse debajo de la mesa del *saloon* en cuanto empiece la ensalada de tiros. ¡Ahora somos dos tocándole las narices al aspirante a pandillero! Este finalmente se levanta, nos dedica una mirada llena de resentimiento y, como acabamos de llegar a una parada, sale por la puerta. Enchufo de nuevo los auriculares, y sonriendo, le digo:

—Muchas gracias por el apoyo. Pensarás que estoy un poco loca, pero es que es algo con lo que no puedo, y siempre deseé hacer una cosa así. Lo que pasa es que hasta hoy nunca me había atrevido.

—Ha estado muy bien. Eso es lo que pasaría si todos llevásemos la música a toda pastilla sin auriculares.

—¿Los compartimos? —le propongo.

Él asiente sonriendo, y de pronto el metro ya no es un lugar deprimente y vulgar. Deseo que el viaje no acabe nunca, y me pasaría la vida entera dando vueltas por esta línea circular... Soy una estúpida soñadora. ¡Si no lo conozco de nada! Pero estoy tan a gusto... Y no sé por qué. Creo que el simple hecho de tenerlo al lado me ha dado la fuerza suficiente para que me haya atrevido a hacer lo que he hecho.

¡Vaya, con toda esta movida me he pasado mi parada! Me da igual, no voy a bajarme ahora. Continuamos escuchando la música, sin hablar, mirándonos y sonriendo estúpidamente de vez en cuando. La situación es extraña, pero ninguno de los dos queremos romperla. Nuestras piernas se rozan sin querer (o no). Nuestros ojos se encuentran...

—¡Vaya imbécil, eh! ¿Cómo te llamas?

—Me llamo Zoe, pero no soy imbécil.

—Lo decía por él —aclara riendo—. Ya sabes, nuestro amigo. Yo me llamo Marcos.

Por un momento no sé si abalanzarme a darle dos besos o no, allí los dos, con los cables rodeándonos. Me doy cuenta de que huele muy bien, no a colonia, sino a un olor natural casi imperceptible, como los regalos que desenvolvía de pequeña, o el envoltorio de mi caramelo favorito, o la carpeta que estrenaba siempre a principio de curso. El olor de las cosas que están sin empezar.

—¿Sabes que va a venir Interpol a tocar a Madrid dentro de dos meses? —me comenta.

—Lo sé, ya tengo mi entrada desde hace la tira.

—Yo también. No me lo pierdo por nada del mundo. Espero verte por allí. —Y diciendo esto se levanta de su asiento—. Esta es mi parada.

Me doy cuenta de que su cuerpo no está nada mal. Y me encanta su forma de vestir. Unos vaqueros ajustados que le sientan como un guante, unas zapatillas realmente chulas y una camiseta de los Doors. Y lo mejor de todo es que este chico tiene pinta de escucharlos de verdad.

—¡También es la mía! —miento.

—¡Vaya, otra casualidad!

Salimos tres paradas más lejos de la que yo debería haberme bajado. El hecho de caminar por el andén, compartir otro espacio juntos, parece darle cierta entidad a nuestra nueva relación.

—Yo voy hacia Sol, voy a trabajar.

—¿Dónde trabajas? —le pregunto.

—Trabajo en una editorial. ¿Y tú?

Yo voy al psiquiatra, iba a decirle. Porque allí es donde voy. Tras la ruptura con Javi todo el mundo convino en que la mejor forma de combatir mi tristeza era a base de antidepresivos, Frosinor 20 mg para ser más exactos, acompañados de algún trankimazin para los momentos de ansiedad.

—Yo, eeeeh…

—¡Marcos! ¡Qué sorpresa! ¿Vas a la editorial? —Una voz surge de la nada.

De pronto una rubia platino subida a unos tacones imposibles, mezcla entre Yola Berrocal y Leticia Sabater, aborda a mi chico de Interpol y, sin previo aviso, le planta un par de besos y lo agarra por el brazo.

—¡Hola! ¡Soy Vanesa! —me dice. Y me da dos besos a mí también sin que me dé tiempo a pestañear. Después de estos meses de depresión y soledad he de decir que me sienta bien un poco de calor humano. La tal Vanesa parece estar como un cencerro, pero es cercana, eso sí.

—Me llamo Zoe. Bueno, os dejo, que tengo que ir por aquí. —Y señalo el pasillo contrario.

Eso es algo muy mío, abandonar de pronto la escena en el momento en que justo debería quedarme. Soy lo peor. Lo puto peor.

—Ah…, vale, Zoe… ¡Cuidado con el *reggaeton!* Si me necesitas…, ¡sílbame! —Marcos me sonríe y en ese instante me doy cuenta de que es cierto que me gusta. Me gusta de verdad.

—Lo haré —contesto sonriendo yo también y agitando el brazo con cara de tonta.

Pero ¿por qué no te quedas un rato con él, o le pides el móvil, el wasap, que ahora es más fácil, el Facebook o lo que sea? Pero ¿por qué te vas ahora? ¡Invéntate algo! ¡Dile que acabas de perder la vista de repente y que te va a tener que guiar de la mano toda la vida! ¡O que te has dejado las llaves de la nave espacial en su casa y os están esperando para salvar el universo!

Pero no, tonterías aparte, una especie de estúpida vergüenza se apodera de mí y me arrastra lejos de él. La aparición imprevista de Vanesa me ha devuelto a la realidad. Estoy a tres paradas de la consulta. Si me demoro, voy a llegar tarde y estoy haciendo el tonto con el primer desconocido que me cruzo por la calle.

Y, sin embargo, cuando llego a la consulta del doctor Encinar me doy cuenta de que tenía que haberme quedado.

EL DOCTOR ENCINAR

Aquí estoy yo, en la consulta del psiquiatra. Es mi tercera visita.

He llegado puntual, como es habitual en mí. Para ello solo he perdido para siempre al único chico que me había gustado un poquito después de Javi. Pero, bueno, así soy yo.

Arrellanada en el sillón de la sala de espera, escudriño a los otros pacientes en busca de qué tara les ha podido traer hasta aquí. No es que me importe demasiado, pero me parece una buena forma de matar el tiempo antes de que el tiempo me mate a mí.

A mi derecha se sienta una señora mayor, elegantemente vestida. Observa fijamente un cuadro de la pared que no puede ser más anodino, uno de esos que parecen pintados para pasar sin pena ni gloria en la consulta de algún especialista. Los dedos de su mano derecha tamborilean nerviosamente sobre una mesita propia de los años setenta, pero por lo demás, no hay nada en esa mujer que me revele la fobia o problema mental que le ha obligado a venir. ¿Ansiedad, quizá? Una respuesta demasiado fácil. Además, ¿la gente de su edad tiene ansiedad? Si se supone que ya deben estar de vuelta de todo.

A mi izquierda se encuentra una pareja de unos cuarenta. Los observo durante un rato y no puedo determinar si los dos son pacientes o el otro es su acompañante. Son la viva imagen de la normalidad. Todo el mundo en esta sala es la viva imagen de la normalidad, o al menos se esfuerzan por aparentarlo. Al fin y al cabo, ¿qué es nuestra sociedad sino un continuo esfuerzo por aparentar ser normales, por integrarnos, por intentar ser uno más en un entorno que enseguida castiga al diferente?

Me estoy poniendo demasiado profunda. La música tampoco me ayuda a pensar en temas más frívolos. En el hilo musical suena enterito para mi sorpresa el *Valtari* de Sigur Rós. Así que tengo un psiquiatra que, a pesar de que debe rondar los setenta años, es todo un moderno y con buen gusto.

«Zoe Jiménez», escucho a la enfermera. Es mi turno. Mi nombre ya figura entre el de los locos. O no. Hoy en día te recetan antidepresivos hasta para dejar de fumar. Traspaso la puerta de la consulta, donde el doctor Encinar me recibe de pie, erguido sobre el poso de respetabilidad que le otorgan su bata blanca y sus muchos años de medicina. Me tiende una mano firme pero amable y me acompaña hasta su mesa, donde el retrato de una bella mujer de mediana edad junto a dos adolescentes parece el anuncio perfecto de una compañía de seguros.

—Buenos días, Zoe, siéntese. ¿Cómo se encuentra?

—Pues, por primera vez en todo este tiempo, empiezo a estar más animada. Esta mañana tenía ganas de vivir y todo.
—Mientras digo esto tengo la misma sensación que una niña pequeña cuando la sacan a la pizarra.

—Eso está bien. Se nota que ya le está haciendo efecto la medicación.

—¿Insinúa que para tener ganas de vivir hay que estar medicado?

—No, mujer, no. Pero en su caso, tras una pérdida, una ruptura, y todavía atravesando el periodo de duelo emocional, la medicación ayuda. De todas formas, como le dije, esto es temporal y en unos meses le habremos retirado toda esta ayuda química. Digamos que usted ha sufrido una herida y mientras sigue abierta y operamos para cerrarla, necesitamos un poco de anestesia emocional.

—Me surge una duda, doctor. Comienzo a sentirme mucho mejor, y la medicación no solo me ayuda a estar más animada, sino que hace que los problemas no me parezcan tan importantes y que tenga mucha más seguridad en mí misma que nunca. Además me relaciono mejor, me noto más simpática y he descubierto que la gente ya no puede herirme como antes. Mi pregunta es si luego la medicación es muy difícil de dejar. Porque creo que me está gustando más esta nueva versión, digamos 2.0, de mí misma y puede que me dé pereza abandonarla.

—Es cierto que usted debe sentirse mejor a todos los niveles con la medicación pero, salvo casos crónicos que no es el suyo ni mucho menos, no es aconsejable mantenerla más de lo recomendable. Le confesaré un secreto: yo mismo he tomado medicación durante alguna etapa difícil de mi vida. ¿Sorprendida? ¿Pensaba que los médicos no íbamos al médico? ¿O que los curas no se confiesan?

»Y es verdad que luego uno es renuente a desprenderse de esa ayuda química, de esa escafandra que parece protegernos de los sinsabores de la vida y limitar sus daños emocionales. Sin embargo, solo tenemos una vida, y usted es la que decide cómo la quiere vivir: ¿con o sin anestesia? Con anestesia usted sufrirá menos, pero también la vivirá menos intensamente. A todos los niveles. La elección es suya y estoy seguro de que sabe elegir.

—¿Y si la abandono ya? Me da miedo engancharme, como le digo. Y me encuentro bastante bien.

El doctor entrelaza sus manos, clava sus codos en la mesa, noto cómo sus vivos ojillos azules me escudriñan detrás de sus gafas, y contesta:

—Calma. Si usted ha venido aquí es por algo. Las prisas no son buenas, ni hacia una dirección ni hacia la otra. Como vemos, la medicación le está ayudando. En un plazo no muy largo iremos retirándola poco a poco sin ningún problema. No se preocupe.

—De acuerdo, doctor. Como usted diga.

—Ya verá cómo todo va ir bien. Venga a verme dentro de un mes y valoramos de nuevo su situación. Seguro que para entonces hemos progresado mucho.

Me extiende un papel con su prescripción, me tiende la mano y eso es todo. Echo una rápida ojeada a mis compañeros de salita antes de irme y me los imagino como aquella *troupe:* el hombre de hojalata, el espantapájaros y el león que acudían con Dorothy, que en este caso habría roto con su novio y sería yo, a ver al Mago de Oz, que ahora lleva una bata blanca y dispensa pastillas.

Ana, la secretaria del doctor, me extiende el doble de recetas de las que necesito «por si acaso, cariño», y yo estoy a punto de preguntarle si también se mete, pero opto por la cordura, le dedico una sonrisa y me despido.

Cuando salgo a la calle camino de la farmacia de la esquina en busca de la droga legal, vuelvo a conectar la música de mi móvil e inevitablemente me viene Marcos a la cabeza. ¿No me basta con tener que superar una ruptura, sino que ahora también tengo que añadirle la añoranza de un desconocido con el que apenas he intercambiado cuatro palabras? Acelero el paso en busca de la cruz verde que señala el dispensario de la bendita medicación.

Buscando a Wally

No me quito al dichoso Marcos de la cabeza. Cuando vuelva a la consulta del doctor Encinar tengo que preguntarle si esto es normal, o si estoy desarrollando algún tipo nuevo de obsesión y tiene que suministrarme más pastillas de colores.

Han pasado ya varias semanas desde nuestro encuentro en el metro. Al principio lo recordaba cada vez que escuchaba a Interpol y me entraba una mala leche tremenda por haber huido de aquella manera y haber perdido todo su rastro, así que cambié la selección de música de mi móvil. Entonces empecé a pensar en él cada vez que cogía el metro, así que decidí coger el autobús. Pero cada vez que veía a alguien escuchando música por la calle me volvía a acordar también. Otro día me vino a la mente al pasar delante de una editorial. Después lo fui ampliando a librerías, grandes superficies, kioscos incluso… Las chicas con tacones altos y rubio platino también me recordaban la llegada imprevista de Vanesa y, en general, cualquier choni que se cruzase por delante de mí.

Poco a poco todo me ha ido recordando a Marcos. Así que he decidido que no tengo más remedio que buscarlo. ¿Cómo? He seleccionado en Google todas las editoriales cercanas a la Puerta del Sol y, venciendo mi habitual timidez y prudencia, incluso les he llamado por teléfono inventándome mil excusas. Sorprendentemente da la casualidad de que en ninguna de ellas trabaja nadie con ese nombre, o al menos eso dicen. Bueno, un día sí di con un Marcos editor: cincuenta y ocho años, casado, con dos hijos. Casi le causo un problema.

He empezado a frecuentar el metro en la misma línea y a la misma hora que nos conocimos, pero, aparte de que mi autoestima ha bajado unos enteros más, no he conseguido nada.

Un día me pareció ver a Vanesa subiendo las escaleras del metro. Corrí como una loca hacia ella antes de que se perdiera entre la multitud y, cuando llegué a su lado, por supuesto, era otra persona.

He googleado, «Marcos, editor», «Marcos, editorial»…, y nada. He intentado muchas otras cosas, alguna bastante absurda. Solo me queda una bala.

El concierto de Interpol

Es mi último cartucho. Estoy segura de que mi obsesión por Marcos es una cosa realmente estúpida, pero al fin y al cabo el concierto de Interpol es algo que llevaba meses esperando, qué digo meses, toda una vida, y la sola idea de encontrar allí a mi príncipe del metro, como una gota en medio de un gris océano de gente, hace el evento todavía más atractivo.

Me he imaginado muchas veces distinguiéndolo entre la multitud, corriendo hacia él, o que una mano me toca la espalda y me giro para darme de bruces con su cálida sonrisa… En fin, que me gusta ponerme ñoña no, lo siguiente. Encontrar a alguien en medio de tanta gente es imposible, pero así soy yo, le doy a la imaginación y no paro. Al fin y al cabo, estaremos dos horas compartiendo unos pocos metros cuadrados, ¿por qué no va a ser posible volver a encontrarnos? No tengo remedio. En cualquier caso, en este concierto solo puede haber un macho alfa, y ese es Paul, el cantante, con esa voz increíble de barítono y esa pose que parece decir: yo he inventado el postureo y ha sido sin querer.

Llamo a Tere, y quedamos, en la enorme piedra de la plaza de al lado del Palacio de los Deportes, que ahora se llama de no sé qué estúpida manera comercial. Me enfundo mi uniforme festivalero, a saber: pitillos negros tirando a *skinny* pero no tanto, que tiene que circular la sangre; mis Vans de mil batallas y mi camiseta sin mangas de Interpol, claro. En la muñeca, las pulseras de los conciertos del verano, de las que me resisto a desprenderme como si de mi propia juventud se tratara.

Y allí estoy yo, al lado de aquel dolmen extraño, rodeada de hipsters y modernas más o menos parecidas a mí, esperando impaciente a Tere que, llega tarde. Ahora es una fiera sexual, pero mantiene las viejas costumbres.

Por fin llega y empezamos a andar.

—¡Esto está hasta la bandera! Aquí no encuentras a tu Marcos ni por casualidad. Pero ¿cómo es?

—Pues normal, de pelo castaño, ni muy largo ni muy corto, estatura normal también, ni gordo ni flaco, guapete, pero tampoco destaca por ahí. No sé…, tiene algo que te atrapa.

—Pues con esa descripción y mi vista de lince me parece que no te voy a poder ayudar. Nos teníamos que haber traído unas camisetas con unas letras gigantes que pusieran «Busco a Marcos» o algo así —dice riendo.

—Bah, olvidémonos de eso y vamos a disfrutar a tope de Interpol. Me muero por ver a Paul salir al escenario.

Tomamos un par de cervezas en uno de los abarrotados bares de la zona y nos dirigimos con nuestras entradas en la mano hacia el interior del que esperamos sea uno de los mejores conciertos de nuestras vidas. El Palacio está a reventar y, por supuesto, hemos comprado entrada de pista. No concibo un concierto sentada, ni aunque sea de Ismael Serrano.

Intentamos avanzar todo lo que podemos hacia las primeras filas, hasta que la ley de la física de los cuerpos en movimiento y los codos y hombros marcando territorio nos obligan a elegir el trocito de suelo correspondiente desde el que tocaremos el cielo interpolero.

Tras unos minutos de expectación, de pronto se apagan las luces y los chillidos de nuestras gargantas se confunden con los acordes de «The Heinrich Maneuver». Paul y el resto de la banda aparecen impecablemente trajeados, y de pronto todo es tan perfecto que empiezo a temer que a partir de ese momento al síndrome de Stendhal se le conozca ahora por mi nombre. A continuación «Slow Hands», «Evil», «No In Threesome»... Y me transportan a otro lugar.

El concierto avanza y no paramos de bailar y corear cada una de las canciones. Al cabo de una hora, mi garganta comienza a secarse y necesito reponer líquidos. La temperatura en el pabellón ha subido varios grados.

—Me gustaría ir a pedir algo, pero me da pena dejar el sitio.

—Te dije que teníamos que haber pillado un mini al entrar —me recuerda Tere.

—Tienes razón. Bueno, seguro que ahora no hay mucha gente en las barras. Voy rápido a por algo. ¿Un mini entonces?

—¡VALEEE! ¡Te guardo este milímetro! ¡Por cierto, si encuentras un hipster sin barba te invito yo!

En teoría no debería beber con la medicación, pero un concierto de Interpol es un concierto de Interpol. Atravieso la masa como puedo y me lanzo a la barra del lateral más cercano como el nómada ante el oasis. Y no, no encuentro a un solo hipster sin barba.

Cada segundo que permanezco esperando mi turno, lejos del epicentro del concierto, se clava impaciente en mi piel. Al fin, el camarero, que debe haberse apiadado de mi cara de pena, aunque también puede ser que me estuviera mirando las tetas mientras servía al friki de al lado, se dirige a mí y me atiende bastante antes de lo que me corresponde.

Con mi mini de cerveza en la mano regreso triunfal hacia mi antigua demarcación, alzándolo y pidiendo paso como si portase la mismísima antorcha olímpica. Si alguien no se aparta basta con derramar unas gotas sobre su cabeza o, en el peor de los casos, apretujarme de forma molesta contra él o ella hasta que simplemente se desembaraza de mi dejándome pasar. Parece imposible, pero lo estoy consiguiendo. Tere ya está solo a unos veinte metros. Y entonces lo veo.

Bueno, para ser más exactos, los veo. Porque Marcos, mi príncipe del metro, se está pegando un buen morreo con una atractiva pelirroja. ¡Alto ahí! ¡Eso no está en el guion! Puede suceder que no vea a Marcos, que es lo normal, o verlo y hablar un rato, o encontrarlo y disfrutar juntos del concierto de nuestras vidas y luego jurarnos amor eterno en algún tugurio de Madrid. Pero ¿la maldita pelirroja? No había contemplado esa línea argumental.

Tengo dos opciones: o acercarme, interrumpirlos y decirle: «Hola, te vi hace dos meses en el metro» y arriesgarme a hacer el ridículo, o seguir con mi odisea de codos, espaldas y malas caras y tratar de volver junto a Tere. Por supuesto, hago lo segundo. Ya dije que la osadía no es una de mis características.

—¡Hey, estás aquí! Pensaba que ya no te iba a volver a ver en toda la noche. ¡Estoy seca! —Tere se lanza a por el mini como si le fuese la vida en ello.

—¡Uf, creo que hacía mucho tiempo que no odiaba tanto a la gente! Si me hubiesen dado una caja con granadas, me habría cargado unas cuantas filas. No veas lo que me ha costado volver.

—Madre mía, estás fatal.

El concierto transcurre glorioso, con «Pioneer To The Falls», «Not even jail», «Untitled» y la cerveza refresca mi garganta y acalora mis impulsos. Todo debería ir como la seda, pero no me quito de la cabeza la idea de que hace unos momentos he tenido a Marcos a mi alcance y otra vez lo he dejado escapar. No le he contado nada a Tere para que no piense que soy una cobarde.

—¡Ahora vuelvo! ¡Necesito ir al baño!

—Pero ¡si acabas de venir!

El apremio fisiológico es la primera excusa que se me ha ocurrido. Tengo que volver a encontrar a Marcos, y esta vez, esté con quien esté, al menos va a saber que existo.

De nuevo empiezo a abrirme paso entre la multitud, como un rompehielos en el Ártico. Mi destino, un iceberg desconocido llamado Marcos. Avanzo lentamente hacia la zona donde me había parecido verlo antes.

No tengo muy buena orientación, pero esta vez, milagrosamente, mi GPS ha debido funcionar, porque entre tanta gente saltando y vociferando, vuelvo a distinguirlo. Esta vez al menos corre el aire entre él y la pelirroja. Le meto dos buenos tragos al mini, del que no he sido capaz de separarme sabiendo que lo iba a necesitar, y avanzo como puedo hacia mi objetivo. Unos cuantos empujones, y cuando quiero darme cuenta, estoy justo a su lado. Y del de la pelirroja, claro. Los ojos de Marcos se posan en los míos. Me ha reconocido. Bien.

—¡Hola! ¡Qué casualidad! —No se me ocurre soltar otra gilipollez. Debe de haberme visto molestar a toda la gente que hay delante suyo para llegar a su lado, pero da igual.

—¡Hola! ¡Yo he compartido auriculares contigo! Aquí estamos a salvo del *reggaeton*, creo. —No parece molesto con mi presencia, todo lo contrario.

—¡Nunca se sabe! A ver si les va a dar por hacer alguna versión de Pitbull. Oye, qué pedazo de concierto. Se están saliendo —acierto a decir.

—¡Son la hostia! Acabo de verlos en Múnich y no me los pierdo dentro de dos semanas en Ámsterdam.

—¿Sí? ¿Cuántas veces los has visto? —Pero ¡cuánto viaja este muchacho! Como para dar con él… De pronto me encuentro hablando con él y tengo la sensación de que llevamos haciéndolo toda la vida. Su acompañante, mientras tanto, permanece absorta en el concierto. Tan solo me ha dedicado una mirada distraída al llegar. Curioso.

—Esta es la segunda vez. No te creas que soy un *groupie* que los va siguiendo allá donde vayan. Pero coincidió que estaba en Alemania justo cuando tocaban, y ahora voy a Ámsterdam y lo mismo.

—¡Sí que te mueves!

—Por mi trabajo. Los de la editorial han debido ver que me gustaba y no paran de enviarme a ferias, congresos y cualquier cosa que haya por ahí. Siempre que quieren promocionar a algún autor español en Europa acabo con la maleta a cuestas. Soy el Willy Fog de la editorial. A lo mejor lo hacen para ver si un día se libran de mí, jajaja. Te presento a Verónica. Esta es… ¿Zoe?

¡Se acuerda de mi nombre! Bueno, eso no era tan raro, no es demasiado común. Verónica desvía su atención del concierto y me saluda amablemente.

—Sí. Encantada, Verónica. No os quiero molestar, es que estaba buscando a mi amiga…

—¡No molestas para nada! —dice Verónica—. !Me encanta tu camiseta! —añade sonriendo. No la noto nada molesta con mi visita, la verdad—. ¿Puedo? —Señala a mi cerveza.

—Claro.

Le pega un buen sorbo, se ve que yo no era la única que estaba muerta de sed. La observo y veo que es una chica muy guapa. Su pelo rojo ondulado cae de forma graciosa sobre su frente, y tiene unos ojos verdes muy atractivos. Además, el resto de sus rasgos son perfectos. Dicen que yo no estoy nada mal, pero a su lado me siento como la hermana de la guapa, ya sabéis. Creo que no tengo mucho que hacer contra ella. Resignación, Zoe, resignación.

—Voy yo también a por algo —dice Marcos—. ¿Qué queréis? ¿Pillo cerveza, u otra cosa?

—Cerveza, ¿no, Zoe? Tráete un mini para todos. O dos, mejor —contesta Verónica.

Me siento tentada a acompañar a Marcos al bar, sería mi oportunidad de estar los dos a solas un rato, pero con mi mini medio lleno en la mano doy mucho el cante. Y ya sabemos que soy experta en desaprovechar oportunidades. Así que me quedo con mi nueva e improvisada amiga.

—Marcos es un tío increíble, ¿verdad? —me comenta, así de sopetón.

—No sé, casi no nos conocemos, la verdad. De hecho, solo nos vimos una vez en el metro.

Le cuento nuestro encuentro. Ella escucha con atención, con una sonrisa en la cara. Entonces me explica:

—Es uno de mis mejores amigos. Hacía tiempo que no lo veía porque he estado viviendo en Chipre. Pero en cuanto se ha enterado de que estaba de vuelta me ha invitado al concierto. Es majísimo.

Así que al menos no es su novia. Bien. Es más, a continuación Verónica me dice que tiene pareja, que está en Chipre y que regresará en dos meses a España, donde van a vivir juntos. Según ella, y a pesar de que la he visto hace nada besando con ganas a Marcos, les va muy bien.

—Yo lo he dejado hace poco con el mío. Me puso los cuernos el muy cerdo. —No me doy cuenta de que la estoy juzgando duramente con mis palabras, pero no parece darse por aludida.

—Hija, eso es lo normal. Si todo el mundo dejase a su novio o novia por ponerle los cuernos, no quedarían ni el diez por ciento de las parejas. ¿No has visto lo que ha pasado con Ashley Madison?

—Sí, qué fuerte. Es la página esa que proporciona coartadas para infidelidades, ¿no? Que la han hackeado y han publicado los datos de un montón de usuarios.

—Sí, la que se va a liar.

—Y tanto. Tiene treinta y nueve millones. ¡Treinta y nueve! ¡Treinta y nueve millones de personas solo en esa web intentando ponerle los cuernos a su pareja!

—Pues seguro que ahora más de uno se ha quedado sin la suya. He oído que hasta se ha creado una aplicación donde metes tus datos y ves si estás entre la lista de hackeados.

—Me imagino a más de uno o de una tecleando su nombre desesperado —digo riendo.

Continuamos charlando, bailando, cantando… Verónica me cae realmente bien. De pronto me acuerdo de Tere, debe haberme empezado a echar de menos. Le envío un wasap:

Zoe: Me he encontrado con Marcos. Luego te veo.

Tere: ¡No fastidies! ¡Bieeeeeeen! ¡No lo dejes escapar esta vez! ¡Que te conozco!

Zoe: Te voy contando. Beso.

Tere: Ok. (Aderezado con un emoticono que no viene a cuento, como siempre hace).

—¡Llegaron los refuerzos!

Marcos acaba de aparecer de repente con la bebida. Mi cerveza ya está casi terminada y empiezo a notar un puntillo *in crescendo* con peligro de borrachera. Hace mucho que no bebo y mi organismo lo nota. Cuando quiero darme cuenta estoy en medio de Marcos y Vero (ya es Vero), los tres saltando y cantando todas y cada una de las canciones de Interpol. Paul y sus chicos lo están dando todo y el pabellón bulle como mil ollas a presión. Es un conciertazo. Por primera vez en mucho tiempo, lo estoy pasando realmente bien.

En estas estamos cuando suena un wasap de Tere:

Tere: Tía, vaya noche llevamos las dos. Creo que acabo de ligar. ¡Menudo chulazo! Tengo muy poca batería. —Típico en Tere—. Si no te digo nada más, ya te veo mañana. ¡Disfruta de tu Marcos! ¡Interpol!
Zoe: No se te puede dejar sola. Muacccccs.

Hay que ver, Tere. Con lo formalita que era, y desde que hizo el trío con la francesa parece ahora una devora hombres. Y yo siempre con el freno puesto. Los diez años con Javi han sido de fidelidad absoluta, ahora sé que solo por mi parte, claro, y antes de eso era una auténtica monja.

—Mi amiga ha ligado. Se ve que no me echa de menos —les digo.

—¡Pues te quedas con nosotros! —dice Vero.

—¡Por supuesto! Luego daremos una vuelta por ahí. Te vienes, ¿no? —replica Marcos. Cómo decirle que no a esa mirada y esa sonrisa.

—Bueno. No quiero molestar, de verdad…

—¡Que no molestas! —insiste Vero—. Ni se te ocurra irte o te echaré mal de ojo y se te rayarán todos los cedés de Interpol.

—Pero ¿quién escucha ya cedés? ¿Vienes de los noventa?

Reímos. La música lo envuelve todo. Me pasa el brazo por la cintura y Marcos me abraza desde el otro lado, y me encanta, y los tres saltamos y chapurreamos en nuestro inglés inventado la letra de «Obstacle 1».

—¿Qué grupos te gustan aparte de Interpol? —me pregunta Marcos. No quiero otra cosa que estar agarrada a él. Salvo orden de alejamiento, no pienso soltarlo.

—Pues... La Habitación Roja...—él lleva una camiseta de La Habitación Roja—, y soy muy lesbiana. ¡Adoro Love of Lesbian!

—¡Yo también! Creo que todavía estoy buscando a mi «Chica Imantada» para recorrer los «Universos Infinitos».

—O pasar «Un día en el Parque».

—O un «Domingo Astromántico», jajaja.

Allí estamos como dos bobos mirándonos tiernamente a los ojos y repitiendo títulos de canciones de Love of Lesbian mientras Paul Banks nos pone música de fondo. Para una tonta romántica *indie* como yo es simplemente perfecto. Vero se ha puesto a charlar y a hacer el loco con unos chicos de al lado. Mientras, Marcos y yo no paramos de hablar de esto y lo otro. Nos gustan los mismos discos, hemos leído los mismos libros y detestamos los mismos programas de televisión. Cuando me ha dicho que adora a Millás he sabido que ya soy suya para siempre.

Me encanta hablar con él. Me escucha todo el tiempo como si lo que estuviera contando fuese lo más interesante del mundo. Y cuando él habla siempre es para añadir algo que aporta a la conversación. Y nunca pierde la sonrisa. Parece que nos entendemos a la perfección, incluso nos sorprendemos completando los mismos chistes. Tiene ese sentido del humor absurdo que también es mi estandarte.

Parece estar siempre a gusto y se adentra en todos los temas con una naturalidad pasmosa. Y lo más importante: detrás de cada gesto y cada mirada parece latir una buena persona. Y es sexi, muy sexi. Su personalidad es lo que le hace serlo. Bueno, tampoco está nada mal el muchacho. A cada palabra y sonrisa que intercambiamos, estoy más segura de una cosa: es Él. No sé si es mi media naranja o mi medio limón, pero quiero compartir estante en la frutería con él.

El alcohol, el concierto y la euforia de haberle encontrado entre tanta gente me insuflan un germen de valentía inusual en mí, así que le suelto:

—¿Sabes que te he estado buscando desde el día que te vi en el metro? —Creo que ha sido decírselo y ponerme roja como un tomate.

—¿Sí? —Su mirada y su tono me gustan. No son los de vaya tía más pesada o loca, o los de hoy mojo, o los de vaya usted a saber. Son los que tenían que ser.

—Sí. Y hoy cuando te he visto, al principio ni me he acercado. He venido luego a buscarte, aunque me haya hecho la encontradiza. —Muy bien Zoe, desvela todas tus cartas.

—Pues a mí me encantó compartir auriculares contigo. Y me ha gustado mucho que me hayas buscado. Y que me hayas encontrado.

Me quedo sin saber qué decir ni qué hacer, y simplemente le doy un sorbo al mini, mientras lo miro levantando los ojos, probablemente con expresión de cordero degollado.

—¿Quieres? —le digo, mostrándole el mini de cerveza. Perfecto, Zoe, ¿qué haces? Respira. ¿Y si le besas? No estaría mal. ¡Sería lo suyo! ¿Y si te besa?

—¡Vamooooooos! —Interpol lo está rompiendo y Vero irrumpe en medio de los dos, agarrándonos de la cintura y saltando. Todo el pabellón está botando. Mi corazón creo que también.

Quiero que el concierto no acabe nunca, pero como suele pasar cuando una es feliz, enseguida se encienden las luces y despierto del sueño. Bueno, no tanto. Ya estoy borracha y Marcos sigue ahí, sonriendo a mi lado.

—¡Jodeer, qué pasada de concierto! —dice Vero—. ¡Me he quedado con más ganas de Interpol! Tengo este *flyer* del OchoyMedio. «Noche de Interpol, Editors y The National».

Podríamos ir, ¿no?

—¡Suena bien! Si no os importa que se os agregue una petarda…

—¡No se hable más! ¡Tú te vienes, que luego este liga como siempre y me toca volverme sola a casa! —Me apremia con una mirada cómplice.

Miro a Marcos. Sus ojos me dicen que lo acompañe.

Cuando quiero darme cuenta, me encuentro en el coche de Marcos, con Vero cantando a todo trapo lo último de Lori Meyers, y este riendo y observándome a través del retrovisor. Tere me confirma por el wasap que se va con su nuevo fichaje.

Cuando llegamos, el OchoyMedio está a reventar, como siempre. Marcos saluda al de la puerta, que es su amigo y no nos cobra nada; al del ropero, que también es su amigo; a la chica de la barra… Parece conocer a todo el local. En menos que canta un gallo o saca libro Paulo Coelho tengo un *gin tonic* en la mano y estoy bailando en mitad de la pista con Vero, al son de los temazos que pincha EmeDJ.

Marcos no para de hablar con unos y con otros, aquí todo el mundo quiere saludarlo. Pero no me quita ojo y eso me encanta. «Voy de viaje por el Sol, qué podría ser mejor, que estar siempre juntos tú y yo…». La remezcla de Los Planetas con la que nos deleita Eme suena de lujo. Por fin Marcos se acerca adonde estamos Vero y yo.

—¡Hacía tiempo que no venía! Es como mi antigua casa.

—Marcos estuvo de *disc-jockey* residente aquí una temporada —aclara Vero—. Aquí es donde nos conocimos. Fui a pedirle una canción y me dijo que sí, pero la puso una hora después.

—Es que tenía una lista de peticiones muy larga, eso me pasa por no saber decirle que no a nadie.

—Es verdad. Y recuerdo que siempre que venía estabas rodeado de, por lo menos, diez personas. Más que un pincha parecías un predicador. De todas formas, me sé yo un sitio donde seguro que toda esta gente no te encontraría nunca —dice Vero mientras ríe para sus adentros maliciosamente—, podríamos ir luego con Zoe…

—¿Ah, sí, adónde? —pregunto intrigada.

—¡Cómo eres, Vero! Sabes que no es bueno mezclar el mundo vertical y el horizontal. Que esta chica se nos va a asustar…, y es muy maja.

Inesperadamente, la noche parece tomar un nuevo y desconocido rumbo.

—¡Yo no me asusto de nada! ¡O me lleváis a ese sitio o no os vuelvo a hablar —bromeo—. Eso de horizontal suena interesante… —No quiero perder comba por nada del mundo.

—No, mejor no. No le hagas caso a Vero.

—Ahora ya sí que vamos a tener que ir. No se puede picar la curiosidad de una persona y luego querer olvidar el tema —le insisto.

—¡Esa es mi niña! —apoya Vero—. Luego vamos a dar una vuelta por allí.

—Pero ¿cómo vamos a llevar a la pobre Zoe la primera noche que sale con nosotros a un sitio así? ¿Qué va a pensar? ¿No has visto la cara de buena que tiene? —bromea Marcos.

—Dicen que las que tenemos cara de buena somos las peores… —miento como una bellaca.

—Umm…, eso suele ser verdad —asiente Vero. Y añade—: Yo, por eso, aunque tengo cara de brujilla, luego soy una santa.

—Santísima. Tú lo único que tienes de santa es el nombre, Vero, y habría que ver a La Verónica en su tiempo, a qué se dedicaría, que era muy fan de Jesús… El paño con su cara fue el primer póster de la historia —señala Marcos.

—Jajaja. No lo había pensado. Yo es que soy más del rollo zen y eso.

—Bueno, ¿me vais a llevar al sitio en cuestión o no? Que ya son las dos de la mañana. —Cuando quiero descubrir algo no paro hasta que llego al final.

—Está bien, pero luego no nos denuncies... ¿Has estado alguna vez en algún...? Bueno, espera —dice Marcos—. ¿Te gustan las sorpresas? Primero vamos a terminarnos la copa...

Treinta minutos después estoy en el asiento delantero del Audi de Marcos. Suena una delicada canción de Air y Vero parece haberse vuelto muy tímida y callada de repente. Marcos conduce con calma por las calles de Madrid. Estoy intrigada, excitada, divertida y borracha, muy borracha. Me invade una sensación de que todo me da igual si estoy al lado de este chico y pienso si no tendría razón mi madre y me han echado alguna droga en la bebida. Lo descarto: nadie va regalando la droga por ahí, y menos en plena crisis.

—Ya vamos a llegar. Si en algún momento no estás a gusto o algo te incomoda, nos lo dices inmediatamente y nos vamos. Y que quede claro que no estás obligada a hacer nada que no quieras hacer. —La voz de Marcos tiene un efecto tranquilizador pero el contenido de sus palabras me pone en guardia—. Al principio te va a chocar, puede que incluso te desagrade. Hay gente que sale corriendo a los cinco minutos o monta un espectáculo... Pero si vas sin prejuicios y con naturalidad, igual hasta te acaba gustando...

—Y sientes que tu vida y algunas ideas preconcebidas pueden llegar a cambiar un poco... Pero, bueno, no te voy a dar pistas —apostilla Vero—. Tú tranquila y confía en Marcos y en una servidora.

Los movimientos del coche me indican que estamos aparcando. ¿Dónde me llevarán estos dos? Espero que sea legal.

Ambos me conducen a ciegas por la calle, de la mano, durante unos doscientos metros. Por si la incógnita no era lo suficientemente emocionante, han tenido la feliz idea de colocarme un pañuelo a modo de venda. Caminamos en silencio, como si de una extraña ceremonia o procesión se tratara.

—Ya puedes quitarte la venda —me dice al cabo de un rato Marcos.

Lo hago y, tras unos segundos de habituación, observo que estoy en una calle prácticamente desierta, más bien estrecha, desconocida para mí, donde no hay comercios ni bares, solo viviendas, y enfrente de mí, en un bajo, una luz ilumina una puerta donde un discreto letrero señala: «Encuentros VIP. Círculo privado de ambiente liberal».

—¿Círculo de ambiente liberal? Y supongo que no será un club de economía, ¿no?

—Es un sitio de intercambio de parejas. Un pub de *swingers*. ¿Has estado alguna vez? —me pregunta Marcos.

—Pues no. Y siempre he tenido curiosidad. —Procuro que no se me note demasiado la sorpresa, en un absurdo intento de hacerme la dura—. Una vez vi un capítulo en una serie donde aparecía uno, pero no sé si tendría mucho que ver con la realidad.

—Bueno, supongo que será algo diferente de lo que sacan por la tele, ¿te atreves a entrar?

Me lo pienso un instante. Si me lo hubiese pensado dos, habría salido corriendo. Pero solo acierto a decir:

—Bueno. Pero no tengo que hacer nada que no quiera, ¿no?

—Pues claro que no.

Aquí estoy, a las dos de la mañana de un viernes, junto a dos personas que hasta hace nada no eran más que dos extraños para mí, una de las cuales ahora absurdamente creo que es el amor de mi vida, frente a una puerta que me ofrece un mundo nuevo y misterioso. Me siento como en *Alicia en el País de las Maravillas,* a punto de entrar en un universo desconocido, lleno de sorpresas, donde quizá nada sea lo que parezca... ¿Lograré hacer pie?

No quiero decepcionar a Marcos. Es más, no quiero separarme de él. Si me hubiese invitado a entrar al mismísimo infierno, le habría seguido también. No quiero volver a perderle la pista. Y el alcohol que fluye ahora por mis venas mezclado con la medicación me ayuda también a no dudar demasiado.

—Pero no me dejéis sola, eh, a ver si me va a pasar algo. —Trato de bromear, aunque en el fondo estoy a punto de salir huyendo.

—Tranquila. Aquí hay muchísimo respeto. Más que en la calle, diría yo. —Me tranquiliza Vero. Me mira como tratando de transmitirme toda la confianza del mundo y me pregunta—: ¿Entonces te animas? ¡Esa es mi chica! Tú hoy observa solamente. Lo normal es no hacer nada el primer día. Piensa que es una experiencia, una visita al Museo del Prado o a la catedral de Burgos.

Nos acercamos a una puerta metálica de color oscuro. Marcos llama a un portero automático, la puerta se abre a los pocos segundos y accedemos a un minúsculo vestíbulo. Al fondo, una bonita chica de pelo rubio y rasgos perfectos, elegantemente vestida con un conjunto negro, nos recibe con una agradable sonrisa.

—¿Hola, cómo estáis?

—¿Qué tal estás, guapísima? —contesta Vero—. Pues bien, venimos de un concierto en el Palacio de los Deportes y nos hemos pasado a ver qué se cuece por aquí. Le vamos a enseñar el local a nuestra amiga.

—Fenomenal, seguro que le gusta. Pues ahora a rematar la noche. ¿Una pareja y una chica sola, no? —Su belleza es tan fría y perfecta como su amable y calculado modo de manifestarse.

—Exacto.

Marcos paga cincuenta euros y entramos. Mi pulso se ha acelerado en un milisegundo. Si no estuviese prácticamente borracha, ya me estarían temblando las piernas del vértigo, eso contando con que hubiera llegado a entrar.

Hago el intento de sacar dinero de mi bolso para pagarle mi entrada a Marcos, pero este no me deja.

—No, Marcos, déjame, que es muy caro. Toma la mitad.
—Pero no me lo permite ni por casualidad. Dice que mi entrada es gratis. Finalmente desisto.

—Son cincuenta euros por pareja los fines de semana. Entre semana es más barato. De lunes a jueves pueden entrar chicos solos, pero en fin de semana como hoy solo pueden entrar parejas. Las chicas podemos entrar solas todos los días y no pagamos nunca, je, je —me ilustra Vero.

—¿Y los chicos solos tampoco pagan?

—Nooo. Ellos sí pagan, siempre. Un poco machista, pero al fin y al cabo eso también pasa en las discotecas. Y ya te digo que solo les dejan venir solos entre semana.

—Cuando vienes la primera vez un relaciones te enseña el local, pero hoy seremos nosotros tus guías, ¿te parece? —se ofrece Marcos.

Me fijo en el sitio. Ante mí se extiende la barra de un pub como cualquier otro. Sin embargo hay una pantalla donde en lugar de fútbol se retransmite a una pareja practicando otro deporte: una imponente morena plastificada le está realizando una felación de campeonato a su musculado partenaire. Parece un semental de primera, un auténtico toro, pero se muestra completamente inexpresivo y la escena no me transmite nada.

Al lado de la barra se extiende un espacio donde varias personas toman algo tranquilamente sentadas en unos altos taburetes de diseño. Hay una minúscula pista de baile iluminada con juegos láser de varios colores. ¿Hace algo de calor o soy yo que estoy nerviosita perdida? ¿Y huele ligeramente a cloro o me lo parece a mí?

La barra, serpenteante, acoge a unas ocho parejas. Ellos van vestidos como cualquier sábado, es decir, con lo primero que se han puesto. Ellas lucen vestidos sexis, mucho escote, espaldas al aire, o directamente lencería… Nada parecido a la ropa que llevamos Vero y yo, que venimos del concierto.

Me fijo entonces en la música del local, está sonando Rihanna, cuando de pronto dos parejas acceden a la barra desde una zona interior. Como si de un *spa* se tratase. Los cuatro caminan tranquilamente en toalla y chanclas. Vienen acalorados y sonrientes.

—Estos acaban de echar un buen polvo —dice Marcos, con toda naturalidad. En otro chico me habría resultado un poco grosero el comentario, pero en él parece algo inocente, desprovisto de cualquier matiz que no sea natural.

—¿Aquí la gente va en toalla también? ¿Hay piscina?

—Hay un *jacuzzi,* pero no es por eso; es por estar más cómodos. Puedes ir en ropa de calle o, si quieres, pides en cualquier momento la llave de una taquilla, te cambias, dejas la ropa allí, y te quedas en toalla y chanclas. Si ves alguien en toalla y chanclas, normalmente no son novatos. Y si ves que nada más llegar lo primero que hacen es cambiarse, es que además de veteranos, puede que sean cañeros —dice riendo—. Para que no pierdas la llave de la taquilla, te la dan en una pulsera —me aclara Marcos.

—¡Una pulsera! ¡Como en un parque de atracciones! Esto es un parque de atracciones para adultos, ¿no? —bromeo para soltarme los nervios. Todavía no me creo que esté aquí. No sé muy bien cómo comportarme, si matar a Marcos y a Vero o si la experiencia me gustará. Esperaré al final de la noche.

—¡Sí! ¡Bien visto! Pero ¡no te montes en todas las atracciones! ¡O sí! —A Marcos se le ve en su salsa, con dos mujeres a sus pies y dentro de una especie de harén.

—Oye, esto debe de ser el paraíso de cualquier hombre, ¿no? —pregunto.

—Y de cualquier mujer, no creas. Al principio suele ser el hombre de la pareja el que insiste en acudir aquí la primera vez. Supongo que a las chicas les cuesta más abrirse a estas experiencias, los prejuicios sociales hacen que se coarten más, sobre todo por el qué dirán. Pero, una vez pasada la etapa del susto, muchas veces son ellas las que después tiran de sus chicos para venir. Nosotros nos cansamos rápido, pero sexualmente la mujer es mucho más potente. Me dais envidia.

—¡Pues anda que tú no has estado aquí noches enteras sin parar también, majo! —tercia Vero—. A este no lo creas, que te las mete dobladas. Y nunca mejor dicho.

Marcos sonríe y, cogiendo a Vero de la cintura, le regala un cariñoso beso en la mejilla. Yo estoy ahora mismo en otra dimensión. Marcos lo nota y busca refuerzos líquidos:

—¿Qué queréis tomar?

—Yo no quiero nada, ya he bebido mucho. Una gota más de alcohol y acabamos ahí al lado, en el Gregorio Marañón.

—Pues tómate un refresco si quieres.

—No, de verdad, ahora mismo estoy tan nerviosa que no me entra nada de nada.

—¡Uy, esperemos que sí te entre algo, que para eso hemos venido! —bromea Marcos mientras yo me pongo roja al escucharlo—. Que es broma, mujer. Para nosotros hoy eres un ángel, sin sexo. Perdona la tontería.

—Yo quiero un Ballantines con Coca-Cola, que estoy hasta las narices de los *gin tonics* —pide Vero—. Y eso de alguien sin sexo lo será para ti, a mí esta chica me encanta —añade mientras me acaricia un brazo.

Marcos pide un ron con limón y paga con dos *tickets* de los cuatro que le han dado de regalo con su entrada de pareja. Observo a la gente de alrededor. La mayoría son de mi edad, quizá algo mayores. Parecen tranquilos, despreocupados, pero me fijo en que se observan con cierto disimulo unos a otros, e intercepto algún interesante juego de miradas. Hay una atmósfera de expectación en el ambiente.

—La barra es el sitio donde muchas parejas se conocen con más tranquilidad, un buen lugar para observar, para ser visto, y si te gusta alguien, para acercarte sin miedo y tomar contacto. Hay quien se pasa toda la noche en esta parte, a otros casi ni se les ve por aquí, y la mayoría estamos un ratito al principio y luego nos dejamos caer de vez en cuando para refrescarnos o reponer fuerzas. A eso de las tres ofrecen un pequeño avituallamiento, con bandejas con lomo, jamón, queso…

—¡Y tú nunca dejas nada, Marcos! ¡Menudo saque tiene este! Bueno, vamos a enseñarle a esta chica el local. ¿Lista?

—No, pero adelante —respiro hondo y me preparo para cualquier cosa.

Avanzamos hacia el final de la barra, mientras noto cómo el resto de parejas me miran, o eso me parece. Debo llevar una cara de susto notable, pero quiero ver qué hay detrás del misterioso acceso que se abre a nuestra izquierda. Alguien desde algún lugar acciona un resorte eléctrico y cruzamos en fila india, como tres exploradores, una verja que se abre. Nos encontramos frente a una especie de cruce de caminos, con un pasillo más oscuro a nuestra derecha, la zona de taquillas asomando enfrente y un espacio con unas colchonetas con forma de sillón en un lateral.

—Vamos a ver qué hay por aquí —dice Marcos.

La luz es mucho más tenue que en la barra. De pronto, así, sin anestesia, sobre la zona acolchada justo al lado de la verja descubro una impactante escena: dos parejas completamente desnudas están practicando sexo sin ningún tipo de pudor. Una de ellas comienza a gemir calladamente a cada una de las embestidas de su joven y apuesto acompañante. ¡Increíble, a la vista de cualquiera! Ella tiene algún kilo de más, pero no parece importarle para nada, lo que de pronto, no sé por qué, me da algo de confianza.

La otra pareja es algo mayor, en torno a los cuarenta, pero de cuerpos cuidados. No son espectaculares, pero están bien. Ella, de rodillas, le está practicando una felación, mientras el hombre, al que se le ve disfrutando, levanta la cabeza y fija de pronto su mirada en mí. Yo me quedo como una tonta, petrificada, sin poder dejar de observar la escena. Es la primera vez en mi vida que veo a alguien realizando sexo en público. Ellos en cambio se muestran de lo más naturales y continúan como si nada.

Me resulta sorprendente cómo pueden estar ahí, con esa falta de intimidad y ausencia de pudor, sin importarles absolutamente nada que cualquiera pueda verlos. No me entra en la cabeza. Yo al menos no me imagino en esa situación, creo que me moriría de vergüenza y no me concentraría.

—Vamos a ver el resto del local. —La voz de Marcos me saca de mi semiestado de shock. Me coloca la mano suavemente sobre el hombro y me guían por una especie de laberinto. Avanzamos por un pasillo con más sillones colchoneta pegados a la pared donde una pareja, esta vez completamente vestida, se acaricia tumbada con toda la pachorra del mundo. Enfrente, una chica y un chico están girados, mirando por una especie de ventanas con forma de ojo de buey.

—Eso es el submarino —me dice Vero—. Se montan unas buenas ahí, pero a mí me da un poco de claustrofobia.

Me asomo por una de las pequeñas ventanas y miro yo también. Me siento como una *voyeur* de película. Se trata de un espacio abovedado, rodeado de ventanas circulares como desde la que yo estoy mirando, con el suelo acolchado, con tres parejas dentro. Mientras unos realizan un 69, los otros cuatro se masturban y juegan unos con otros. Una mezcla de miedo y excitación se apodera de mí, pero no me da tiempo ni a que me empiecen a temblar las piernas, porque al cabo de unos segundos Marcos ya me ha cogido de la mano y continuamos la visita hacia otro lugar.

Vuelvo a observar un espacio algo apartado, con más zona acolchada, esta vez vacío, y descubro unas escaleras a mi derecha que parecen conducir al submarino. Justo encima hay otro tramo que sube a un bonito *jacuzzi,* donde seis personas completamente desnudas charlan y disfrutan de sus copas dentro del agua. En un momento dado, las chicas inician un jugueteo entre ellas con besos, risas y caricias, ante la complaciente mirada de sus acompañantes masculinos.

—El número ideal para una orgía es seis —comenta Vero.

Continuamos andando y llegamos a una parte con baños y duchas, con la sala de las taquillas al lado. Está en una zona de paso y hay tanta gente que es difícil atravesarla sin rozarse con los que se están cambiando. Aquí todo el mundo, hombres y mujeres, comparte vestuario sin ningún problema.

—Luego nos cambiamos —dice Vero—. Vamos a continuar la visita. ¿Qué te está pareciendo?

—No lo sé, cuando me recupere te cuento —contesto mientras le doy un buen sorbo a su Ballantines con Coca-Cola. Ni siquiera le he pedido permiso, le he cogido la copa directamente porque la necesito.

—Tranquila. Es que para ser la primera vez te hemos traído al lugar más cañero de Madrid. Hay otros pubs mucho más tranquilos. Además, hoy es sábado y es hora punta. Si vienes aquí un martes, no hay casi nadie. De todas formas en un rato todo esto te parecerá lo más normal del mundo, y en un par de visitas más, incluso aburrido —me dice Marcos.

Continuamos andando, volvemos al cruce de caminos inicial y esta vez giramos por el pasillo más oscuro. Sigo alucinando y sin saber muy bien qué estoy haciendo. Tenía alguna noción de lo que podía ser esto, pero desde luego es mucho más bestial, como si de pronto la humanidad volviese a su estado primigenio, hace miles de años, como si todos estos siglos de evolución y convencionalismos morales y religiosos no hubiesen tenido lugar. Una especie de selva, una isla en medio de la civilización. Parece que al traspasar la entrada del local hubiese entrado en otro planeta.

—Aquí hay dos o tres reservados —me indica Vero—. Puedes encerrarte con tu pareja o con quien quieras y no os molesta nadie. Suelen estar siempre ocupados.

Avanzamos un poco más y cuando quiero darme cuenta, estoy a las puertas de una habitación rectangular, casi completamente a oscuras, donde distingo varias parejas en la sombra. Están vestidos, cada uno abrazado a su acompañante, enrollándose, pero noto cómo buscan también el roce y el juego con las parejas de al lado, estableciendo una atmósfera de tensión sexual no sé si resuelta, pero sí de alto voltaje.

—Bienvenida al cuarto oscuro. Es el mejor sitio para comenzar el calentamiento. Aquí las parejas se rozan, se tocan, comienzan a interactuar… Pero tú tranquila, solo vamos a echar un vistazo —me susurra al oído Marcos. Él intenta tranquilizarme, pero al acercar su boca a mi oído, me pone la piel de gallina. Mis sensaciones están ya tan mezcladas que no sé si es por el miedo o por cierta excitación.

—Pues a mí no me gusta nada —tercia Vero—. En cuanto entro tengo miles de manos sobándome.

—Eso te pasa por ser tan irresistible —bromea Marcos.

—Claro, en cambio a ti esta parte te encanta, que eres un pulpo.

Nos adentramos los tres, haciéndonos hueco entre las parejas, que parecen recibirnos de forma positiva. Observo que el cuarto oscuro tiene una especie de ventana abierta que da a una sala más grande donde, ante mis ojos, se representa una verdadera orgía. De pronto noto el tacto de una mano sobre mi pierna que lentamente sube hacia mi culo. Giro la cabeza y compruebo que no pertenece ni a Marcos ni a Vero. La escasísima luz me permite distinguir que se trata de un hombre de unos cincuenta años situado a mi lado. La mujer que hay junto a él, supongo que su pareja, permanece como a la espera y me acaricia también tímida y brevemente. Yo estoy rígida como un poste de la luz. No me atrevo ni a moverme.

—Si no te gusta y no quieres seguir, retírale la mano —me dice Marcos al oído.

Y eso hago. Él no me atrae nada. No es por la edad. Aunque hubiese venido el mismísimo Brad Pitt lo habría rechazado también. El hombre deja de tocarme de inmediato y se aparta un poco. Me empiezo a sentir agobiada y salgo apresuradamente del cuarto oscuro. Marcos y Vero me siguen. Necesito respirar.

—Vamos a la barra, que estaremos más tranquilos —propone Marcos.

Una vez en la barra, comienzo a volver en mí. Intento asimilar todo lo que acabo de ver.

—Hay una especie de código no escrito en el mundo liberal: si alguien te empieza a tocar y a ti no te gusta, con apartarle la mano suavemente ya se entiende que no te apetece hacer nada. Pero si correspondes o te dejas hacer, se interpreta como un sí. Si en cualquier momento no estás a gusto o no te apetece, lo das a entender y listo.

—O se lo dices con un poco de tacto —añade Vero—. La gente es muy respetuosa y no te molestará. Hombre, alguno o alguna se puede colar, pero no es lo habitual. A mí alguna vez me ha pasado y les he parado los pies rápido.

—Sí, como el del finde pasado. Pero era un tío que iba bebido y que, se notaba a la legua, no era del mundo liberal. Es de esos que se creen que esto es poco menos que un puticlub. Tony, el relaciones de aquí, acabó echándolo porque también molestó a una pareja —me explica Marcos—. Junto a Sandra, son los que van dando vueltas por el local, comprobando que todo está en orden. Son majísimos.

—Pero vamos, son casos aislados, en el mundo liberal encontrarás respeto y educación, es lo mínimo, como en todas partes —dice Vero.

—Estoy hecha un manojo de nervios. Me voy a pedir un copazo y que salga el sol por Antequera —digo como en broma pero muy en serio.

—Es que ya nos vale traerte aquí. Perdónanos —se disculpa Marcos.

—No, de verdad, si me está pareciendo una experiencia realmente interesante. Ya soy mayorcita. Si no quisiera, no habría entrado. Solo que así de primeras es todo un poco fuerte.

—Tú tranquila, y cuando quieras nos vamos, no hay problema.

—No, si estoy bien, de verdad. No todos los días se vive una experiencia así.

Me pido un *gin tonic* sin poder dejar de pensar en la resaca de mañana y noto que mi cabeza, aparte de encontrarse embotada por el alcohol, no para de reproducir cada una de las imágenes que acabo de observar. Tengo ganas de salir y respirar el aire de la calle, pero por otra parte hay algo en mí que me impulsa a quedarme. «Me tomo la copa y me marcho», me digo.

Una pareja llega desde el interior y se acoda en la barra cerca de nosotros. Visten toallas y chanclas, pero con cierta elegancia innata que los hace distintos del resto incluso así. Ella debe tener unos treinta, rubia, pelo liso y bastante guapa. La pequeña prenda le tapa unos pechos prominentes y deja ver unas piernas fuertes, bien torneadas. Él, de edad parecida o quizá algo mayor, sin tener un tipazo posee un cuerpo bien proporcionado, pero lo que más resalta son sus manos. Tiene las manos más bonitas que he visto nunca. Debo de ser muy descarada, porque se percatan de que llevo un rato mirándolos y sonríen. ¡Ay, madre, que se acercan!

—Hola.

—Hola.

Se sientan a nuestro lado en la barra y piden dos consumiciones.

—¿Es la primera vez que vienes? —me preguntan. Él tiene acento extranjero, del centro de Europa.

—¿Tanto se me nota? Estoy bastante nerviosa.

—Me llamo Günter y ella Cristina —nos presentamos todos. Marcos y Vero están tan tranquilos, pero yo estoy a punto de saltar de mi asiento y salir corriendo.

—La primera vez que vinimos yo también estaba muy nerviosa, y hasta asustada —confiesa Cristina—. Y de hecho salí prácticamente huyendo de aquí. Me dijo que me iba a dar una sorpresa por mi cumpleaños y yo, tonta de mí, pensé que era un local de *boys*.

—Y había *boys*, ¿no? Y *girls*. Soy alemán y me aproveché de que en aquella época casi no sabía español —le dice mientras le sonríe a su chica—. Es que si no la traigo engañada no hubiera venido nunca. —Entre su acento y sus anticuadas gafas redondas, Günter tiene un aire de intelectual desgarbado bastante gracioso.

—Yo estoy ahora mismo como en una película. Estoy alucinando.

—Mira, aquí cada uno hace lo que quiere y nadie te juzga. A mí me gusta venir porque se respira una libertad total. Más que el sexo, que me encanta, lo que me gusta es eso, la sensación de desinhibición, de libertad, de vivir la vida sin ataduras ni prejuicios. —Günter habla con mucha seguridad, sentando cátedra en cada palabra que pronuncia—. Muchas veces venimos y no tenemos sexo con nadie, nos tomamos algo, charlamos, conocemos gente, y ya está. Y eso que venimos desde un pueblecito de Soria.

—Tú estate tranquila, Zoe. Nosotros al principio no hacíamos nada. Veníamos, nos tomábamos nuestra copa, dábamos una vuelta, mirábamos… Al tercer día lo hicimos pero entre nosotros, en un reservado y cerraditos —añade Cristina.

—Yo también empecé así —tercia Vero, que le lanza alguna mirada pícara de vez en cuando a Günter. Marcos permanece muy callado para lo que es él y no me quita ojo.

—Me acuerdo del día siguiente al que vinimos aquí por primera vez. Estábamos cachondos perdidos. Teníamos tantas imágenes de cuerpos, de sexo, en la cabeza que, aunque no habíamos hecho nada, estábamos cardíacos. Nos tiramos todo el domingo follando —recuerda Günter mirando con complicidad a Cristina.

—Sí —corrobora ella sonriendo y arqueando las cejas—. No fuimos ni a comer a casa de mis padres. Menudo cabreo se pillaron.

—Es la mejor forma de hacer dieta, y encima te libras de los suegros. —Marcos se une a la conversación. Todos reímos.

Comenzamos a charlar animadamente los cinco. Al principio la conversación discurre sobre sexo, locales de intercambio, experiencias…, pero luego acaba derivando en otros temas, como los programas de televisión, la vida en Alemania, la política y la historia de cómo acabó Günter en España.

Miro el reloj que hay colgado en la pared encima de la barra y veo que se me han pasado tres cuartos de hora volando. Son encantadores. Mis nervios han desaparecido y me siento extrañamente más cómoda.

—¿Damos una vuelta por dentro? —La proposición de Vero abre de nuevo la espita de la aventura. Todos me miran.

—Va… le —balbuceo.

Nos adentramos los cinco de nuevo en la selva del deseo. Si antes eran unas cuantas parejas las que practicaban sexo a nuestro alrededor, ahora todo el local está en plena ebullición. Felaciones, penetraciones, tríos y pequeñas orgías inundan de jadeos, gemidos y hasta gritos todo el recorrido. Cristina y Günter caminan abriendo el paso, divertidos, y Vero y Marcos les siguen. Yo cierro el grupo como un corderillo asustado que no quiere separarse del rebaño aunque le estuviesen guiando a la mismísima guarida del lobo.

—Hay un reservado libre aquí a la izquierda, ¿nos sentamos un rato? —propone Cristina.

—Nosotros vamos a ponernos las toallas. Después del concierto me apetece ponerme cómodo. Y no descarto un bañito. Esperadnos aquí y ahora venimos —dice Marcos, demasiado práctico.

—Yo me quedo con ellos, que lo de la toalla igual es demasiado para mi primer día, prefiero observar —les digo.

—De acuerdo, guapa. Ahora venimos. —Vero me planta de repente un pico que me sorprende y me relaja a la vez. Lo cierto es que estos dos me van a dejar prácticamente sola en mitad de un ambiente desconocido.

—Ahora mismo venimos. ¡Cuidádnosla bien! Será un minuto —dice Marcos, que me lanza una mirada que intenta ser tranquilizadora.

Cuando desaparecen por el laberinto de estancias, una sensación se apodera de mí. Es increíble, pero experimento el mismo sentimiento de abandono que tuve de pequeña cuando mis padres me dejaron en el campamento de verano la primera vez. ¡Si solo conozco a Vero y Marcos de unas horas!

Günter, Cristina y yo nos sentamos y trato de retomar la conversación en el punto donde la dejamos, aunque la verdad es que no resulta fácil, con una escena en el espacio de enfrente de una pareja follando cada vez con más ganas.

Cristina y Günter se dan cuenta de que estoy en tensión y me dicen que no tengo por qué, que «aquí solo se viene a pasarlo bien». Me comentan un par de cosas sobre el local y yo no aparto la vista de ellos. Me da vergüenza mirar a mi alrededor.

Comienza a sonar uno de mis temas favoritos de Depeche Mode, «In my room». La música otra vez a mi rescate. Me relajo un poquito. Cristina y Günter me cuentan una historia divertida sobre una vez que les dio por hacerlo en un ascensor en Alemania y al final se quedaron encerrados.

—¡La tecnología alemana no es tan fiable, Zoe! —me dice Cristina.

No puedo dejar de reírme con la anécdota y comienzo a sentirme mejor.

Mis acompañantes intercambian algunas tímidas caricias con dulzura y cierta inocencia, pero de pronto la toalla de él deja entrever una erección más que respetable. ¡Caramba con la tecnología alemana! Cuando quiero darme cuenta, Cristina comienza a masajear por encima el duro miembro de su pareja y a mí me entran los nervios otra vez. Creo que en cierto modo están disfrutando viendo cómo a una inocente criaturita como yo se le agarrotan los músculos del apuro.

—¡Ya estamos aquí! —la voz de Marcos me llega como un regalo.

—No habéis tardado nada.

—No queríamos que os escapaseis. —Vero revuelve cariñosamente el pelo de Günter—. ¡Tienes unos bucles muy graciosos, alemancito!

—¡Y otras cosas! —le responde Günter mientras acaricia su pierna.

Lo que comienza como un gesto cariñoso se vuelve más comprometido al ir subiendo por la pantorrilla y perderse debajo de la toalla de Vero. Esta, que parece agradablemente sorprendida, se deja hacer ante la mirada de Cristina, que comienza también a acariciarla.

—Que te comen, Vero —dice risueño Marcos.

—Sí, por favor —responde mientras ella busca también la entrepierna del alemán.

Se ha desatado la acción de golpe y yo no sé dónde meterme. Esta gente está loquísima. Aunque se lo pasa genial, no hay duda.

Marcos permanece a mi lado, quieto, sin participar, atento a cómo me encuentro. Todo esto es muy fuerte para mí, no sé qué hacer ni cómo debo comportarme. Estoy *out*.

—Ven, dejemos a estos. Te enseñaré un lugar secreto.

Marcos acude en mi auxilio en el momento justo, me coge de la mano y me conduce entre los cuerpos entrelazados que se entregan a ambos lados del pasillo. Atrás dejamos a nuestros tres amigos, que, ocupados ahora en devorarse mutuamente, casi ni se han enterado de nuestra ausencia. Todo el local parece una escena de *El jardín de las delicias* del Bosco y, en medio de todo este desenfreno, nosotros nos dirigimos hacia un pequeño alto justo detrás del *jacuzzi*, una minúscula zona resguardada del resto desde la que se divisa gran parte del local y que antes me había pasado completamente desapercibida.

—Aquí estaremos tranquilos y podremos charlar sin tanto lío alrededor. Es un sitio en el que no repara nadie.

Y es verdad. De pronto, en el *maremágnum* de lujuria y éxtasis, este rinconcito aparece como una pequeña isla que alguien hubiese construido solo para nosotros dos. Por si fuera poco empieza a sonar «Pictures of You» de The Cure, una de mis canciones favoritas de todos los tiempos. Vuelvo a respirar con cierta normalidad.

—¿Qué te parece todo esto? Igual te hemos asustado, perdona. Y a estos ya les vale, les ha entrado el calentón y no han reparado en que tú estás con la L.

—Qué va. Ya te digo que me está pareciendo una experiencia interesante. Creo que es algo que todo el mundo debería ver al menos una vez en la vida —intento hacerme la valiente. No quiero que el chico que me gusta piense que soy una meapilas.

—Como ir a La Meca, ¿no?

—O a Cuenca —contesto riendo—, porque aquí veo a mucha gente mirando para allá.

Marcos ríe también, mostrándome unos dientes perfectos. Tiene unos labios gruesos, bien perfilados, y la barbita de tres o cuatro días le sienta fenomenal. Ahora que viste solo una toalla me doy cuenta de que tiene un torso muy bonito, con apenas vello y sin un solo tatuaje. Sus piernas son atléticas, perfectas.

—Veo que te gusta la sencillez: ni piercings ni pendientes ni tatuajes… —le digo.

—Pues sí, en eso soy virgen todavía. Supongo que aún no he encontrado ningún motivo que merezca la pena. Ya sabes, si lo que vas a decir no es mejor que el silencio, no lo digas. Pues si lo que vas a escribir o grabar tampoco es mejor que la superficie desnuda de tu piel, con más razón, ¿no? Supongo que algún día encontraré algo que me motive —dice mirándome a los ojos—. ¿Tú tienes alguno?

—Yo sí. —Me levanto un poco el pantalón (madre mía, la mitad de la gente desnuda y yo aquí tapada de arriba abajo) y le muestro la sencilla flor que decora mi tobillo. De pronto me doy cuenta de que es un tatuaje realmente insípido y vulgar, igual a cientos, y me da cierta vergüenza enseñárselo—. Ya ves que no soy muy original.

—Es bonito. A mí me gusta. Un tobillo muy bonito. Y el tatuaje también —afirma condescendiente. Por lo poco que lo conozco, Marcos parece la típica persona que nunca tiene una palabra desagradable en la boca. Esa gente suele ser muy zalamera y puede que falsa, ¿o será simplemente un encanto? Ojalá me conceda tiempo para averiguarlo.

—A lo mejor un día nos hacemos uno juntos —me dice, por si no me había quedado claro el significado de la mirada anterior.

—Sí, nos podemos tatuar una orgía o algo parecido —bromeo. Aunque embobada con él y en un ambiente que no es el mío, todavía mantengo algunas de mis defensas naturales. Que se lo curre un poquito.

—No, que yo soy un chico muy serio.

—Sí, ¡tienes un aspecto de serio con esa toalla y esas chanclas!

—¿Me la quito?

—Noooo. —Le agarro las manos riendo. Él coge las mías y nos quedamos mirando como dos bobos, sin saber qué decir. Tiene la mirada más limpia que he visto en mi vida. Transcurren los segundos. No nos soltamos. Supongo que debería besarme. O yo a él. En lugar de eso, y como ya sabemos que soy especialista en huir, le pregunto—: ¿Llevas mucho tiempo viniendo a estos sitios?

—Dices «estos sitios» como si fueran antros de perdición. Si solo se hace un poco de expresión corporal y a veces hasta se reparte algo de cariño…

—Ya, ya, ya veo… Aquí la gente es de lo más cariñosa.

—Oye, que de aquí han salido muchas parejas, y hasta matrimonios. También se han deshecho algunos.

—¿Tú cómo empezaste?

—A ver, te cuento. La primera vez que fui a un local de intercambio fue hace diez años. Yo vivía en Sevilla. Eran los tiempos de la prehistoria de Internet. La época del Messenger y los chats. Pues conocí a una mujer de Sevilla, Lola, en Hispachat. Me dio su teléfono y me dijo que me llevaría a un sitio diferente. ¡Y tan diferente! Me llevó al Sueños, un local liberal.

Mi primer local. Ese día encima había fiesta romana y tenías que cambiar tu ropa por una especie de toga que te daban. Si me ves, yo ahí, disfrazado, sin tener ni idea de qué iba la cosa, viendo a la gente despendolada a mi alrededor...

—Pobrecito —le digo mientras bromeo poniendo cara de puchero.

—Pues sí, no te creas. Yo al principio también estaba asustado como tú y me esperaba algo así como una peli de David Lynch, pero el ambiente era como el de cualquier pub un sábado por la noche, solo que de romanos cachondos, jajaja. Además la mujer se conocía a toda la parroquia. ¡Llevaba ocho años yendo! Enseguida me presentó a un montón de gente, y bueno, ese día, al principio ni me empalmaba de lo nervioso y fuera de lugar que estaba, pero al final me lo pasé muy bien con una chica muy maja, y luego con otra amiga suya...

—Vale, vale, no hace falta que entres en detalles. —Curiosa esa sinceridad con lo de «ni me empalmaba». No todos los chicos reconocen algo así, aunque haya sido algo puntual. La mirada de Marcos parece bucear ahora en el pasado.

—Hace poco la llamé para saber de ella y seguía tan simpática como siempre. Es una tía fantástica, vitalista a tope. Y muy buena gente. Si la ves por la calle no te la imaginarías en un local liberal, es la típica maruja andaluza... De hecho, me dijo que estuvo felizmente casada más de veinte años y que siempre le fue fiel a su marido, y que no tenía ni idea de que existían estas cosas.

—Vaya, ¿y cómo lo descubrió?

—Por un amigo que hizo en un chat también.

—Internet ha sido la perdición.

—Y tanto, una revolución sexual, como la píldora en los sesenta, mucho más diría yo.

—¿Y la volviste a ver más veces?

—Sí. Después de esa primera vez volví a quedar con ella varias veces más, pero luego me eché novia «vertical» y dejé el mundo liberal.

—¿Vertical? ¿Iba todo el día recta o qué?

—No. —Marcos se troncha de risa con mi ocurrencia—. En el mundillo liberal llamamos «verticales» a las personas o relaciones *normales* por así decirlo, que no tienen nada que ver con el mundo *swinger*. Y los «horizontales» somos nosotros. Por ejemplo, si una quedada es vertical, es como cualquier quedada de un grupo de personas. Si es horizontal, es una quedada *swinger*.

—No te acostarás sin saber una cosa más. La noche está siendo instructiva y todo. ¿Y dónde está ahora esa chica vertical que te retiró del mundo del vicio y el pecado?

—Estuvimos juntos cinco años, pero al final lo dejamos. Nos llevábamos muy bien, pero a mí se me fue la magia... Y yo no soy de esas personas que sigue en una relación por seguir.

—Te entiendo. Yo dejé a mi chico por algo que ahora mismo en este sitio parecerá una tontería: por ponerme los cuernos.

—No confundamos. —Se pone serio por primera vez—. Una cosa es que vengas aquí con tu pareja de mutuo acuerdo y otra muy distinta es engañarla y hacer cosas a sus espaldas. No es lo mismo ser fiel que leal. Se puede ser infiel pero leal a tu pareja.

—Supongo. En su caso no era ni fiel ni leal. Tenía una doble relación.

—¿Llevabais mucho juntos?

—Mucho, y no sé si todavía lo he superado. No ha pasado demasiado tiempo. —Me dieron ganas de decirle que precisamente con él habían vuelto mis ganas de sentir, de vivir.

—Lo siento. Yo antes creía en la teoría de la media naranja, ya sabes, eso tan bonito de que hay otra persona en algún lugar, un alma gemela y única que es perfecta para cada uno de nosotros. Con el tiempo te das cuenta de que si eso fuera cierto, ¿por qué la gente la encuentra tan fácilmente en su vecino, en su compañera de trabajo o en la persona que se sentaba enfrente suya en la biblioteca? ¡Qué casualidad que esa persona tan única y especial siempre esté al lado y no en la otra parte del planeta!

»Comprendes que cada uno tenemos unas afinidades y un modelo con el que encajamos, y que hay muchas personas que se adecúan, aunque a nosotros nos parezcan únicas y difíciles de encontrar. A lo largo de nuestra vida casi todo el mundo las encuentra y es feliz, al menos durante un tiempo. Incluso con varias personas distintas. Y puede que hasta de forma simultánea.

—¿Tú has encontrado a esa persona alguna vez?

—La verdad es que no. Pero tiene que estar al caer. —Sonríe—. Por estadística y probabilidad ya me toca, ¿no crees? —dice mientras me mira con toda la intención.

De pronto me distraigo con una pareja realmente espléndida que acaba de despojarse de sus toallas y se ha introducido en el *jacuzzi* justo enfrente de nosotros. Sus cuerpos, completamente depilados, son tan atléticos y armoniosos que no parecen reales.

—¡Qué par de guapos!, ¿no? —comento.

—Ah, sí. Estuve con ellos una vez.

—¿En serio? ¿Estuviste de «estar»?

—Sí, hace unas semanas. Muy majos.

—O sea, que te los has… follado, vamos.

—Sí. Y estuvo bastante bien.

—¿Y ahora ni los saludas ni nada?

—No sé si se acordarán. Luego les digo algo si quieres. Estuvimos solo un rato, y había más gente.

—¿Cómo que no sabes si se acordarán, tan malo eres en la cama?

Marcos ríe y contesta:

—Dicen que no, pero cuando has estado con tanta gente, en este mundillo, a veces ves una cara y no la relacionas. Muchas veces intercambias un fugaz momento de sexo y nada más.

»El otro día me crucé con una chica en un local y nos quedamos mirándonos. Me sonaba su cara, y a ella la mía también. Sabía que la conocía de algo. Al cabo de un minuto recordé: ¡habíamos estado follando en una fiesta hace dos años! La saludé, charlamos un poco y nos reímos de la situación, porque a ella le había pasado lo mismo.

—De verdad, empiezo a sospechar que tú en la cama...

—Bueno, eso es como el fútbol: donde hay que hablar es en el campo.

—¿No te parece un poco frío todo esto? Hablas de tener relaciones íntimas como de cambiarse de camiseta.

—Yo creo que le damos demasiada importancia al sexo. No digo que no la tenga, es una actividad estupenda, pero es eso, ni más ni menos: una actividad. Si lo juntas con amor, es lo más maravilloso del mundo. Pero el sexo por el sexo, en su justa medida, también está bien: es divertido. Es como todo, con amor, o con cariño al menos, es mucho mejor. De hecho, yo siempre que estoy con alguien en la cama, me doy un poquito, me entrego un poco, le dejo parte de mí. En ese momento esa persona es lo más importante para mí. Como digo yo, «las cosas con afecto hacen más efecto». No sé si me explico.

—Más o menos —le digo, pero mi cara parece revelar lo contrario—. No sé, supongo que yo, igual que la mayoría de la gente, para acostarme con alguien o tener un rollo, no necesito que esa persona sea el amor de mi vida. En eso estoy de acuerdo contigo. Pero tengo que haber hablado antes con él, conocerle un poco, que me guste. Es que aquí veo que sin conocerse de nada e incluso sin hablar ni una palabra mucha gente se lía. Y yo no creo que pudiera hacer eso.

—Bueno, para eso está la zona de la barra. Para charlar y conocerte. De hecho, muchas parejas lo prefieren así, conocen antes a la otra pareja tomando algo y si hay *feeling* ya pasan al sexo. Otras son más directas… y, bueno, ya ves la que se monta en la sala de orgías…

—Vosotros sois de los directos, ¿no?

—Depende. A mí me gusta más charlar primero y conocer a la otra persona. Pero a veces, si estás metido en medio de una orgía, por ejemplo, o simplemente te cruzas en el pasillo y hay una atracción… brutal, te dejas llevar y surge el sexo sin una sola palabra.

»Ahora te resultará extraño comprenderlo, pero cuando llevas un tiempo en este mundo al final te lanzas sin miedo. Es como aprender a nadar. Al final muchas veces te lanzas de cabeza, sin probar ni siquiera si el agua está fría. ¿Qué hay de malo en disfrutar y hacer disfrutar? De todas formas me encanta conocer a la gente, charlar, ya sea antes o después del sexo, porque…

—¡Qué pareja más rara, ese tío barrigón y tan mayor con esa chica morena! —le corto. Desde nuestra atalaya observo de forma privilegiada a la concurrencia y me han llamado la atención.

—Los conozco a los dos. A veces hay hombres que pagan a prostitutas para entrar en el local. En Internet hay chicas que se ofrecen. Yo he visto anuncios por doscientos y trescientos euros. Es un poco patético. Este hombre es un clásico de aquí y suele venir acompañado de alguna chica de pago. Él mismo me lo confesó sin ningún rubor. Afortunadamente no es lo habitual.

—Me tenía que haber traído una cámara y haber realizado un reportaje para la Milá.

—No te habrían dejado. Si te ven con el móvil encendido grabando o haciendo fotos, te echan, claro. Llevo años yendo a locales y nunca he visto a nadie intentando hacer fotos o vídeos.

—Imagínate, lo que me faltaba, que para un día que vengo…

—Pero si estás tapada hasta las orejas —me pica riéndose.

—¿Sabes?, aunque me traigas a estos sitios de perversión y te pongas a lucir *look* playero antes de temporada, me siento a gusto contigo. Me gusta cómo hablamos, no sé, es como si te conociera de antes. Me haces estar cómoda. Incluso aquí.

—A mí también me encanta estar contigo. —Se acerca un poco más a mí y me dice—: Si estuviésemos en otro sitio ya habría intentado besarte.

—¿Ah? ¿Ahora te has vuelto tímido? Yo que pensaba que eras un macho alfa…

—Un macho alfalfa más bien… No, pero no quiero que nuestro primer beso sea aquí.

—¿Y quién dice que va a haber un primer beso?

—Yo, porque te lo robaré. Será un beso robado. Sin avisar. Un segundo ya no sé si habrá, pero del primero me encargo yo.

—Llamaré a la policía.

—¿Ya estás pensando en numeritos con esposas?

—Estás fatal. Tanto ajetreo te ha hecho perder el norte —bromeo—. Y no quiero perderlo yo también. Creo que ya es hora de irme a casa.

—Quizá tengas razón. Pero… ¿y si dejamos a estos aquí y te llevo a otro lugar?

—¿Más sorpresas? Mira que no sé si mi corazón va a aguantar más esta noche… —Quiero salir del local, pero no quiero separarme de Marcos.

—Seguro que aguanta. Te miro a los ojos y veo que tienes un gran corazón, capaz de resistir muchas sorpresas. Uno fuerte, grande y bonito.

—Mientras no acabes la noche haciéndome una autopsia para comprobarlo…

—No, pero lo que no quiero es que la noche se acabe ya para nosotros. Y se me ha ocurrido de pronto que podríamos ir a un sitio realmente especial, muy diferente a este. ¿Vamos? Estos no nos echarán de menos.

—Miedo me das. ¿Es otro sitio de sexo? Que por hoy ya he tenido bastante.

—No, no tiene nada que ver. Es una idea un poco loca que se me ha ocurrido. Y solo podemos llevarla a cabo hoy, esta noche.

POLIZONES

Marcos conduce por las calles de Madrid. Tranquilo, relajado, sonriente. Yo estoy sentada a su lado y me doy cuenta de que es la primera vez que estamos los dos solos. Y me gusta la sensación. Atrás ha quedado el irreal y alucinante mundo de Encuentros. Ahora me parece como si hubiese sido un sueño extraño, pero hace menos de quince minutos estábamos allí.

Identifico en la *playlist* que está sonando una canción de First Aid Kit: «Caperucita». Si antes fui Dorothy de *El Mago de Oz* y luego *Alicia en el País de las Maravillas,* ahora me siento como la protagonista del cuento de Perrault.

¿Será Marcos un lobo dispuesto a comerse crudo mi corazón? Me da igual: he abierto un poco la ventanilla, la brisa nocturna acaricia mi cara, la música es preciosa y la noche es ahora solo para nosotros dos.

—¿Ahora no me tapas los ojos?

—No. Quiero que lo veas todo. Y sobre todo, quiero ver tus ojos. Tienes ojos mágicos.

—Pues se me ha olvidado el libro de instrucciones para hacer la magia. ¿Tienes tú algo por ahí?

—Creo que sí. Donde vamos hay muchos libros mágicos. El propio lugar es mágico, o eso dicen.

Comienzo a intrigarme. Cada segundo con este chico es una pequeña aventura. Marcos tararea la letra de la canción que está sonando ahora:

—«Soy metálico, en el Jardín Botánico. Con mi pensamiento sigo el movimiento de los peces en el agua…».

—¿No me irás a llevar al Jardín Botánico?, allí hace mucho frío.

—No, aunque el Jardín Botánico es un sitio que me encanta. Pero donde vamos también hay hojas. Y hay varias plantas.

—Buff, me estás haciendo pensar demasiado. Después de una noche tan intensa no estoy para muchos acertijos.

Vayamos donde vayamos, ya no tengo duda de que se trata de la noche más rara de mi vida. Continuamos callejeando y finalmente Marcos detiene el coche en la calle del Prado número 21. Se gira hacia mí y señalando con el brazo anuncia con voz solemne:

—El Ateneo de Madrid, señorita. ¿Lo conoce?

Es el último lugar donde esperaba acabar la noche.

—Pues he pasado muchas veces por delante, y hace poco estuve a punto de venir a una conferencia, pero no, nunca he entrado. Pero no puede ser que vayamos al Ateneo… ¡Si está cerrado a estas horas!

—Está cerrado para todo el mundo, excepto para nosotros dos. ¿Quieres que te lo enseñe? Tengo una llave mágica.

—Lo que me faltaba. Pensaba que esta noche solamente iba a volver traumatizada a casa, pero veo que además voy a dormir en comisaría.

—A veces hay que arriesgarse. Y hoy creo que es uno de esos días que lo merecen. —Marcos saca un manojo de llaves—.

Mi tío es socio del Ateneo desde hace muchísimos años, es el «Guardián de las Llaves». Esta mañana hizo una copia y se las dejó en mi coche. Se le debieron caer del pantalón, porque las he encontrado bajo el asiento esta tarde. Con el despiste que tiene, ni se habrá dado cuenta todavía. Y más ahora, que se ha echado novia y está en Babia. Se ha tirado toda la vida solo, enfrascado en los libros y renegando de las mujeres, y ahora está enamorado como un adolescente. ¡A sus sesenta años! Es bonito, ¿no?

—Pues sí.

—El caso es que ahora nosotros también podemos ser sus guardianes por unas horas… Mañana se las daré, así que si quieres que te lo enseñe, es el momento. Es un lugar realmente especial. Además dicen que por la noche ocurren cosas extrañas.

—Mira, lo he dejado con mi chico de toda la vida, acabo de salir de una orgía y estoy borracha. Y encima me gustas. Llévame donde quieras.

—Tú también me gustas, Zoe.

Marcos me coge de la mano y me transporta como en volandas hasta la puerta del Ateneo. Enfrente de mí se alza un edificio de corte neoclásico, de tres plantas (Marcos tenía razón, había «plantas»), estrecho, modesto en comparación con los numerosos edificios oficiales y no oficiales que componen Madrid. Su gran entrada en forma de arco, enrejada, se muestra serena ante nosotros, flanqueada por la luz de dos antiguas farolas. En la pared, una placa reza: «La estrechez de la fachada no se corresponde con la dimensión real del solar».

Toda una invitación a entrar y descubrirlo. Pienso que ese sería un buen título para algunas personas que conozco, incluida yo misma.

Marcos mira a un lado y a otro de la calle. Está desierta, no hay testigos. Tampoco parece haber cámaras de vigilancia. Extrae de su bolsillo las llaves y rápidamente encaja la más grande en la cerradura. Un ligero chirrido y dos *clacks* preceden a la apertura de la reja. No me creo lo que estamos haciendo. Avanzamos, cerrando la verja detrás de nosotros y, tras probar con un par de llaves, Marcos abre la siguiente puerta.

—¿No hay alarmas o algo? Aquí debe haber cuadros y objetos valiosos.

—Mi tío me dijo que están cambiando el sistema de seguridad y que ahora mismo tienen la misma que en el siglo xix: ninguna. Son cosas que pasan en España.

Cerramos la segunda puerta detrás de nosotros. Todo está oscuro. No parece habernos visto nadie.

—Utilizaré la linterna de mi móvil. No podemos encender ninguna luz o nos descubrirían.

—Yo también tengo linterna en el mío.

Me siento como una niña, una exploradora infantil en busca de un tesoro. Es emocionante. Y Marcos está a mi lado.

Frente a nosotros se alza una escalinata, custodiada por dos imponentes figuras. Enfocamos a una de ellas con el móvil.

—Esta escultura se está echando las manos a la cabeza por la barrabasada que estamos cometiendo, Marcos, ja, ja, ja.

—Sí, pues vamos rápido, porque mira la otra, tiene una espada. ¡Como le dé por utilizarla contra los intrusos!

Caminamos unos pasos más y nos encontramos con otra puerta cerrada. Tras un par de intentos con diversas llaves, Marcos acierta con la adecuada y abre.

—¡Ya estamos dentro! ¡Estamos en un lugar histórico! ¡Y solo para nosotros! ¿Sabes que aquí estuvieron Einstein y Marie Curie? ¿Y que por aquí ha pasado toda la intelectualidad española? Todos nuestros premios Nobel, un montón de presidentes, Unamuno, Valle-Inclán… —Marcos está emocionado. Apunta con su linterna a las paredes, y me va descubriendo diversos cuadros, sillones, bustos y esculturas…—. ¿Ves a ese de ahí? —me explica con entusiasmo—. Es el primer socio del Ateneo: Mariano José de Larra. —Este chico parece saber del Ateneo mucho más de lo que me imaginaba. Me está resultando un guía estupendo.

—¡Anda!, ¿no me digas que Larra fue el socio número uno? Me acuerdo de cuando lo estudiábamos en Literatura. Me encantaban sus artículos. Creo recordar que se suicidó, ¿verdad?

—Sí, por amor, y porque estaba deprimido con la situación del país. Anda que si hubiera nacido hoy en día...

Entramos en una sala rectangular llena de sillones, butacas y sillas, en aparente desorden.

—Esta es una sala donde se realizaban y se siguen realizando tertulias. ¿Te imaginas a Ortega, Galdós o Unamuno tomándose un café y arreglando España y el mundo? Se han sentado justo aquí, donde estamos ahora nosotros. Estas paredes han sido testigos de muchas palabras sabias —dice Marcos mientras enfoca con su linterna.

Me parece notar la fuerza y la impronta que esos grandes hombres han dejado en el lugar. Nos encontramos en un templo del pensamiento. Y lo hemos profanado amparados en la noche. Que la diosa Atenea nos perdone.

Marcos me coge de la mano una vez más (me encanta que lo haga) y me conduce hacia otra estancia.

—El auditorio: la joya de la corona.

Las luces de emergencia nos dejan entrever la majestuosidad del lugar mientras unimos los haces de luz de nuestras improvisadas linternas para ir divisando cada detalle particular. Su luz y la mía juntas, alumbrando el camino, descubriéndonos maravillas. Toda una metáfora, pienso. Enfocamos hacia el techo y aparecen ante nosotros unos maravillosos frescos con alusiones a todas las artes y las ciencias.

—¡Es magnífico! —Estoy impresionada.

—Sí, es como transportarse al siglo XIX. El Ateneo se fundó en 1835. ¿Ves esas figuras de ahí? Todo el edificio está lleno de símbolos masones.

—¿Esos señores tan malos con cuernos y rabo?

—Los mismos. Ya sabes que muchísimos intelectuales fueron masones. Científicos, escritores, incluso varios presidentes del Gobierno de Estados Unidos. Pero no te he traído aquí para hablar de la masonería. Ven, quiero enseñarte mi lugar preferido de Madrid. —Salimos del auditorio y nos encaminamos a la planta de arriba por unas antiguas y modestas escaleras—. En estas escaleras tuvo lugar una de las muchas anécdotas del Ateneo. Esta institución, como todas, estaba dominada y compuesta casi exclusivamente por hombres. —Realmente Marcos borda el papel de guía—. Tan solo doña Emilia Pardo Bazán, que era de armas tomar, se atrevió a romper esa hegemonía. En aquellos tiempos de tertulias y cafés, ella y Benito Pérez Galdós se enamoraron, y, mira por dónde, con esas pintas, eran unos modernos y mantenían una relación abierta. Pero los celos y los malos rollos también hicieron su aparición y el romance que ella mantenía con un tío bastante más joven hizo que el ambiente se enrareciera hasta que al final se dejaron de hablar. Durante ese tiempo, como Madrid es un pañuelo y más en aquel entonces, como ambos frecuentaban los mismos círculos, se cruzaban una y otra vez haciendo como si no se conociesen. Y cuentan que encontrándose ambos de frente en estas mismas escaleras, él abajo y ella aquí arriba justo donde estamos nosotros, al cruzar sus miradas doña Emilia dijo, para joderle: «Ahí está ese viejo chocho». Y entonces Galdós contestó: «Y ahí está ese chocho viejo». Ya sabes, se querían.

—Ja, ja, ja. Vaya pareja. Pero ¿cómo sabes tanto de este sitio?

—Ya te digo que mi tío es socio. He venido muchas veces con él, desde pequeño, y le encanta contarme estas cosas. Y a mí escucharlas. Desde siempre me ha fascinado este lugar. Muchas veces he fantaseado que era un personaje novelesco, de esos del siglo xix, y que venía aquí a las tertulias, y recorría los cafés y las calles de Madrid con mi traje y mi bombín. No sé, es como si tuviese nostalgia de un tiempo que nunca conocí.

Continuamos subiendo, avanzando por un amplio pasillo entre la oscuridad, guiados por nuestros faros improvisados. Sintiendo el frío del lugar.

—Ahora sí te voy a tapar los ojos otra vez —dice Marcos—. Solo dos segundos.

—Hay que ver lo que te gusta taparme los ojos. Un día te los voy a tapar yo a ti y vas a ver. Bueno, no vas a ver nada, claro, si los tienes tapados…

—Jo, haces chistes todavía peores que los míos, me encantas. —Coloca sus manos sobre mis párpados y me indica que camine recto. En este lugar escondido, donde se supone que no debería haber nadie, podría hacer conmigo lo que quisiera. Caminamos muy juntos, como si fuésemos un extraño animal de cuatro piernas y brazos. Me doy cuenta de que apenas lo conozco y de que me he dejado arrastrar hacia aquí como una incauta. Pero no siento miedo. Desde el primer instante en que lo vi, Marcos irradió en mí una gran sensación de confianza. Al cabo de unos cuantos pasos, me dice—: Voy a retirar mis manos, pero no abras los ojos hasta que yo te diga. —Transcurren unos segundos y finalmente me indica—: Ya los puedes abrir. ¡Mira!

Ante mí se muestra una gran biblioteca de cuento, como aquellas de las películas inglesas de época. Marcos ha encendido las luces de algunos pupitres, para que pueda observarla. La ausencia de ventanas hace que no haya peligro de ser descubiertos. Frente a mí se alzan tres plantas repletas de vetustas estanterías y armarios de cristal que albergan multitud de libros antiguos. Es un lugar maravilloso.

—¿Qué te parece?

—¡Es un sitio increíble! ¡Sobre todo para visitar un viernes a las tres de la mañana! —bromeo—. Esto me pasa por juntarme con un editor. ¡Es broma! Me encanta. Gracias por descubrírmelo y abrirlo solo para mí. Es un regalo.

»Es curioso. Siempre me fascinaron las bibliotecas, Marcos. A veces, cuando recorro sus pasillos, siento como si los libros me hablaran y me pidiesen que los escogiese de entre todos. Y ahora tú me traes a una de las más bonitas que he visto en mi vida.

—Te dije que te traería a un lugar con plantas y hojas. Un edificio de tres plantas que alberga miles de hojas…, de libros. Además esta biblioteca es mágica. Pero mágica de verdad. Y no solo porque esté llena de joyas del siglo XIX y porque albergue casi medio millón de libros, sino porque dicen que justo en este exacto punto convergen varias corrientes de energía, convirtiéndola en un lugar muy poderoso.

—Así, rollo rascacielos de los *Cazafantasmas*, ¿no? —pregunto riendo.

—Sí, pero sin el muñeco ese de los donuts. Oye, que hay mucha gente que lo cree de verdad. En el siglo XIX había un teósofo y experto en la cábala…

—¿Teósofo? ¿Eso qué es?

—Una especie de filósofo aficionado al ocultismo. Era un miembro del Ateneo, llamado Mario Roso de Luna, que venía aquí por la noche con sus discípulos, igual que nosotros ahora y, con la luz apagada y unas velas, realizaba diversos ritos y ceremonias para aprovechar esa energía.

—Uhhhhh, ¡tú quieres acojonarme para que te abrace!

—Eso también —me contesta sonriendo y lanzándome una mirada zalamera—, pero ¿y si te digo que la Iglesia de la Cienciología intentó comprar el Ateneo porque quería tener su sede justo en este lugar por sus energías mágicas? Querían aprovecharlas. O eso decían.

—Pues me lo creo. Esos están majaras. Bueno, más bien sus seguidores son los majaras. Los otros tienen un morro que se lo pisan. Menudo sacacuartos.

—Y tanto. Afortunadamente los socios no lo vendieron, pero los cienciólogos estaban tan encaprichados con el lugar que montaron su sede justo al lado, en un edificio que está a dos pasos. ¿Te acuerdas de la imagen de Tom Cruise asomado al balcón inaugurándolo? Pues es aquí, en el edificio de la esquina.

Marcos recorre con la punta de sus dedos los lomos de los libros. Observo sus bonitas manos y me doy cuenta de que se come un poco las uñas. Así que bajo esa apariencia de inquebrantable tranquilidad y seguridad late un puntito de ansiedad, eh…

—¡Mira, un libro de Paulo Coelho! —exclamo.

—¡No jodas! ¡Ah, es broma! —Marcos ríe. A continuación camina unos pasos con aire distraído, extrae un volumen de una de las estanterías y lo hojea. Se detiene en las primeras páginas y me señala la fecha de impresión.

—Mira esta edición de la *Divina comedia.* Tiene doscientos años.

—Un pequeño tesoro. ¿Te la has leído?

—No.

—Yo tampoco —contesto riendo—. Pero me he leído *El Quijote,* ¿eh? Y oye, que me hizo pensar y además me eché unas buenas risas con las conversaciones entre Sancho y el famoso hidalgo. Tienen su punto. ¿Tú crees que sus huesos están donde dicen?

De pronto empezamos a escuchar unos crujidos de madera. Unos pasos quizá. Una ráfaga de viento helador penetra en la estancia.

—¿Viene alguien? —le pregunto alarmada a Marcos.

—No creo. Será alguna presencia mágica. Cervantes, que viene a contestarte. —Se vuelven a escuchar los crujidos, cada vez más cercanos. Marcos decide apagar las luces de los pupitres—. Quédate aquí, voy a ver qué es. —Avanza unos pasos y sale por la puerta.

Estoy sola en esta biblioteca mágica y no sé si es porque estoy empezando a sentir miedo, pero comienzo a notar estas extrañas energías de las que me hablaba Marcos. Es como si varias corrientes circulasen por mi cuerpo. Mi piel y mis huesos parecen recorridos por siniestras presencias, empiezo a marearme…

—¿Estás bien? Te has desmayado. ¡Menudo susto me has dado! —Es la voz cálida de Marcos. Estamos los dos en el suelo, y me tiene recogida en sus brazos. Su cara es un poema.

—Fui a mirar al pasillo y no vi nada, sería algún bicho —me informa—. ¿Estás bien?

—Sí, creo que sí. ¡Me he desmayado! Perdona el numerito. No tenía que haber bebido tanto. —Me incorporo. La cabeza me da vueltas. Poco a poco me voy recuperando—. Anda, vámonos, que me vas a matar esta noche con tantas emociones. Y me vendrá bien tomar el fresco.

—Pero ¿seguro que estás bien?

—Que sí. Venga, me vendrá bien caminar.

En cuanto abandonamos la biblioteca comienzo a sentirme mucho mejor, como si ciertamente dejase morando dentro a las extrañas presencias mágicas y me alejase de su influjo.

Solo recuerdo haberme desmayado dos veces, una vez de niña y ahora. ¿Será verdad que la biblioteca está encantada? No quiero quedarme a descubrirlo. Decidimos volver a la planta baja. Una vez en el *hall*, recuperada por completo, le digo a Marcos que me encuentro perfectamente.

—Pues entonces no podemos irnos sin que te enseñe en medio minuto una última cosa. El lugar más selecto del Ateneo. Está justo detrás de esa puerta.

—Lo dicho, tú hoy quieres matarme. Bueno, ¿ponen *gin tonics?*

—Seguro que en su día alguno cayó.

Penetramos en una salita bien amueblada, al estilo decimonónico. Nuestras linternas nos van descubriendo el mobiliario: una especie de arcón, un reloj integrado en una elegante escultura, un imponente retrato…

—¿Te suena el hombre de este cuadro? —me pregunta.

—Me recuerda a un político de hace muchos años, pero no caigo.

—Es Azaña, el que fue presidente de la Segunda República durante la Guerra Civil. De hecho, estamos en su despacho.

Me fijo en la mirada del retrato. Parece contemplarnos con una mezcla de tristeza y gravedad, muy acorde con los tiempos que le tocó vivir. Del techo cuelga una espléndida lámpara de araña. En un lado de la pared, cuatro banderas nos indican que estamos en un lugar importante. Preside la habitación, en el centro, una mesa redonda flanqueada por seis elegantes sillas a juego. Las paredes muestran motivos neorrenacentistas, con diferentes columnas y arcos.

—¿Ves la decoración de las paredes? Pues es medio de pega. Toda ella es el decorado de una obra de teatro, cuya carpintería se trajo aquí —me ilustra una vez más Marcos—. ¿Y ves esa silla de ahí? —Me señala una elegante y amplia silla de madera labrada con el respaldo y el asiento de terciopelo rojo. Está justo detrás de un bonito escritorio y al lado de una lámpara de pie cilíndrica. Marcos enciende la lámpara. La vieja bombilla apenas luce, pero nos permite olvidarnos por un momento de nuestros móviles luciérnagas—. Este es el sillón institucional, el más importante del Ateneo —continúa—. Se realizó para Cánovas del Castillo, que fue el que se encargó de inaugurar el edificio porque era el presidente del Ateneo en ese momento. Desde entonces se han sentado en él todos los presidentes del Ateneo, reyes, príncipes, Franco, premios Nobel, todas las visitas ilustres que ha recibido la institución… Es un sillón lleno de historia.

—Desde luego, sí que ha habido culos ilustres sentados aquí.

—Pues voy a añadir el mío. —Marcos se sienta y adopta un aire fingidamente circunspecto. Empieza a poner caras y a hacer el payaso—. ¿Estás ya mejor?

— Sí, me encuentro de maravilla. Lo encuentro muy presidencial ahí sentado, con esa pose tan altiva, señor Marcos —le digo y, sin pensarlo, me acomodo en su pierna, le paso el brazo por encima y me acurruco en su regazo como una niña.

Se me ha pasado ya el mareo. Estamos mirándonos a los ojos, a un palmo, y los dos sonreímos. Sonreímos con la boca y con los ojos, que es más importante. Todo está de nuevo en paz, incluso la temperatura es extrañamente perfecta. El decorado nos transporta a otra época. La débil luz de la lámpara ilumina nuestras facciones, confiriéndoles un aura de fotografía antigua. Acaricio su cara. Él sonríe todavía más. Me mira con expectación. Hemos dejado de hablar y solo nos miramos. No hace falta hablar.

Quiero besarlo, quiero que me bese. Ahora sí que es el momento, si no, no sé cuándo lo será. Me inclino, acerco mi boca a la suya. Siento que todo está bien. Mis labios se pegan a los suyos. Son suaves y duros a la vez, cálidos, acogedores. Marcos me corresponde. Entreabre la boca. Yo también. Noto el dulce sabor de su lengua, ya no me aguanto más y comenzamos a bebernos, a devorarnos, a comernos. ¡Cómo besa este chico! Estoy en el cielo. O, por el calor que me está entrando, yo diría que en el infierno.

Nos besamos de mil maneras distintas. Estamos pegándonos un lote de muy señor mío en la misma silla donde se sentaban el emperador de Japón y Azaña. Pero yo no estoy para pensar en eso ahora. Mi mano recorre los botones superiores de su camisa y desabrocha los dos primeros. Uf… Él está empezando a explorar por debajo de mi camiseta. Mientras, nuestras bocas no pueden dejar de atacarse, como si de un combate a muerte se tratase. Creo que no voy a poder dejar de besarle nunca. Soy feliz.

Ni me he dado cuenta y ya me ha desabrochado el sujetador. Mis pezones se erizan al contacto con sus dedos. Mientras, mis manos ávidas recorren su torso, firme, ligeramente musculado. Noto cómo su caja torácica se expande al ritmo de su respiración entrecortada. Continúo mi recorrido más abajo y llego a su pantalón, donde la presión debajo de la tela me muestra que Marcos está excitado. Mucho. No puedo más y, con las prisas y la torpeza de una adolescente, desabrocho el primero de los botones que custodian su entrepierna. Él está haciendo lo propio con mis vaqueros. Va a descubrir que estoy mojadísima. Seguimos comiéndonos a besos, me quita la camiseta y comienza a recorrer mis pechos. Yo ya voy por el último botón y consigo bajar un poco sus pantalones, lo justo para ver aparecer ante mí unos bonitos bóxer bajo los que palpita su pene. Lo acaricio por encima de la tela, es grande, está durísimo, y no me aguanto más: quiero verlo, quiero chuparlo, quiero tenerlo dentro. Me estoy dejando llevar totalmente. Todo está yendo muy deprisa, mucho más de lo habitual en mí, pero noto que es lo correcto. No quiero parar.

Extraigo su miembro y se muestra ante mí como un verdadero regalo. Erguido, magnífico, prometedor… Lo acaricio suavemente al principio, más rápido después. Marcos me está volviendo loca. Cuando quiero darme cuenta estoy sentada, con las piernas abiertas, los pantalones fuera y sus dedos apartándome las braguitas para dar paso a su lengua, que se desliza sobre mi sexo… Creo que voy a morir… ¡Hace tanto tiempo que no hago nada!

Su lengua se mueve en torno a mi clítoris mientras introduce uno de sus dedos en mi vagina. Nos hemos vuelto locos. Esto no tiene sentido. Hace un momento estábamos haciendo turismo cultural y ahora somos dos animales.

Voy a estallar… No puedo más… Finalmente me derrito en un orgasmo maravilloso…

Pero Marcos no me da tregua: ahora me coge del pelo y dirige su pene hacia mi boca.

Me mira con lascivia y me encanta, y yo le muestro mi cavidad bucal, donde inserta de golpe su miembro. Siento el sabor y la textura de su glande y me gustan. Empiezo a chupar con fruición, y pronto él separa mi boca. Está a punto de correrse, lo noto, y ha tenido que parar.

Tras un par de segundos continúo lamiendo despacito el lateral, la base, los testículos… Sus ligeros jadeos me ponen a mil. Quiero darle todo el placer del mundo. Con su pene otra vez entero en mi boca miro hacia arriba y nuestras miradas se encuentran, son todo deseo. Vamos a salir ardiendo. No aguanto más, quiero que me folle. Quiero tenerlo dentro de mí. Marcos se da cuenta al instante y se inclina, me besa, me acaricia y dirige su miembro hacia mi sexo. Están muy cerca, se rozan. Noto su tacto y quiero que continúe. Pero él se detiene un momento, extrae un preservativo de su bolsillo, lo rompe con los dientes y se lo pone en un segundo.

Debo ser una imprudente, pero quería sentir su piel desnuda, sin el intermediario plastificado. Pero Marcos es un chico responsable. Está acostumbrado a la promiscuidad y quizá para él solo soy una más, no alguien por quien perder la cabeza, como me sucede a mí.

Me mira, me besa nuevamente con ternura y se va introduciendo con suavidad. Ummm, lo siento bien apretado, me llena. Empieza a moverse, yo también, nos comemos y empujamos el uno contra el otro, al principio con dulzura, luego con rabia, con prisas, como si nos quedase un minuto de vida y la pervivencia de la especie humana dependiese de este acto sexual. Dios mío, es fantástico. Estoy como poseída, y él también. Nuestros gemidos y jadeos resuenan en el silencio del Ateneo. Estoy a punto de correrme otra vez, empiezo a chillar de placer y finalmente me voy en un orgasmo más fuerte y prolongado que el anterior, un orgasmo increíble, que nunca había pensado poder llegar a experimentar.

Marcos reduce el ritmo, se queda dentro de mí, mirándome, sonriendo. Me besa con infinita ternura y yo respondo a sus besos. No sé ni dónde estoy ni qué estoy haciendo. Pero él vuelve al ataque. Poco a poco incrementa la frecuencia y la fuerza de sus embestidas. Me agarro a él y no puedo hacer otra cosa sino gozar hasta que él tampoco puede más y se vacía dentro de mí, con una especie de grito ronco. En su mirada veo a un hombre rendido por el placer.

DÍA 1

Acabo de despertar en mi cama. Me duele la cabeza. Hacía mucho tiempo que no sabía lo que era una resaca. Por no hablar de lo otro…

Poco a poco mis pensamientos comienzan a ordenarse. A ver, Zoe: ayer encontraste a Marcos, viviste un concierto de Interpol de ensueño con él, después el muy sinvergüenza te llevó a un local de intercambio de parejas y finalmente, para rematar, acabasteis follando en el sillón presidencial del Ateneo. Lo normal, vamos.

Entre el alcohol y la cantidad de experiencias y sensaciones vividas, me siento descolocada, algo confundida. Solo tengo clara una cosa: quiero volver a verlo. Esto…, ¡no apunté su número, ni una dirección ni nada! No puede ser. Con lo fácil que habría sido decir: «¿Me das tu WhatsApp?». O al menos haberle preguntado dónde trabajaba…, o dónde vive… Tranquila, Zoe, recuerda que él sí fue un poquito menos imbécil y te pidió el número. Pero ¡ahora dependo de si me quiere llamar o no, y yo no puedo hacer nada! ¿Y si para él he sido un polvo de una noche?

Miro el reloj. Son las dos de la tarde. Voy a la nevera, me preparo una ensalada y un zumo y poco a poco voy recobrando las constantes vitales. Me encantó estar con Marcos, me encanta Marcos. Pero en mi cabeza no paran de sucederse las escenas del pub liberal. Necesito salir a tomar el aire. Un café con la loca de Tere estará bien. Así me contará qué tal le fue a ella con su ligue. Está desatada. Bueno, yo tampoco me aburro.

Cojo la ensalada y me siento enfrente del televisor. Están dando las noticias. No les hago demasiado caso, absorta como estoy en todo lo vivido anoche. Pero de pronto un titular me saca de mis pensamientos: «Roban durante la noche un valioso retrato del Ateneo de Madrid».

Clavo la vista en el televisor y ante mí aparece la imagen del retrato de Azaña que tuve ayer a dos palmos. Me quedo helada. Nosotros no hemos sido. Bueno, yo no al menos. Y a Marcos no le vi coger ese pedazo de cuadro, desde luego. Espera…, ¿y el rato que desapareció a ver qué eran los misteriosos ruidos y yo curiosamente me desmayé? ¿Qué estuvo haciendo? ¿Había más gente en el Ateneo? Nunca me desmayo, ¿por qué ayer?

La locutora amplía la noticia: «Se sabe solamente que durante la noche desapareció el cuadro y que la policía baraja diferentes hipótesis». Lo que dicen siempre, acompañado de varias imágenes de archivo del Ateneo y otras de la policía entrando a la mañana siguiente en busca de pruebas. Inmediatamente dan paso a los deportes y ahí queda la cosa.

Empiezo a sentir miedo. Miedo de que alguien nos viese entrar y me acusen del robo. Miedo de que venga en cualquier momento la policía a mi casa a interrogarme. Miedo de equivocarme con Marcos y que él esté en el ajo. Según me dijo, solo él y su tío tenían las llaves. Y sabía que esa noche las alarmas no funcionaban. ¡Dios mío, espero que nadie me hiciese nada mientras estuve desmayada!

Necesito llamar a Marcos. Pero no tengo su teléfono. Me agobio. Debo salir a la calle, caminar, relajarme, no pensar. Me conozco y como empiece a darle vueltas…

¿Debería ir a comisaría y declarar que estuve anoche en el Ateneo? Me dejo caer encima de la cama y decido no pensar en nada. Quizá una de las pastillas mágicas del doctor Encinar me ayude…

A las siete de la tarde, y después de una buena siesta producto del trankimazin, estoy con Tere en uno de nuestros lugares favoritos de Madrid: la plaza de Santa Ana, en pleno centro.

Admiramos la silueta del hotel Reina Victoria, con su característico pináculo, justo enfrente del Teatro Español. Varias terrazas dotan de vida al espacio, aportando el bullicio, el aroma del café y la plasticidad de los gestos que adornan las múltiples y animadas conversaciones. Y en un lateral, deleitando a la concurrencia con sus conciertos de jazz durante más de dos décadas, el Café Central, habitual escenario de mis quedadas vespertinas con Tere. Hacia allí nos dirigimos.

Sentadas a una mesa al lado del piano, saboreamos dos cafés con leche (sí, lo sé, no debería mezclar café con trankimazin) que despiertan nuestra mente y sueltan nuestra lengua, aunque a nosotras no nos hace falta mucha ayuda para que pronto un torrente de palabras nos envuelva. Y mucho menos hoy, con la de cosas que tenemos que contarnos. Yo sigo todavía alucinada con la historia del robo del cuadro. De momento he decidido no hacer nada.

—¿Te acuerdas cuando siempre confundías este café con el Café Comercial de Bilbao? —Me recuerda Tere. Se la ve feliz, con buena cara. Cara de haber follado.

—Sí, es que se llaman de forma muy parecida, y los dos eran unos clásicos de Madrid. El Comercial ya ha cerrado y a estos les han subido el alquiler un montón y están aguantando como pueden. Hay gente movilizándose en la red para que no chape también.

—Espero que no. Y bueno, ¿qué tal con Marcos? ¿Mereció la pena abandonar a tu mejor amiga? Bueno, seguro que fue bien, ¿no? Cuenta, cuenta…

Le cuento todo, excepto lo de la visita al Ateneo y la noticia del robo. No quiero pensar en ello. Quizá no esté usando más que la táctica del avestruz, esconder la cabeza y hacer como que la amenaza no existe. Pero no quiero hablar de ello, quiero olvidarlo, hacer como que no pasó. Además conozco a Tere y no haría más que ponerme más nerviosa.

—Joder, tía. Yo quiero ir a un sitio de esos. ¿Encuentros dices que se llama?

—Sí, pero hay muchos más en Madrid, por lo visto. Ese es solo uno. Oye, pero ¿tú no tenías marido? ¿Víctor qué opina de todo esto?

—A ver, a Víctor lo de la francesita le encantó, claro, pero de compartirme con otro hombre, ni hablar. Lo conozco y es que ni se lo planteo. A ese sitio tenemos que ir tú y yo juntas.

—Si no sé si quiero volver. Fue una experiencia muy muy fuerte. Oye, y hablando de experiencias fuertes, ¿tú que tal ayer?

—De ma-ra-vi-lla. Un chulazo que estaba buenísimo, y encima en la cama tremendo. Y yo que llevo toda la vida con Víctor… ¡Lo que me estaba perdiendo! ¿Tú has hecho alguna vez el helicóptero?

—¿¡Te lo has tirado!? ¿Le vas a decir algo?

—Pero ¿cuántos añitos tenemos, Zoe? Pues claro que no le voy a decir nada. Las infidelidades no se cuentan. Es más, si es preciso, se niegan hasta la evidencia. Mira, a mí me parece tremendamente egoísta eso de confesar una infidelidad: para que tú te quedes con la conciencia tranquila le echas el marrón y la mierda al otro. Al contárselo puede que tú te sientas mejor, pero te aseguro que la otra persona no. Mejor se lo traga una solita, y aquí paz y después gloria.

—Curiosa teoría. No lo había pensado así. Eres pura generosidad, vamos. Pensaba que nunca le habías puesto los cuernos a Víctor, pero te veo con mucha soltura.

—Y es la primera vez que estoy con alguien distinto a Víctor, de verdad. Pero te voy a decir una cosa: no va a ser la última. No voy a repetir con este, prefiero no volver a verlo porque estaba muy bueno pero no había nada más, aunque he visto lo que me estaba perdiendo y yo quiero vivir la vida. Que estamos en una edad que luego todo se cae y no podemos andar eligiendo.

—No se te puede sacar de casa.

—Habló doña orgías.

—Ja, ja, ja.

Tere está describiéndome a su ligue cuando me llega un wasap de un número desconocido. Miro la imagen del perfil: ¡es Marcos! Lo leo a la velocidad de la luz. Es el texto de una canción de Love Of Lesbian: «Si de todos mis delirios y mis cuentos… solo el tuyo ha mejorado el argumento. ¿No serás tú? ¿No serás tú?».

CAP

«Ella suele descansar
con los pies en el agua.
Tiene azul el corazón, de nadadora».
(«Nadadora», Family)

Es domingo por la tarde. Estoy en la salida del metro de Prosperidad. Esta vez he dejado en el armario mis habituales pitillos negros y me he vestido de forma más provocativa. Claro, que mi concepto de provocativo también habría que examinarlo. Digamos que me he atrevido a lucir un escote algo más pronunciado de lo habitual, que mis pantorrillas aparecen tímidamente debajo de una faldita que tenía por ahí y que me he pintado los labios de un rojo bastante absurdo.

Empiezo a pensar. Debo estar loca para quedar con él. La única referencia que tengo de él es que puede que esté implicado en un robo y que me haya implicado a mí. Me digo a mí misma que mi decisión de volver a verlo solo se debe a que quiero sacarle información y averiguar qué pasó la otra noche, pero para qué engañarme, he quedado porque me gusta. Porque no me he podido resistir. Y porque la vida sin emoción es una cáscara vacía.

No me da tiempo a darle más vueltas al asunto porque acaba de aparecer.

—¡Hola! Estás guapísima —dice mientras me da un beso.

Tiene la misma sonrisa y el aire despreocupado del otro día. Yo en cambio estoy nerviosísima. Más que la primera vez. Por teléfono no le mencioné nada del robo, prefiero hacerlo cara a cara. Y no sé cómo, bueno sí, porque siempre me pudo la curiosidad, he terminado accediendo a visitar otro local con él. En este caso es una especie de *spa,* según me ha dicho. Me ha convencido diciéndome que es mucho más tranquilo que Encuentros, que es más un *spa* que un lugar de intercambio puro y duro. Habrá que verlo. Quizá el agua me ayude a relajarme. ¿Habrá visto las noticias? ¿Sabrá algo que yo no sé? Casi no lo conozco, no debería confiarme.

—¡Hola, liante!

—¿Liante? ¿Tomamos un café antes por aquí? Oye, que lo de ir a Cap era una opción, si quieres pasamos y hacemos otra cosa esta tarde. Tenía muchas ganas de verte. Yo te propuse el plan casi de pasada…

—Sí, sí. Ahora no me vengas de buenecito. Si me quieres solo para sexo, pues me lo dices y ya está. No necesito que disimules con cafetitos y demás.

—Ja, ja, ja. ¿Quién ha dicho eso? ¿Todavía no sabes que me gustas de verdad? Anda, olvida lo de Cap, que cojo el coche y nos vamos a latinear.

—¿Y quedarme con la curiosidad? Yo quiero conocerlo. Pero ¡no creas que vamos a hacer nada! Además tienes que explicarme lo que pasó en el Ateneo, porque no me digas que no es casualidad que me lleves y justo se produzca un robo. Estoy un poco asustada. Te has enterado, ¿no? —le suelto de golpe.

—Sí, me quedé alucinado. ¿No pensarás que soy un ladrón de cuadros? —No parece molesto. Su tono es calmado.

—No pienso nada ahora mismo.

Siento una mezcla de emociones contradictorias. Cualquiera diría que no es muy prudente volverme a embarcar en una aventura con este chico, no al menos hasta que todo se aclare. Y seguramente estaríamos mejor los dos tomando cañas por La Latina, pero no he podido resistirme a visitar otro espacio liberal. Hay algo en ese mundo que me atrae y que quiero descubrir y tratar de entender. Marcos me gusta, y sé que me pondría celosísima si lo veo hacer algo con alguna chica, pero este parece ser su modo de vida y no creo que lo vaya a cambiar por mí. Es algo un poco descabellado, pero quiero ser parte de su mundo, y si su mundo es este, deseo probar si soy capaz de pertenecer a él. O al menos de entenderlo. Y cuanto antes, mejor. Además tengo que averiguar si Marcos está detrás del robo o sabe algo. Este tema tengo que dilucidarlo.

Me dice que esté tranquila, que no hemos hecho nada, me toma de la mano y echamos a andar. Me gusta su tacto: tiene unas manos cálidas, suaves… Y me encanta cómo me agarra, con la presión justa, ni mucho ni poco. Sé que como siga colgándome así me va a acabar partiendo el corazón, pero me da igual. Hemos venido a jugar. Y si la policía me está siguiendo, que nos detengan juntos. O al menos que me deje tener algún vis a vis de vez en cuando con él.

Cuando quiero darme cuenta nos encontramos en la puerta de Cap Madrid. Por fuera es un lugar discreto, cualquiera podría pasar cien veces por delante y no reparar en él. Un letrero con el nombre, un timbre… Llamamos. Esta vez el recepcionista es un chico joven detrás de un cristal que saluda a Marcos, al que por supuesto parece conocer. Paga veinte euros, que es el precio de la entrada por pareja y que incluye todas las bebidas no alcohólicas, según me explican, y una puerta se abre ante nosotros. Una vez dentro, el chico nos entrega una pulsera de plástico con una llavecita y nos pregunta:

—¿Toalla o albornoz? —Marcos pide toalla y me mira.

—Albornoz —contesto yo. Todo lo tapadita que pueda. Nuestra primera cita los dos solos y en albornoz. ¿Qué estás haciendo, Zoe?

Diviso una especie de bar al fondo, con varias personas tomando algo de forma relajada, todas con su correspondiente toalla o albornoz, y unas escaleras que bajan. La decoración es tipo *spa* zen, con cierto gusto. Marcos me comenta que el local era un antiguo restaurante japonés y que han aprovechado parte de lo que ya había.

Pasa la pulsera que nos han dado por un código situado en una puerta a nuestra derecha y esta se abre. Se agradece que las taquillas esta vez no estén en medio del local, la verdad. Entramos. Estamos solos frente a varias filas de consignas. Buscamos la nuestra y Marcos se quita la camisa. Se supone que tenemos que desvestirnos y ponernos las toallas, pero a mí de pronto me da un corte que no veas. El otro día me dejé llevar por el momento, pero ahora, con tanta luz y así en frío, me da vergüenza desnudarme delante de él. De pronto nos hemos quedado callados. Intento romper el hielo con lo primero que se me ocurre:

—Este local es más barato que el otro. ¿Y eso?

—No sé. Cada local tiene sus precios. Este es más barato que los demás, sí, pero está muy bien.

—¿Y pueden entrar chicos solos?

—Sí, excepto el sábado por la noche. Pagan el doble, cuarenta euros. Y creo que las chicas solas pagan eso también.

Nota que no he empezado a desvestirme, y me mira.

—Oye, ¿no me puedo quedar con la ropa como la otra vez? —le pregunto.

—No, aquí no. Esto es un *spa,* ya te dije. De hecho, no dejan ni quedarte con los tacones. Tengo amigas que no vienen aquí porque les gusta llevarlos, con sus medias, sus ligueros…, y aquí no dejan. Bueno, excepto algunos días en los que hacen una fiesta especial. Venga, me cambio yo primero si quieres y luego tú. —Nota que estoy algo nerviosa—. No me digas que ahora te da palo.

—Pues un poco.

—Que no miro. O me salgo si quieres.

—Me basta con tu promesa. Yo tampoco te voy a mirar a ti.

—¡Demasiado tarde! —Marcos se está quitando divertido los pantalones y ya va por los calzoncillos cuando yo giro rápidamente la cabeza.

—¡Eh, tú, exhibicionista! —Pero lo miro por el rabillo del ojo. Decididamente este chico no está nada mal. ¡Vaya, tener ese culo debería estar contemplado en el Código Penal!

—¡Venga, que yo ya estoy! Anda…, salgo y te espero fuera. —Me planta un casto beso en la mejilla y sale sin darme tiempo a contestar.

Yo me cambio en una décima de segundo, y cuando quiero darme cuenta, estamos atravesando unas cortinas que conducen a la zona del bar. A lo largo de una barra en forma de L y no demasiado grande hay tres parejas y cuatro chicos que inmediatamente clavan sus diez pares de ojos en nosotros. Me siento observada, escrutada, medida, pesada y calificada como apta o no apta para la cópula. Por las miradas de deseo indisimulado diría que muy apta. Marcos esboza un tímido «hola» general, que es respondido por varios de los concurrentes.

Nos acodamos en la barra y Marcos me ofrece asiento en uno de esos taburetes altos donde nunca sabes muy bien cómo colocarte. Y menos con un albornoz.

—Buenas tardes, ¿qué quieren tomar?

Me sorprende la persona que hay detrás de la barra. No tiene el aspecto juvenil y liberal que esperaba. Se trata de una mujer pequeñita, con gafas, de unos cincuenta y muchos o más, con pinta y maneras de ser la madre de alguno de nosotros. No encaja con el lugar pero a la vez transmite una sensación entrañable y amable. Y eso a pesar de que no nos tutea, como ha sido la regla habitual hasta ahora en mi corta experiencia en los locales.

—¡Hola, Carmen! No hagas como que no me conoces, que ya le he dicho a Zoe que soy un habitual. ¡Dame un par de besos!

—Ya sabe que yo soy muy discreta, Marcos. Encantada de saludarla, Zoe. —Me tiende la mano de forma protocolaria y me regala una sonrisa de abuelita.

—Pero que te he dicho mil veces que no me hables de usted, Carmen...

—Ya sabe que aunque les tengo un enorme cariño, en mi trabajo me gusta ser muy correcta. El trabajo es el trabajo —contesta amable pero firme—. ¿Le pongo su zumo de tomate de siempre? ¿Y para la señorita?

—Sí, Carmen, por favor.

—Yo quiero un *gin tonic,* por favor. Te invito a uno. —No quiero parecer una alcohólica que bebe sola.

—Gracias, pero aquí yo soy fiel a mi zumo de tomate. ¿Qué tal está el ambiente, Carmen? ¿Hay gente?

—Está muy animado hoy, debe haber unas quince parejas. Y todavía es pronto. —Cuando habla lo hace con un tono tan amable y servicial que solo le falta pronunciar un «señorito» al final, como en aquellas películas españolas de los sesenta.

Mientras Carmen nos prepara las bebidas y Marcos me gasta alguna broma para tratar de relajarme, observo que a mi derecha se abre una salita con unos sillones, donde dos parejas de nuestra edad conversan animadamente. Ellas tienen el pelo mojado y parecen satisfechas y recién venidas de una buena sesión de sexo. De pronto, uno de los chicos fija sus ojos en mí y yo desvío la mirada.

Observo que al fondo de la salita se abre un pasillo.

—¿Por allí qué hay?

—Pues no te lo vas a creer, pero acaban de abrir un restaurante.

—¿En un *spa*, y además liberal? ¿En serio? Vamos a verlo.

Atravesamos el umbral y, efectivamente, allí mismo, en la estancia contigua el bar, encontramos un restaurante con sus mesas bien puestecitas y un ambiente muy acogedor. Ahora mismo está vacío. Una chica aparece y se nos presenta como la encargada. Charlamos un rato con ella sobre el menú, le damos las gracias y volvemos a la barra.

—¿Tú crees que vendrá alguien aquí a cenar?

—Claro. Es un sitio ideal para las quedadas que hacemos. Solo con la gente liberal ya se puede llenar. Y quizá personas que tengan curiosidad…

—Imagínate que viene algún despistado al restaurante y se encuentra el bar y la parroquia en toalla o con los pechos al aire como esa chica de ahí. Alguien que venga a comer y no tenga ni idea del resto… ¡Porque para llegar al restaurante hay que pasar por el bar!

—Pues se llevaría una sorpresa agradable. ¡El sitio ideal para comer con los suegros!

—Ahí, en esta otra entrada, pone «Solo parejas» —le comento a Marcos, señalando hacia otra parte.

—Ven, te lo enseño en un momento. Se ve rápido.

Y tan rápido. Entramos y nos damos de bruces con una habitación con una zona compuesta por dos tatamis, uno más grande que el otro, donde dos parejas completamente desnudas juegan tranquilamente.

Una está tumbada sobre sus albornoces, que les sirven de improvisada ropa de cama, acariciándose con aire lánguido. La otra, un par de metros más allá, dos veinteañeros atractivos, nos ofrece la visión de ella practicando una felación a su chico, el cual, al adivinar nuestra presencia, nos mira con cierto interés pero sin distraerse demasiado del goce del momento.

—Te gusta corromper a señoritas como yo, ¿verdad? —le susurro a Marcos, mientras mi dedo índice dibuja un sinuoso camino desde su pecho a su ombligo. Adivino que un poco más abajo ha comenzado la fiesta—. Reconócelo, dices que te gusto, pero lo que te pone es traerme aquí, iniciarme, observar la cara que pongo ante cada novedad. Tú ya no encuentras misterio en esto y necesitas vivirlo a través de otra persona. Y si es novata, mejor.

—¡Qué profunda te has puesto! Simplemente me gustas, me gusta venir aquí y me gusta venir aquí contigo.

Intento averiguar en sus ojos alguna sombra de incertidumbre, alguna rendija por donde pueda colarme y averiguar si me está diciendo la verdad. Tampoco quiero presionarle, apenas hemos pasado unas horas juntos y ya casi estoy pidiéndole matrimonio.

—Ven, que continuamos la ruta. Luego podemos volver aquí si quieres —me dice.

—Lo que el señorito diga. Oye, en cuanto me enseñes el local voy a ser yo la que mande, eh, que te estoy acostumbrando mal.

—Perfecto. Pero no seas muy dura, ¿eh?

Dejamos a las dos parejas entregadas a sus juegos y regresamos a la zona de bar.

—Pues ya hemos hecho un poco de turismo, Carmen. Como es la primera vez que Zoe viene a Cap se lo estaba mostrando.

—En realidad es casi la primera vez que vengo a un sitio así. Hasta antes de ayer no sabía casi ni que existían.

—Uy, como yo. —Carmen me mira con unos ojos cargados de inocencia a pesar de la edad y de lo que habrán visto en este trabajo—. Hasta hace tres meses que empecé a trabajar aquí no sabía lo que era el mundo liberal y el ambiente. Pensaba que era cosa de degenerados. Y no, ahora veo que todos ustedes son gente normal, y muchos encantadores, como Marcos. Y todos muy educados y respetuosos. Con sus gustos, como todo el mundo, que yo ahí no me meto.

—Claro, Carmen, y te tienes que animar un día y jugar un poquito con nosotros. —Marcos sonríe, está bromeando—. Que eres la única mujer que se me resiste. Mi fantasía sexual.

—Andaaaa, para qué querrá usted estar con una vieja como yo, teniendo a chicas tan guapas como Zoe. Si podría ser su madre…

—Por eso, por eso…, más morbo.

Marcos continúa bromeando y charlando con Carmen, mientras yo observo cómo va llegando más gente al local. Cada vez que el timbre suena, el chico que vimos al principio se dirige hacia la entrada a dar la bienvenida a una nueva pareja o a algún chico solo. No he visto a ninguna chica sin pareja.

—Me gustaría ver la parte de abajo, Marcos.

—Claro, pero no se pueden bajar las bebidas. Bueno, veo que de todas formas ya casi te has acabado el *gin tonic.*

Es verdad, con los nervios no me he dado cuenta del increíble ritmo de absorción que he llevado. Y eso que no debería beber… Apuro la copa de un largo sorbo, y le digo:

—¡Vamos, marchando!

Nos dirigimos a la parte de la entrada del local y desde allí unas escaleras nos llevan a la zona del *spa* propiamente dicho.

—Mira, ven. —Marcos me enseña multitud de reservados, comunicados unos con otros por grandes ventanales que se pueden tapar corriendo la cortina. Cada habitación, sencilla, con una especie de cama cubierta por una especie de lona de cuero y una papelera por toda decoración. Cada una tiene cerrojo, con lo que se puede disfrutar de total intimidad. De momento están casi todas vacías. Noto que a nuestro alrededor comienzan a pulular algunos chicos solos.

—Les llamamos los «zombies» —me dice Marcos—. Suelen pasarse toda la tarde deambulando por el local como almas en pena mirando a las parejas con ojos anhelantes y mendigando un poco de sexo. Algunos incluso tienen suerte.

—¿Tú nunca has venido como zombie?

—Sí, ahora que lo dices, un par de veces.

—¿Y?

—Pues no acabé la noche solo, la verdad.

—Claro, claro, cómo se me ocurre ni siquiera dudarlo. ¡El gran Marcos, el triunfador!

—Anda, ven, que te enseño la parte del *spa*.

Avanzamos por una zona común, donde un chico y una chica envueltos en su albornoz permanecen recostados mientras beben dos vasos de agua.

—Qué sanos estos, mira, bebiendo agua.

—Sí, aquí abajo hay un surtidor, como esos de oficina. Viene muy bien.

Seguimos avanzando y nos encontramos a la derecha con una puerta de cristal tras la que aparecen unos cuerpos desnudos y brillantes por el sudor.

—La sauna. Si quieres, luego vamos un ratito, aunque a mí lo de pasar calor no me va mucho.

—Yo prefiero el calor al frío. Odio el invierno.

—Pues en eso no coincidimos, es mi estación favorita. Mira, aquí está el *jacuzzi*.

Se trata de un *jacuzzi* bastante más grande que el de Encuentros, en forma de L, con una entrada estrecha con escaleras y un espacio grande al fondo, que lo convierte casi en una pequeña piscina. Dentro hay unas ocho personas disfrutando del agua, completamente desnudas. Entre ellas distingo dos parejas y cuatro chicos solos que las observan. Cada chica está jugueteando con su chico, y a veces miran de reojo a la pareja de al lado. Y yo diría que cada vez están más cerca la una de la otra.

Mientras, los chicos no pierden ojo a una prudente distancia. La situación es realmente morbosa.

—Esto no es tan inocente como me habías contado, truhan. ¿Y aquí qué hay? —digo señalando otra puerta con el cristal cubierto de vapor.

—Es el baño turco. Si la sauna me gusta poco, aquí es que ya no aguanto ni dos minutos. Ni dos segundos más bien. Si es que no se puede ni respirar, me asfixio.

—Eso es nada más entrar. Tienes que relajarte y no agobiarte, y ya verás cómo poco a poco respiras con normalidad. Mira, vamos a pasar y pruebas.

Le abro la puerta sin que le dé tiempo a pensárselo y nos adentramos en ese pequeño universo de calor. El vapor lo inunda todo. Por primera vez veo a un Marcos no tan seguro de sí mismo. Ahora soy yo la que controla la situación, la que dice cómo hay que hacer las cosas. Estamos solos y nuestras palabras se reproducen con eco.

—¿Qué tal? No te pongas nervioso y respira.

Marcos está concentrado, con la mirada en el techo. Parece un saltador de trampolín a punto de competir. Tras unos segundos en los que le noto agobiado, comienza a relajarse.

—¡Pues es verdad! ¡Nunca creí que la vida humana fuese compatible aquí dentro! Ahora ya respiro bien. —Se ha sentado en un banco y yo le acompaño. Nos cogemos de la mano y nos miramos a los ojos, como si estuviésemos en un parque.

—Tú también tienes muchas cosas que enseñarme, Zoe.

—Ya lo sé, si en el fondo no eres más que un corderillo. ¿O eres un lobo? —Aprovecho el momento de intimidad para hincarle el diente al tema del robo—. No puedo dejar de pensar en lo del robo. Estoy preocupada. Ha salido hasta en el telediario, ¿lo viste?

—Sí, lo vi. No quería comentarte nada por si tú no lo habías visto, para que no te preocupases. Pero sí. Para una noche que se me ocurre ir por el lado más salvaje de la vida y resulta que no soy el único que elige el mismo lugar. ¿Te acuerdas de los ruidos que oímos? Yo no vi nada, pero debimos de coincidir con el ladrón.

—¡Es increíble! El cuadro de Azaña nada menos. Con lo grande que es. Debieron robarlo al poco de salir nosotros.

—Sí, cuando fui a llevarle las llaves, hablé con mi tío y dice que es de un gran valor. La policía lo ha estado interrogando, porque se supone que él es el único que tiene llaves.

—Los ruidos que escuchamos quizá fueran los ladrones accediendo al edificio. ¿Se sabe cómo entraron?

—Las autoridades no sueltan prenda. Y han cerrado el Ateneo hasta que termine la investigación. Por desgracia mi tío es ahora mismo el principal sospechoso. Han registrado su casa y la de su novia, pero no han encontrado nada, claro. Él me ha dicho que es inocente, y yo le creo. Es un buen hombre, un enamorado del Ateneo de toda la vida. Nunca haría algo así. Y fíjate si es bueno, que no le contó a la policía que yo tenía una copia de las llaves. Eso nos pondría en la misma situación que él. Solo me preguntó si las llaves habían estado en mi poder todo el día, por si las había perdido o algo.

—¿Le contaste nuestra visita nocturna?

—Sí. No sabía qué hacer y se lo conté. Tengo mucha confianza con mi tío. De hecho, en alguna etapa de mi vida fue como un padre para mí. Me ha dicho que no se lo diga a nadie y menos a la policía. Es mucho más prudente que yo.

—Cuando entramos miré y no vi a ninguna persona en la calle. Esperemos que no nos viese nadie. Tengo miedo, Marcos. ¿Seguro que tu tío no dirá nada?

—Tranquila. Ya te digo que es como mi padre. Me conoce y sabe que yo nunca haría una tontería así. Y quiere que esto no nos toque para nada. Es un hombre de honor, de los de antes.

»Y yo tampoco vi a nadie, Zoe, me fijé bien. La calle estaba desierta, tan solo había algunos coches aparcados. Si alguien se hubiese enterado de que estuvimos allí, ya nos habría interrogado la policía. Y ha pasado ya bastante tiempo. Ojalá detengan pronto al ladrón y mi tío quede libre de toda sospecha. Ahora mismo está en casa, pero puede que acabe imputado. Esperemos que no.

—¿No crees que deberíamos ir a la policía nosotros y contar que estuvimos allí, que oímos ruidos, pero que no vimos ni hicimos nada? Y nos quedamos más tranquilos. Además, hicimos el amor en la misma sala del robo. ¡Debemos haber dejado huellas por todas partes!

—Podemos haber dejado todas las huellas del mundo, no pasa nada. Esa sala es de las más visitadas, hay huellas de todo Madrid. Y aunque tomasen justo una muestra de las nuestras, ¿con qué lo iban a cotejar? ¿Tienes antecedentes?

—Ah, pues no. Lo que no sé es si los tienes tú. Sabes, no sé muy bien qué hago aquí hoy tan tranquila contigo después de lo que pasó la única noche que hemos coincidido. ¿Y si eres un ladrón de arte que me utiliza para cargarme el mochuelo?

—Entonces ya es tarde para ti —dice bromeando—. Tendrás que confiar en mí. Y no, yo tampoco tengo antecedentes penales.

—No sé, no sé. En las editoriales del centro de Madrid no conocen a ningún Marcos que trabaje allí.

—¡Anda! ¿Y eso, señorita Sherlock?

—Una, que tiene sus fuentes.

—Pues tu fuente no da mucha agua. Si preguntas por Marcos, en mi trabajo nadie sabe de mí. Allí todos me llaman por el apellido, la mayoría no saben ni cómo me llamo.

—¿Y cuál es tu apellido, señor misterioso?

—Para eso tendremos que tener otra cita…

—Ya lo averiguaré. En serio, ¿no deberíamos ir a la comisaría? No creas que yo tengo ganas de ver a los maderos, pero tengo miedo de que nos acusen.

—Uf…, yo creo que lo mejor es que si nos llaman les contemos lo que pasó, pero si no, ¿para qué incriminarnos en algo que no hemos hecho?, ¿no? A ver si al final nos lo cuelgan a nosotros sin comerlo ni beberlo.

—Así pensado… Hay un dicho latino, que aprendí cuando estudiaba Derecho: «Excusatio non petita, accusatio manifesta».

—Excusa no pedida, acusación manifiesta. Exacto. Esperemos a ver, y que el tiempo vaya diciendo lo que es mejor. De momento no nos precipitemos.

Nuestra conversación queda interrumpida porque se abre la puerta y una mujer rubia, de unos cuarenta y algo, guapa, de rostro amable, penetra en la estancia. Se ajusta la toalla alrededor de un cuerpo que ya quisiera yo tener dentro de unos años y nos saluda con un tímido «hola». La acompaña un hombre de su misma edad, atractivo, atlético, muy parecido a ella. Nosotros nos quedamos callados de repente.

Se sientan en el banco de enfrente y los cuatro permanecemos unos momentos en silencio, concentrados en las sensaciones que el baño turco nos depara.

—Está muy bien esto del baño turco —dice él, rompiendo el silencio—. A mí al principio no me gustaba nada y ahora siempre que vengo me paso un buen rato dentro.

—Pues yo creo que voy a ser de los tuyos, porque hace un momento no quería entrar y ahora no quiero salir. —Una cosa que me encanta de Marcos es la facilidad y naturalidad que tiene para hablar con cualquiera, como si le conociese de toda la vida. Este chico le cae bien a todo el mundo.

—Se está de maravilla —interviene ella—. ¿Venís mucho por aquí?

Por la forma que tienen ambos de mirarnos, se nota que les gustamos. A mí ellos también me atraen. Y a Marcos creo que por supuesto. Bueno, creo que a Marcos le gusta toda la humanidad. Y él a ella.

—Yo es la primera vez que vengo. Y la segunda que estoy en un sitio así —confieso tímidamente.

—¡Vaya! ¿Y qué tal? ¿Qué te parece todo esto? ¿Nerviosa? —pregunta él. Tiene una voz preciosa, de radio.

—Un poco, aunque ya me voy acostumbrando. Y veo que todo es más tranquilo de lo que me esperaba. Cada uno va a su aire.

—Claro. Nosotros llevamos dieciséis años en el mundillo. Al principio yo ni me atrevía a ir, así que mandé a este de explorador para que me contara después todo con detalle. —Recuerda ella con una sonrisa.

—Qué bueno.

—Sí, volví y le conté cómo era la cosa y luego ya empezamos a venir los dos, poco a poco. Cuando llevas mucho tiempo en pareja, pues ya sabes, aparece la rutina…, aunque tampoco me gusta llamarlo así. Y bueno, pruebas cosas nuevas. Y te das cuenta de que el sexo es una actividad más de la vida y que hacerlo con tu pareja es genial, pero que también, como otras actividades, se puede compartir con más gente. Todo es cuestión de quitarte de la cabeza la losa de la educación que nos han grabado a fuego.

—Cierto —apunta Marcos—. En otras culturas practican la poligamia, la poliandria y el amor libre sin problemas.

—Sí. Además, normalmente la gente está equivocada. Cuando hablan de este tipo de relaciones lo llaman «intercambio de parejas» y suena fatal. Es como si yo te cambiara tu mujer o tu marido por la mía o el mío. Incluso hay gente que se cree que si tú vienes aquí y lo haces con su pareja, él o ella lo tiene que hacer forzosamente con la tuya a cambio. Vamos a ver, que aquí venimos a relacionarnos, no a hacer un trueque.

—Pues sí, supongo que se pueden dar muchos tipos de relaciones, y que no tiene por qué ser simétrico. Aunque a mí todo este mundo me parece de lo más extraño. De momento solo con estar aquí ya me parece un universo —me atrevo a decir.

—Es normal, es un choque muy fuerte al principio. —Hay que ver lo que habla este hombre, pienso—. Pero ya te digo que aquí cada uno actúa en libertad y no tienes que hacer nada que no quieras, ni hay nada estipulado. Por ejemplo, con relación a lo de la simetría que comentabas, un día estábamos al lado de una pareja en Trivial, un pub que hay al lado del Calderón, y yo empiezo a enrollarme con la chica, todo perfecto, pero a María no le gustaba nada él y se lo hacía notar delicadamente... Y en el momento de ponerme el preservativo me corta ella de repente y me dice: «¡Ah, no, si tu chica no quiere con mi chico, no hacemos nada, que aquí se viene a intercambiar!». Vamos a ver, mi chica no es propiedad mía ni yo suya, es mayor de edad y tiene ideas y gustos propios, y somos pareja, pero no vamos en un *pack* como las Coca-Colas. Y si yo te gusto y tú me gustas, ¿por qué no hacerlo?

»Pero ¡cómo me enrollo, perdonad! Me llamo Julián. Es que me pierde esto de hablar.

—Yo soy Marcos, y ella, Zoe.

—Yo, María.

Nos damos los besos de rigor. Me gusta su tacto y su olor. El de ambos.

—A mí también me gusta charlar —apostilla Marcos, que le mira de vez en cuando las tetas a María intentando que no se note, pero obviamente sin ningún éxito—. De hecho, si antes charlas y te conoces un poco, y esa persona te atrae además de por su físico por su forma de ser, luego el sexo es mucho mejor, más completo. —Ahí queda eso. Marcos ya va lanzando la caña.

—Claro —dice María, que se lleva la mano coquetamente debajo de la barbilla. Tiene un cuello precioso, elegante, de cisne—. Como esa frase de *Martín Hache* que repite todo el mundo. No sé si la habéis visto, pero Eusebio Poncela, que es un actor que me encanta, en una escena dice que hay que follarse las mentes. Dice que una cara y un cuerpo le seducen cuando hay una mente que los mueve y que vale la pena conocer. Yo opino eso. No digo que a veces no haya coincidido con un chico o una chica que a primera vista me enganchan y que, oye, hemos tenido sexo sin intercambiar palabra y ha sido genial, pero cuando te has adentrado un poquito en el alma de esa persona es mucho mejor. Es como poseerla un poco, de verdad.

—Estoy completamente de acuerdo —dice Marcos—. Cuando estás con alguien no estás solo con su cuerpo, estás con esa persona por entero, y cuanto mayor sea la conexión que puedas establecer con ella más profunda e interesante es la relación. Y más placentera también. ¿Tú qué opinas, Zoe?

—Yo desde mi vasta experiencia digo que todavía no he probado a acostarme con nadie con quien no haya intercambiado al menos un par de cafés y que, por supuesto, me atrajese como persona, así que si queréis quedamos dentro de un tiempo a ver si espabilo y luego os cuento. Ya lo tuyo y lo mío el otro día fue bastante rápido para lo que soy yo.

—¡Ah! ¿Os conocéis hace poco? Pues parece que lleváis toda la vida juntos.

Me gusta oír eso. Pensar que Marcos y yo hacemos buena pareja y que la gente así lo aprecia. Estoy tan a gusto con él, que yo también lo noto así.

—Sí, llevamos poco tiempo juntos —dice Marcos—. Bueno, Zoe dos días. Yo en realidad llevo toda la vida esperando a alguien como ella.

—¡Guauuu! ¡Vaya piropazo! —exclama María.

—Sí, este tiene mucha labia. Ya veremos si es de fiar.

—¿Yo? Si soy más transparente que el cristal. Si algo no me gusta son las mentiras. Además, se me dan fatal —dice Marcos.

—Yo creo que en el fondo a todo el mundo le gustaría llevar una relación liberal, como nosotros. No entiendo cómo puedes estar toda la vida tirándote a la misma persona. No es natural. Y perdonad la expresión tirar —continúa Julián—. Creo que a todo el mundo le gustaría tener una vida sexual libre, pero que no se atreve por miedo, por represión cultural, por la sociedad… Nosotros mismos contribuimos a que esto continúe así porque no comentamos que llevamos este modo de vida con nadie. Si se enterasen en mi familia o en mi trabajo, por ejemplo, me tendrían por un degenerado, y a María, por poco menos que una puta.

—O no, Julián. A veces pensamos que la gente es más cerrada de lo que en realidad es. A lo mejor lo entienden y hasta lo envidian —replica Marcos.

—Yo por si acaso mejor no hago la prueba.

—No, mejor no. Pero te digo una cosa, si rascásemos un poquito y viésemos detrás de una ventanita la vida de la gente, nos llevaríamos muchas sorpresas.

—No sé, yo respeto todas las opciones, pero no creo que la gente que está feliz con su pareja envidie una relación abierta. Yo he estado años feliz con mi ex y no necesitaba más —intervengo.

—Tu ex. Es decir, que no funcionó —me rebate Julián.

—Funcionó el tiempo que funcionó. Nada dura para siempre.

—¿Te puedo preguntar por qué rompisteis? —me sorprende Julián, inquisitivo. Me acaba de conocer para hacerme una pregunta tan personal.

—Terceras personas. Por su parte. Y prefiero no hablar mucho del tema.

—A este no le hagas ni caso, que es un cotilla —tercia María, amable.

—Sí, perdona —me dice Julián—. Siempre me meto donde no me llaman. Pero tu respuesta va en favor de mi teoría, yo creo que los problemas de «terceras personas» se solucionan con una pareja abierta. Al menos si esas terceras personas son importantes solo en el terreno sexual (y ya no te voy a preguntar más, que soy un entrometido).

—No pasa nada, estamos hablando, y sí, fue algo referente al terreno sexual. Lo curioso es que yo le había propuesto abrir un poquito nuestra relación y él dijo que no. Y luego a mis espaldas me la pegaba.

—Es lo que detesto, esa hipocresía de la sociedad —contesta Julián.

—Con lo bonito y natural que es el sexo —añade María.

—Y tanto, ¿por qué restringirlo? —Vuelve otra vez el locuaz Julián—. Yo creo que nos han impuesto la monogamia por motivos de control social. Nuestra naturaleza es polígama. Eso está claro. Todo el mundo desea o ha deseado a alguien más aparte de su marido o de su mujer. Y se reprime. O bien le pone los cuernos, que hay mucha falsedad. Hay muchas parejas que incluso lo toleran siempre que no sean conscientes de que sucede. Como dice una amiga mía, ¿por qué no ser sinceros con los demás y con nosotros mismos?

—Bueno, yo también creo que la mayoría de la gente es monógama por miedo. Tenemos que estar muy seguros de nosotros mismos y de nuestra relación de pareja para abrirle nuestra intimidad y nuestra vida sexual a extraños. Y pueden aparecer las inseguridades y los celos —apunta María, más práctica y menos teórica que su pareja—. Incluso en este mundillo hay celos. Es una de las cosas que más me ha sorprendido. Gente que lleva ya años, y que a veces de pronto monta un espectáculo…

—Hombre, un poco de celos siempre hay, es parte del juego, ¿no creéis? —pregunta Marcos.

—Yo desde luego los tendría —añado yo.

—Creo que los tendrías solo al principio, como me pasó a mí —replica María—. Es normal sentir algo de celos la primera vez, pero luego descubres que están fuera de lugar, que no sirven para nada y te los quitas de encima; y no vuelven, al menos en mi caso. Piensas que estás disfrutando junto a tu chico y listo.

—Bueno, yo me refería más que a celos a un sentimiento de excitación —apunta Marcos—, quizá algo relacionado con el deseo de posesión que todas las personas, queramos o no, tenemos de forma innata… No sé, hay gente que pone límites, que, por ejemplo, solo se permite tener sexo con otras personas mientras los dos están presentes. Y que no se dan vía libre para quedar luego por ahí por separado.

—Sí, hay mucha gente que entiende las relaciones *swinger* así, cada caso es un mundo. Nosotros entendemos que la libertad no se puede recortar, que debe ser total —aclara María—. ¿Qué más da que esté mi pareja delante o no? Yo disfruto más si también lo estoy compartiendo con Julián, pero si en la calle un día coincido con un chico o una chica que me gustan y surge algo, ¿por qué iba a decir que no? ¿Porque no esté Julián?

—Relaciones esporádicas y de tipo sexual, claro. Si ya empiezas a quedar habitualmente es distinto, tienes una relación paralela y la cosa se complica. Pero si quedas de vez en cuando para echar un polvo con alguien con quien disfrutas en la cama y ya está, ningún problema —añade Julián, que llevaba un minuto callado. Está siendo una conversación de lo más instructiva. Es como si quisieran aleccionarme.

Continuamos un rato más divagando hasta que Marcos nos propone que vayamos al *jacuzzi*.

Sin consultarme ni nada invita a María y Julián a acompañarnos. Y ellos aceptan encantados. Les hemos gustado.

Salimos los cuatro y llegamos a la zona de las duchas, donde una bonita joven de cuerpo estilizado recibe la caricia del agua. Julián y María se despojan de su toalla y albornoz, que cuelgan en unos percheros anclados en la pared, y se dirigen hacia los chorros. Tienen unos cuerpos espléndidos. Intento no mirar mucho, pero es inevitable. De pronto Marcos también se deshace de su toalla. Se gira hacia mí y ahí lo tengo, sonriendo, como si tal cosa, como siempre, pero completamente desnudo.

—Bueno, vamos al agua, ¿no? ¿Te vas a duchar con el albornoz?

Me muero de vergüenza. El otro día en el Ateneo apenas había luz, nos encontrábamos en el calor del momento y yo estaba un poco borracha…

—Id entrando vosotros y ahora voy yo. —Tengo la mirada clavada en el suelo, no me atrevo ni a mirar a Marcos. Parezco la tonta del lugar.

—Anda que…

Marcos se sitúa debajo de la ducha que queda libre y el agua comienza a resbalar sobre su piel. Ahora que parece algo distraído me fijo en su anatomía. Está de espaldas a mí. Su estructura es muy proporcionada. Tiene las piernas bien dibujadas y unos muslos fuertes, torneados, que suben hacia un culo simplemente glorioso. Su espalda es más bien ancha y…, ¡madre mía!, se da la vuelta de repente y así de pie y a plena luz me confirma lo que ya adiviné y luego sentí dentro de mí la otra noche: Marcos está muy bien dotado.

—Te presento a mi hermano pequeño. Pequeñín, Zoe. Zoe, pequeñín. ¿No os dais la mano? O dos besos…

—Ya nos conocemos, gracias. ¡Qué pronto te olvidas! Claro, como el pequeñín tiene tantas amistades…

—Bueno, ¿te vas a quitar ya ese albornoz o vas a estar toda la noche en plan Hugh Hefner?

Me dejo de remilgos y con un gesto me lo desabrocho y le muestro mi cuerpo desnudo. Los ojos de Marcos se hacen más grandes y sus pupilas me dicen que por primera vez he logrado impresionarlo. Estoy roja de vergüenza, pero me gusta mucho comprobar que, a pesar de que está acostumbradísimo a contemplar mujeres desnudas, ha reaccionado. A ver si va a ser verdad que le gusto un poquito... Desde luego, su pequeñín ahora no es tan pequeñín.

Ya que estoy en plan valiente, me coloco a su lado debajo de la ducha y hasta le doy una palmada en el culete. Julián y María se ríen. Tras un rato bajo el agua hablando de lo fría o lo caliente que está, nos dirigimos en fila india hacia el *jacuzzi*. Subimos por un paso estrecho y de techo algo bajo hacia unas escaleras y nos adentramos en el recinto acuático. Está ocupado por dos parejas y tres chicos solos que merodean como pirañillas a punto de lanzarse.

Una de las parejas, compuesta por un chico con cuerpo atlético y una mujer despampanante, está dando rienda suelta a su pasión, ante la mirada de envidia y deseo de los machos solitarios; y la otra, de origen asiático, se acaricia y se relaja, y nos recibe con cierto interés dibujado en sus rostros. Los cuatro recién llegados nos situamos en una zona libre que queda al fondo. Marcos y Julián se recuestan en la pared y nosotras, en nuestros chicos. El rumor de las burbujas envuelve el ambiente y me relaja. Noto que al contacto con mi cuerpo, el pequeñín de Marcos se sigue haciendo grande. Y que no solo es la piscina la que está húmeda, mi sexo también. Los pezones de María se han puesto rígidos con el agua y las travesuras de los dedos de Julián, que ha empezado a jugar distraídamente con ellos.

Permanecemos un rato en silencio, disfrutando del momento, solo interrumpido por algún pequeño comentario trivial. El hedonismo del lugar y de la situación se apodera de nosotros. Marcos me abraza y me besa el cuello, con mucha dulzura. Yo me dejo hacer. María y Julián están muy cerca, tanto, que en un momento dado ella se gira, me acaricia la cara y, sin previo aviso, busca mi boca. Así, de repente. Yo no pienso en nada, entreabro los labios, me dejo llevar como una autómata y recibo los suyos. Primero un suave roce, y yo noto su cálido y agradable aliento. Un beso tímido, pero que poco a poco va tomando decisión. Es la primera vez que beso a una chica y nunca hubiera pensado que me gustaría, que me gustaría y mucho.

Marcos mientras tanto no pierde el tiempo, está comenzando a trabajarme por debajo con sus diligentes dedos. María y yo continuamos besándonos, y ella comienza a acariciar uno de mis pechos. Yo correspondo y hago lo propio con los suyos. Son gloriosos, de una tersura y un tacto maravillosos. Abandono su boca por un momento para dedicarle toda mi atención a uno de sus pezones. ¿Cómo será tenerlos entre mis labios? Mientras, Julián, recorre con destreza el cuerpo de su mujer debajo del agua, como prueban los placenteros quejidos de María que se confunden con el rumor de las burbujas. Nos hemos liado la manta a la cabeza en un momento, sin pensarlo. Y eso es lo que necesito ahora, en este punto de mi vida. No pensar, abstraerme, dejarme llevar.

Los chicos que están solos nos miran excitados, y las dos parejas también. Una de ellas realiza algunos lentos movimientos de aproximación. La temperatura del ambiente ha subido varios grados. Me empieza a dar otra vez algo de vergüenza y para evitarlo doy la espalda a los desconocidos y me giro hacia María, de modo que solo la veo a ella y a su chico. Julián me mira y me sonríe, mientras Marcos sigue explorando sabiamente mi cuerpo. Poco a poco me vuelvo a relajar.

Pronto yo también acompaño a María en sus gemidos. Las dos estamos una enfrente de la otra, a un milímetro, mientras nuestros chicos nos abrazan desde atrás. Vuelvo a besar a María, y de pronto, sin saber cómo, acabo también rozando la boca de Julián. Inmediatamente me retiro y miro a Marcos. Pero él continúa abrazándome, me susurra al oído que no pasa nada, que está bien y, sin previo aviso, acerca su cara a la de María y la besa delante de mí. Yo noto un relámpago de celos recorriendo todo mi cuerpo, pero a la vez algo me dice que no tengo por qué sentirme así. Decido darle a Marcos de su propia medicina y esta vez sí, busco con decisión la boca de Julián, que se ha vuelto a acercar, y comenzamos a devorarnos con todas las ganas. Marcos parece excitado al verme con otro hombre.

La voz de María pone un paréntesis en nuestra lujuria:

—¿Qué tal si salimos y vamos a una habitación a continuar jugando?

Marcos y Julián asienten, y los tres me miran expectantes. La decisión depende de mí. En el calor del momento probablemente habría hecho de todo, pero ahora vuelvo un poco a mi ser y la timidez y el miedo me invaden de nuevo. Pero me miran con tantas ganas…

—Venga, pero despacito. —«Despacito». Parezco una niña pequeña diciendo tonterías.

—Claro, jugamos a lo que todos queramos y el tiempo que queramos.

Salimos del *jacuzzi* ante la desilusión del resto de anfibios asistentes, en especial de los zombies, que ya nos tenían rodeados, y recuperamos nuestras toallas y albornoces. Justo entonces me percato de la existencia de un cartel en la pared que reza: «Prohibido mantener relaciones sexuales en el *jacuzzi*». Se lo señalo a Marcos pero no le da importancia. Dice que nadie hace demasiado caso a eso.

—Pues han abierto otro *spa* donde se lo toman bastante en serio. Aparece el relaciones cada dos por tres y te llama la atención —dice Julián.

—¿En serio?

—Sí, te recrimina incluso si te estás acariciando, ja, ja, ja. Es surrealista. Parece un colegio.

Desandamos nuestros pasos y llegamos a la zona principal, la de las habitaciones.

—¿Cuál os gusta?

—La que queráis —digo yo—, pero cerramos y corremos las cortinas, ¿no? Que no quiero más mirones ni que se cuele nadie.

—Claro. De todas formas, aunque estuviese abierta, si nosotros no queremos no entrará nadie.

Elegimos una habitación del centro. La verdad es que son todas iguales, a excepción de una que, en lugar de estar completamente cerrada, tiene unos barrotes a un lado, y otra que tiene varios *glory holes,* esos agujeros por donde los chicos introducen su pene y alguien desde el otro lado les regala una felación si tienen suerte.

Julián echa el cerrojo mientras María corre las cortinas. Uno de los ventanales da a otra habitación, en la que acaba de entrar otra pareja.

—¿Corremos también esta cortina? Eso de que te vean los vecinos de la habitación de enfrente da mucho morbo… —pregunta.

—Sí, por favor. —Soy yo la que marca lo que se hace y no se hace, pero estoy en mi derecho. Soy la nueva y todos tienen que cuidarme.

La situación es un tanto rara. El paseo y los preparativos me han enfriado bastante. No sé muy bien qué estoy haciendo, ni qué voy a hacer. Pero estoy con tres expertos en estas lides. Un poco de conversación de trámite y enseguida Marcos y Julián comienzan a ocuparse de mí, recorriendo suavemente mi cuerpo con sus manos, mientras María revolotea regalándonos a los tres caricias, besos y lametones.

De pronto no siento celos. Es muy difícil sentir celos de una chica tan maja como María, sobre todo después de haberla besado y haber notado tanta complicidad. Además, ella está enamorada de Julián, y Julián de ella, y lo transmiten. Y esto solo es un juego. Empiezo a entender todo lo que me han estado contando.

Vuelvo a encenderme, y los chicos también.

María comienza a masturbar a su chico, mientras yo la imito y hago lo propio con Marcos. Los juegos de miradas se suceden. Es muy excitante tener sexo con tu pareja mientras otra a menos de medio metro hace lo mismo.

La situación empieza a calentarse y de pronto Julián se sitúa de lado y comienza a penetrar a su pareja. Marcos y yo los miramos. Ellos nos devuelven la mirada, con una expresión mezcla de morbo, simpatía y deseo. Les gusta que les observemos. Yo continúo masajeando el pene de Marcos, que se ha puesto durísimo. Este me voltea suavemente, se coloca un preservativo en un abrir y cerrar de ojos y, cuando va a situarse encima de mí, yo con un gesto le indico que prefiero cabalgarlo. Él se tumba, obediente, y ya es mío. Con delicadeza nos acoplamos, noto cómo va entrando en mí y comienzo a llevar el ritmo. Es la primera vez en mi vida que realizo sexo delante de otra pareja. Y me sorprendo a mí misma al descubrir que me gusta.

María y Julián me miran con sus rostros encendidos y aceleran sus movimientos. Pronto los cuatro hemos perdido el control.

El placer comienza a inundar todo mi ser y desata todos mis sentidos. Somos cuatro animales en su estado más primario. Es algo difícil de explicar, casi terapéutico, necesario.

María se ha situado ahora también encima de Julián. Lo están haciendo al natural, sin preservativo. No para de disfrutar y se va pronto en un orgasmo mientras su chico parece estar aguantando el suyo. El sonido de la puerta intentando abrirse nos recuerda que fuera hay gente a la que le encantaría estar en nuestro lugar. Creo que tenemos ya un grupo de fans.

Marcos acelera cada vez más sus movimientos (¡este chico no para!) y yo decido tomar un poco de resuello y cambiar de postura. Me sitúo en la posición del perrito, y mi acompañante se coloca detrás. En dos segundos me está penetrando con fuerza y yo estoy volviéndome loca de placer.

Casi pegados a María y Julián, él comienza a acariciarme. Primero el hombro, luego los pechos… Yo me dejo hacer y respondo con alguna caricia tímida. María hace lo propio con Marcos. Poco a poco el juego va subiendo de tono y llega un momento en el que se puede decir que estoy a la vez con Marcos y con Julián, lo mismo que María. Esta también quiere jugar conmigo, y enseguida empezamos a interaccionar a cuatro bandas.

La escena continúa. Estoy disfrutando muchísimo, y me dejo llevar. En un momento dado me veo en brazos de Julián, mientras María se entrelaza con Marcos.

—¿Me dejas que pruebe a tu chico? —me pregunta, dirigiendo la mirada hacia el pene de Marcos.

Asiento, casi no puedo hablar.

María comienza muy despacio. Marcos me mira comprobando que todo está bien y yo le respondo con una mirada serena y afirmativa. Es más, para que no le queden dudas, me acerco y me uno a María en su tarea. Ahora somos las dos las que proporcionamos placer oral a mi pareja. Mientras, sin previo aviso, Julián comienza a comerme por detrás.

Decido tirarme de cabeza a la piscina y terminar lo que hemos empezado. Quiero romper todos mis límites mentales. Cuando hago algo, lo hago hasta el final. Así que los dejo a todos boquiabiertos cuando le digo a Julián:

—Ponte un preservativo y fóllame. —El tono me sale duro, casi imperativo.

Marcos y María me miran con un gesto de agradable sorpresa. Mientras, Julián demuestra la misma pericia que Marcos a la hora de enfundarse el látex. Por una décima de segundo mi mente parece arrepentirse, pero las caricias y besos de Marcos y María hacen que ya no haya vuelta atrás. Recibo la gruesa polla de Julián con un quejido de placer. Y luego otro, y otro…

Marcos se cambia de preservativo, se tumba boca arriba sin dejar de mirarme y, de pronto, con María subida a su cintura, ya estamos los cuatro realizando un intercambio completo. El primero de mi vida.

Marcos y María componen una imagen realmente excitante. Los dos no dejan de mirarme y sonreírme de forma pícara, mientras sus jadeos se intercambian con los de Julián y los míos. Mis ojos les dicen que está todo bien, que estoy dentro del juego, que estoy disfrutando, que sé que María está enamorada de Julián y Julián de María, y que Marcos y yo caminamos por nuestra propia senda. Que hoy nos hemos encontrado y hemos decidido compartirnos un ratito, desde la complicidad, desde la libertad, desde la confianza. Es solo sexo. Nada más. Y nada menos. No siento celos.

Creo que algo ha cambiado dentro de mí.

ON SWINGERS

«Lo que hicieron antes
se convierte en algo normal.
Ya no es excitante.
Intentaremos algo más».
(«Nuevas Sensaciones», Los Planetas)

Estamos en el bar de enfrente de Cap, engullendo unas raciones con unas cervezas. Son las diez de la noche y, tras una tarde de sexo realmente fantástica, necesitamos recuperar fuerzas antes de volver a casa.

Alrededor de la mesa, Marcos, María, Julián y yo nos miramos con complicidad. Lo hemos pasado realmente bien los cuatro juntos. Yo todavía me estoy recuperando de lo fuerte de la experiencia. Pero siento que un mundo nuevo se acaba de abrir ante mí. Miro alrededor y me gusta pensar que el resto de la gente del bar nunca sospecharía que nosotros cuatro hemos estado haciendo de todo hace unos momentos. Claro, que no voy a pasarme de guay. A lo mejor yo tampoco sospecho nada de ellos y a saber lo que hace cada cual. Quizá en comparación con sus secretos lo mío sea solo un juego inocente.

—¿Estáis en *Ons?* —pregunta Marcos.

—Sí, somos «Aterciopelados». ¿Tú también? Bueno, o vosotros —pregunta María.

—Yo, estoy como chico solo. Me llamo «Navegante».

—¿Qué es eso de Ons? —pregunto yo, que ya me he vuelto a quedar fuera de juego.

—*On Swingers.* Es una página de contactos solo para gente liberal. Hay muchísimas —Marcos enciende la pantalla de su móvil—, mira.

Introduce una contraseña y ante mí se muestra una web muy parecida a Facebook. Aparece el perfil de Marcos y empiezo a leer: «A 246 usuarios les gusta este perfil». «Chico amante de la libertad, la aventura, lo desconocido. Dispuesto siempre a nuevas experiencias, pero sobre todo, a conocer a gente magnífica, como hasta ahora». A continuación sigue una completa serie de datos: edad, orientación, raza, nacionalidad, peso, altura, tatuajes, piercings, hábitos y preferencias sexuales. Las tiene marcadas todas excepto BDSM y relaciones homo.

También aparece una serie de fotos suyas, similares a las que podrían estar en cualquier red social. Sin embargo, abajo, en su muro, donde se refleja su actividad, observo muchas imágenes de usuarios: mujeres y hombres, desnudos muchas veces, o en lencería, en poses provocativas, practicando sexo sin tapujos…

—¿No tienen miedo de poner sus fotos así? —exclamo con los ojos como los dos platos de las aceitunas que nos estamos comiendo.

—Se ve que no. De todas formas, no creo que estas fotos salgan de aquí. Ten en cuenta que para estar en esta web te tiene que invitar una pareja de dentro de la página, que acredite que eres liberal y de fiar. Y si en cualquier momento los demás usuarios piensan que no me comporto bien me pueden reportar. Y me expulsarían de la página. Es decir, en esta web no se invita a cualquiera, es un círculo cerrado.

—Nosotros nunca hemos tenido noticia de ningún problema —dice Julián.

—Yo tampoco. De todas formas si no quieres que una foto tuya comprometida vea la luz, lo mejor es no publicarla en ningún sitio. Como hago yo. Como veis, yo he colgado fotos muy normales, como las que colgaría en cualquier otro lado. Me gusta dejar algo para la imaginación. Es que si ya lo enseñas todo antes de quedar… A veces esto parece el escaparate de una charcutería.

—Sí —corrobora María—. Nosotros igual. Tenemos fotos en ropa interior, pero nos gusta dejar algo de misterio para cuando se queda en persona, que si no parece esto un concurso de místeres y mises.

—Pues estoy viendo que mucha gente cuelga fotos desnuda. Y haciendo de todo. No les importará mucho que se filtren. Veo que muchos no muestran la cara, aunque otros sí. ¿Qué es eso de «124 verificaciones»? —pregunto.

—Eso es que cuando has estado con alguien, le puedes poner una verificación, es decir, un comentario donde certificas que esa persona o pareja son realmente liberales, y puedes escribir un pequeño texto sobre la experiencia o sobre ellos.

—¡Has estado con ciento veinticuatro! —Leo una de ellas al azar, publicada por una pareja: «Un chico sensacional: agradable, simpático, educado, morboso. Fue una delicia conocerle. Muy activo, incansable y bien dotado. Muy recomendable en todos los sentidos».

Leo dos o tres más del mismo tono, donde diversa gente ensalza las virtudes amatorias y la personalidad de Marcos. Ni una crítica.

—Eres como las pelis de Amenábar: un gran éxito de crítica y de público.

—Bueno, cuando alguien no tiene nada bueno que decir o ha tenido una mala experiencia, generalmente o no verifica o verifica sin ningún comentario. Aquí no se viene a criticar.

—Entiendo. Pero ¡ciento veinticuatro! ¿Has estado con ciento veinticuatro?

—Supongo que con más gente. Esos son los que me han verificado. Pero ten en cuenta que en una misma fiesta te pueden verificar varias personas.

—Vamos, que te pegas buenas fiestas.

—Sí, de todas formas no hace falta tener sexo para verificarse, eh. Si te fijas, también tengo verificaciones de chicos y, obviamente, no me los he tirado.

—¿Obviamente? A ver si ahora resulta que la mojigata no voy a ser yo. ¿Por qué no ibas a poder estar con un chico?

—Tienes razón, me he expresado mal. Hasta ahora todavía no he explorado mi lado homo, ja, ja, ja. Nunca se sabe.

—Yo tampoco he estado nunca con un hombre. Bueno, miento, una vez en una orgía un chico me cogió el pene, me empezó a acariciar y yo me dejé. Pero no pasamos de ahí. —Sorprendentemente Julián se sonroja.

—Y le gustó, eh, que estaba yo ahí al lado —interviene María.

—Dicen que nadie la chupa mejor que un chico a otro chico. Y lo mismo con el *cunnilingus* y las chicas.

—Yo doy fe de lo segundo —corrobora María sonriendo y dedicándome una pícara mirada.

—¿Y en estos sitios y en esas fiestas los chicos no se enrollan a tope entre ellos? A mí me encantaría verlo —digo yo.

—Pues fíjate, así como el noventa por ciento de las chicas juegan entre sí, es mucho más raro ver a dos chicos montándoselo. Aunque a veces pasa. A mí me pone mogollón cuando ocurre. —A María se le iluminan los ojos mientras lo cuenta—. La semana pasada estábamos en la fiesta de unos amigos y uno de ellos, que sí suele estar con chicos además de chicas, empezó a comerse la polla con otro y las chicas nos pusimos como motos. Les hicimos un corrillo y todo. Pero no es muy habitual verlo. Yo creo que todos somos bisexuales, pero es curioso que en este caso son los chicos los que se reprimen más por cultura.

En cambio nosotras somos más abiertas y a la primera nos lanzamos.

—También es que lo vuestro es más, cómo decirlo, más suave, más delicado…, y a nosotros nos da un poco de miedo que nos borren el cerín, ja, ja, ja —suelta un Julián reconvertido ahora en Chiquito de la Calzada—. Es más violento.

—Pero también podéis tocaros, acariciaros… Igual que nosotras —insiste María.

—Ya, supongo que nuestra barrera mental es mucho mayor en este caso que la vuestra. Pero es un tema muy interesante a estudiar.

—A muchos les encantan los transexuales… Así disfrutan de un pene pero su orgullo de machitos no se ve afectado, al estar a la vez con una mujer —me dice María.

—Es que hay algunas que son más femeninas que cualquier mujer, y son de lo más sensual —añade Julián.

—Sí, las *trans* están muy cotizadas en este mundo. En la página hay tres o cuatro y no paran de recibir proposiciones —corrobora Marcos.

—¿Habéis estado alguna vez con una *trans?* —pregunto, aunque me imagino la respuesta.

—Sí, un par de veces —contesta María— y fue fantástico. Hicimos un trío que fue una locura. No sabes lo que es que te hagan una doble penetración mientras le comes las tetas a una de las personas que te está penetrando.

—Sí, y Mónica es una tía genial. Ya somos amigos de ir a tomar cañas por ahí, o al cine. Precisamente esta semana hemos quedado para tomar algo —dice Julián, mientras sus manos comienzan a juguetear con su mechero.

Estoy alucinando con lo que he hecho en el *spa* y con lo que estoy escuchando ahora. Sin embargo, mi curiosidad va en aumento, no puedo evitar sentir que he roto algún tipo de barrera y que ahora soy capaz de entender el sexo de un modo completamente distinto a como lo entendía hace solo una semana. Y no es que no siga teniendo miedo, pero es diferente: antes era miedo de resbalar por un precipicio y ahora es miedo a caer por el bucle más alto de una montaña rusa. Ese miedo que en el fondo buscas, porque te gusta.

—Joder, me estáis volviendo a poner a cien —les digo—. Creo que ya estoy irremediablemente atrapada en este ambiente. Presiento que acabo de abrir una ventana secreta y que no sé si seré capaz de volver a cerrar. A ver, enséñame un poco más de la página.

En la pantalla aparecen multitud de perfiles con fotos, la mayoría realmente explícitas, incluso vídeos. Hay un apartado titulado «Citas», y que sirve para contactar un día concreto. ¿Que quieres lío el martes 14 o el miércoles 15? Ahí tienes mensajes de gente de la página que propone cosas. O las puedes proponer tú y la gente se apunta. También veo un blog, un foro, un apartado de fiestas… Observo una pestañita y la abro con toda la confianza y el morro del mundo. Marcos sonríe. No le importa nada que fisgonee en su perfil. Es más, parece que le gusta.

—Tienes tres invitaciones de fiestas, Marcos. Espero que algún día te acuerdes de mí.

—¡Qué tonta! A ver… ¡Uy, esta tiene buena pinta! Fiesta ibicenca, en el antiguo teatro Belize. Hay que ir de blanco. ¿Te vienes conmigo, Zoe? ¡Y vosotros también!

—Ese finde tenemos niños. No podemos dejárselos siempre a los abuelos.

—Bueno, pero tú te vienes sí o sí, Zoe.

—Ya veremos, que quedan muchos días. Mira, tienes también tres solicitudes de amistad.

—Anda, sí.

—Y aquí pone que seis amigos tuyos están en línea en el chat. Pero ¡si hay hasta un concurso de fotografía erótica!

—Sí, y este apartado es el mejor, el de «Gente» —me explica Marcos—. Es un buscador donde seleccionas la ciudad que quieras, el tipo de persona o pareja que buscas, para qué los buscas, si intercambio completo, intercambio de fotos, mirar y ser vistos, tríos, sexo oral...

—A ver, pon Cuenca, por ejemplo. Que siempre tuve curiosidad por ver hacia dónde te ponían mirando los de Cuenca.

—Le tengo que preguntar al doctor Encinar por mi obsesión con esta ciudad. Desde pequeñita, oye.

Marcos selecciona Cuenca, marca todas las casillas de parejas y chicas, obviando la de chicos solos, vuelve a seleccionar todas las actividades posibles y frente a nosotros aparecen una decena de perfiles.

—Ahora ya, si quieres, te vas metiendo en el que te interese, ves sus fotos, su biografía, sus vídeos si es que tienen, sus preferencias... Y si quieres les envías una solicitud de amistad, o un mensaje, o comentas una foto que te haya gustado...

—Interesante y muy práctico —digo yo—. ¿Y hay más webs como esta?

—Claro, de hecho cada vez hay más. El mundo *swinger* ha estado muy en la sombra pero cada vez lo conoce más gente.

—Dicen que comenzó en los años cuarenta entre los pilotos de la Fuerza Aérea de Estados Unidos y sus mujeres, en las bases militares. Y que luego ya en los sesenta con los hippies y el amor libre se popularizó —explica Julián.

Siguen hablando, pero yo fijo la vista en el televisor del bar. Están hablando sobre el robo del Ateneo. No puedo oír nada porque el local tiene puesta la música en lugar de la voz de la tele, pero creo que es exactamente la misma pieza informativa que ya había visto en mi casa, sin ningún añadido nuevo. Le hago un gesto a Marcos y él también observa la pantalla, me coge la mano como en el metro y vuelve a dedicarme la misma mirada llena de apoyo y confianza que el día que nos conocimos. El telediario pasa a otra noticia, y nuestras manos siguen agarradas por debajo de la mesa.

—¿Qué pasa? —nos dice María—. De pronto se os ha puesto mala cara. ¿Hemos dicho algo raro?

—No, nada —contesta rápido Marcos mientras yo trato de alegrar algo mi semblante y disimular—. Es que me he acordado de que mañana tengo un montón de trabajo y me ha entrado la depre, ja, ja. Ni caso, ¿de qué estábamos hablando? ¡Ah, sí!, del origen del mundo *swinger, ¿*no? —Marcos retoma la charla para no volver sobre el tema—. Yo he leído que ya en la antigua India, China y Egipto era una práctica muy común entre los miembros de las clases altas.

—Pues seguro, y en Roma ya ni te cuento. Si es que al final lo raro va a ser la monogamia. Y oye, no me recuerdes que mañana hay que trabajar, que te doy —dice María riendo.

—Rara no sé, pero aburrida lo es un rato —interviene Julián—. Es como si, porque te gusta mucho el chocolate, te condenas toda la vida a comer solo chocolate. Y vas viendo pasar ante tus ojos bandejas llenas de pasteles y bombones de todos los sabores, pero nada, a comer siempre lo mismo.

—Yo lo comparo más con leer siempre el mismo libro. Tienes un libro que te gusta mucho, te enamoras de él, de las tapas, de lo que hay dentro… Disfrutas muchísimo de la primera lectura, de una segunda, de una tercera… Pero cuando al final acabas condenado a leer esas páginas eternamente y no puedes acercarte a ningún otro libro más, la cosa cambia —señala Marcos.

—Pero las personas no somos libros ni bombones —protesto yo, que vuelvo a meterme en la conversación—. Me niego a pensar que todo es así de simple. Además, conozco muchos casos de parejas que son superfelices con su relación monógama y no necesitan nada más.

—Bueno, tú sí eres un bombón. Y te explicas como un libro abierto. —Marcos es único haciendo chistes fáciles y malos.

—Ya, ya, pero no habéis pensado que los libros y los bombones tenemos sentimientos —digo volviendo al tema y siguiendo la broma.

—Sí —tercia María—, sentimientos de posesión, miedo, egoísmo… Todos los tenemos, en mayor o menor medida. Pero si logras expulsarlos, es como apartar una piedra que tapa la luz de la ventana. Empiezas a ver las cosas de una manera más amplia y generosa, más abierta, y se abre ante ti un mundo nuevo lleno de sensaciones, conocimiento, placer… Algo que te enriquece como persona.

—Siempre que no te pases al otro extremo y luego ya no hagas nada más. Porque tenemos algún amigo que no hace otra cosa. Y eso más que enriquecedor es todo lo contrario —añade Julián. Es increíble cómo se entienden e incluso completa el uno lo que está diciendo el otro.

—Ya, bueno, eso es como todo en la vida. Por muy bien que esté algo, si abusas al final acaba siendo una mierda. Como una droga. Te conviertes en adicto —dice Marcos mientras echa un vistazo por encima a las decenas de wasaps acumulados durante estas horas en su móvil—. En ese caso hay gente que es mejor que ni lo pruebe. Y sí, hay parejas muy felices con su relación monógama y convencional de toda la vida. Muchas. Y a las que no les hace falta probar. O que si prueban tienen mucho más que perder que ganar. Ya depende de la personalidad de cada uno. Pero luego estamos muchos otros que somos un poco más inquietos, o malditos o lo que sea. Tratar de hacernos vivir a todos con los mismos parámetros es absurdo. Y eso es lo que ha intentado hacer hasta ahora la sociedad.

—Por cierto, hablando de drogas… No he visto a nadie metiéndose nada, pero seguro que en este mundo hay un montón de droga —pregunto.

—Qué va. —Julián pega un sorbo a su cerveza. Un poco de espuma queda reposando en sus labios, que son muy sexis, como él—. Eso es lo que piensa mucha gente, pero en realidad yo creo que hay la misma que en cualquier otra parte o incluso menos. Hemos conocido muchas parejas vegetarianas, naturistas…, gente muy deportista, muy activa, con muchas inquietudes y hobbies… Gente que ni siquiera bebe alcohol.

—El sexo es nuestra droga. —María seca amorosamente con su dedo índice los labios de Julián, que sonríe y le dedica un beso.

Creo que voy a estar una temporada *drogándome* de lo lindo. Al menos en estas pocas horas nada me ha preocupado, ni siquiera el maldito robo del cuadro, hasta que lo he vuelto a ver en la televisión. Incluso ahora empieza a resbalarme. ¿Habrá *swingers* en la cárcel?

Fiesta española

«Si quieres verme,
vas a tener que explorar
esos desiertos que no puedo abandonar».
(«Los amigos que perdí», Dorian)

Por fin es viernes. Hacía mucho tiempo que no tenía tantas ganas de que llegase el fin de semana. Como contrapartida, estos días se me han hecho más largos que nunca. Marcos ha estado fuera de Madrid y Tere andaba «ocupadísima».

Con todo el tiempo del mundo para darle vueltas a la cabeza, a menudo miraba el teléfono o la puerta esperando una llamada de la policía viniendo a detenerme. Afortunadamente no he vuelto a saber del tema, y según me cuenta Marcos, él tampoco. No sé qué pensar. Si es un ladrón de cuadros, lo disimula bastante bien. De lo que no tengo duda es de que me gusta.

La policía tampoco ha vuelto a interrogar a su tío, que está de momento sin cargos, y los medios de comunicación no han dado novedades. Ojalá aparezcan pronto el dichoso cuadro y el ladrón y todo se aclare. Marcos dice que si no nos han requerido en toda la semana, es que no hay nada contra nosotros porque nadie sabe que estuvimos allí. Excepto su tío. Y sigue confiando plenamente en él. Esperemos que así sea.

Yo mientras tanto intento evadirme y no pensar. Quizá no debería volver a verlo, al menos hasta que todo se aclare. Siempre me digo que es lo mejor, pero en cuanto tengo un mensaje o una llamada suya mis defensas caen y olvido la precaución.

Hoy precisamente hemos quedado y dice que me va a llevar a una fiesta sorpresa. «Muy española», me ha adelantado como única pista. Hemos dejado lo de la fiesta ibicenca para otra ocasión. No se puede estar en todas partes a la vez.

Me enfundo un vestidito ajustado que compré el miércoles para actualizar mi monjil vestuario, me subo a unos tacones con los que voy como un pato mareado debido a mi falta de práctica, y en cuanto suena mi móvil bajo hasta el portal, desde donde veo que Marcos me espera sonriente dentro de su coche.

Me fijo en él y trato de identificarlo con una música. Es un pequeño *hobby* que tengo: según veo a una persona, me viene a la mente una canción o un género musical. Su rostro, su forma de caminar, de expresarse, su ritmo corporal…, es todo parte de una partitura. Mi madre sería una zarzuela, por ejemplo. Mi amiga Tere antes era una canción de Ace of Base, pero últimamente la veo como «La Cabalgata de las Valquirias» de Wagner. Vero sería una canción de Garbage, y Marcos…, con ese aire siempre despreocupado y tranquilo, una de los Beatles.

Lleva una camisa que le queda muy bien. Nos damos un beso y nos vamos rumbo a las calles de Madrid a seguir haciendo locuras.

—¡Qué guapo estás! Pero tienes cara de cansado.

—Gracias. ¡Tú sí que estás guapa! —me contesta—. Es que he tenido bastante trabajo en la editorial y además me he pasado las dos últimas tardes cuidando de mis sobrinos.

—¿Tienes sobrinos?

—Sí, uno de seis años, Raúl, y su hermana de cuatro, Ana… Son encantadores, pero para un rato. Mi hermana y mi cuñado se han ido a Roma cuatro días y entre mis padres y yo estamos haciendo de canguros. A mí los niños me encantan, y yo a ellos, pero me agotan.

—Y eso que no son tuyos, ja, ja, ja.

—¿Míos? Me parece que no. Yo no quiero tener hijos.

—¿No? Pero si tienes pinta de ser un padrazo.

—Ya, pero no sé, creo que la vida es muy dura para traer a alguien a ella sin consultarle.

Me sorprende este tono pesimista en una persona como Marcos.

—¡Qué raro eres! Pues yo quiero tener hijos algún día. Imagínate que te echo algo en el Cola Cao y te enamoras de mí. ¿Entonces qué hacemos, eh?

—Ummmm, dilema. Como yo al final no sé decir que no, seguro que los tendríamos. Pero los cuidas tú, ¿eh? —dice bromeando.

—Tranquilo. No voy a obligar a tener hijos a nadie que no quiera. De todas formas, aunque tú hayas venido al mundo sin que nadie te haya pedido permiso, ¿no te alegras? ¿No estás contento de haber nacido? ¿De estar vivo?

—En eso soy un poco contradictorio. Me encanta la vida. Me gusta estar vivo. Disfruto cada instante como si fuese el último, y los días siempre se me hacen cortos. Me enamoro cada día de mil pequeñas cosas: una gota de lluvia sobre la hierba, una conversación, un beso, un paseo, tu mirada ahora mismo… y, sin embargo, siempre tengo la sensación de que todo es un gran absurdo, de que no somos más que pasajeros de un barco que va camino de un abismo, que es la muerte. No soporto la idea de que al final, hagamos lo que hagamos, la vida sea una batalla perdida.

—Visto así es muy deprimente, claro. Pero la vida es lo único que tenemos y hemos de disfrutarla.

—¡Y la disfruto! ¡A cada segundo! ¡Como nadie! Y por eso precisamente es por lo que me invade esa sensación de tristeza a veces. Esto no lo suelo comentar nunca.

—Te entiendo. Si echamos la vista hacia nuestro futuro más lejano, lo que nos espera es la vieja con la guadaña. Pero ¿tú no crees que hay algo más allá?

—Yo creo que no. Cuando se acaba la actividad cerebral se termina todo. Eso que nos han contado de una vida más allá de la muerte, la religión y las demás fábulas no son sino cuentos de niños para que no nos asustemos y caigamos en la desesperanza. Y ya de paso para controlarnos y dominarnos en nombre de algún dios, claro.

—Eso sí, la religión ha sido un cuento muy productivo. Pero no sé, yo dentro de mí tengo la sensación de que hay algo más. No me pidas que te lo explique porque no sé, pero tengo esa sensación.

—Pues yo, por si acaso no tienes razón, me esfuerzo en sacarle el máximo partido a esta vida, porque creo que no hay otra.

—Pero ¿entonces, según tú, cuál es el sentido de la vida?

—La vida no tiene sentido. Por eso hay que dárselo a cada momento. Ahora mismo, para mí el sentido de la vida es estar aquí, contigo. Escucharte, tocarte, hacerte sonreír. Ahora mismo soy feliz. —Me lo suelta así, como si no hubiera más lógica que esa.

Y como si hubieran sido un oráculo, sus palabras me provocan una sonrisa. Me acerco y nos fundimos en un beso. Es un chico frágil. Alegre y abierto pero a la vez torturado por dentro. Despierta mi ternura. Acaricio su barbilla y le digo:

—Me encanta que me hagas sonreír. Por cierto, me debes un apellido. Ya es nuestra segunda cita. Y se supone que no debería andar por ahí con un ladrón de cuadros, al menos no sin saber cómo se llama.

—Tienes razón. En la editorial todo el mundo me llama por mi apellido. Berlín.

—¿Berlín?

—Sí, no me digas de dónde viene. Investigué algo pero no sé de dónde lo sacaron mis padres. Toda mi familia es de Castilla. En el único sitio donde me llaman así es en el curro. Le hizo gracia el primer día al director y con Berlín me quedé.

—Me suena a espía del telón de acero. Si es que no gano para sustos contigo. Y hablando de sustos, ¿adónde me lleva hoy el señor Berlín? ¿Qué es eso de «fiesta española», a ver? ¿Una corrida?

—O varias. Ya lo verás. Pero con una condición: tú no me llames Berlín.

—Ya veremos —le pincho.

Al cabo de no más de diez minutos y algunas bromas sobre lo trascendentales que nos hemos puesto nada más saludarnos, aparcamos en una calle bastante céntrica y caminamos unos pasos hasta un bloque de viviendas como tantos otros de Madrid. Marcos pulsa el portero automático del último piso y nos abren sin contestar.

Subimos en el ascensor y cuando estamos dentro me lanzo y le doy un buen morreo.

—Tengo que aprovechar que aquí eres solo mío —digo—. En un minuto sin duda estarás rodeado de arpías.

—¿Sabes?, me encantas. Tienes una luz que nadie más tiene.

Debo besarlo otra vez, definitivamente Marcos ha resultado ser el mejor revulsivo para una etapa de mi vida que, creo, ya pasó a la historia.

Finalmente, el ascensor llega a su destino. Llamamos al timbre y nos recibe con una gran sonrisa una mujer de unos cuarenta y tantos muy bien llevados, vestida con un conjunto de cuero negro que resalta un auténtico tipazo. Su pelo rojo rizado aumenta su atractivo, y sus increíbles ojos azul turquesa parecen traspasar lo que miran. Desprende vitalidad y energía.

—¡Marcos! ¡Cuánto tiempo! ¡Qué ganazas tenía de verte! —Lo abraza efusivamente y le da dos besos—. ¡Y tú debes de ser Zoe! ¡Bienvenidos! ¡Estáis en vuestra casa! Yo soy Patricia.

Me planta otro par de besos, nos coge de la mano y nos introduce en un gran salón donde a la derecha observo a un chico de unos veinte años muy guapo y atlético, vestido de torero, que está bailando con una chica también muy joven y preciosa disfrazada de flamenca con abanico y todo. Y digo disfrazada porque se nota que hasta hoy no se ha puesto un traje de flamenca en su vida y aunque trata de manejarlo con garbo, el resultado es más exótico que otra cosa.

—Ellos son Jean y Michelle —dice Patricia—, nuestros juguetes de hoy. ¿Os gustan?

—Mucho —contesta Marcos—. ¡Cómo no nos van a gustar si los has elegido tú!

El salón casi no tiene mobiliario, apenas algún sillón y escasas sillas. Unas cuantas láminas impresionistas con motivos de desnudos decoran la pared. En un par de rincones hay una especie de paragüeros, y al fondo una pequeña barra, donde se concentran unas doce personas. Patricia nos conduce hasta ellas y nos presenta.

Según me dice Marcos, esta vez no hay chicos solos. Son todos matrimonios, por lo visto de diferentes edades, excepto una guapa morenaza con un cuerpo y unas curvas rotundas, fuerte, maciza realmente, llamada Belén.

—¿No invitáis a chicos solos a las fiestas privadas? —le pregunto a Patricia.

—Sí, depende de lo que queramos. A veces hacemos fiestas para parejas solamente, como hoy. Otras veces vienen también chicos solos. Otro día es fiesta solo de chicas. Hay opciones para todos los gustos. Tengo una amiga a la que le encanta el *gang-bang* y cada vez que viene a una fiesta nos pide que invitemos a cuatro o cinco chicos solo para ella. Son hombres que conocemos, amigos que son muy majos y dan mucho juego.

—¿Un *gang-bang* es una mujer con muchos hombres?

—Exacto.

—¿Y un hombre con muchas mujeres?

—Eso no tiene un nombre concreto. Curioso. Podríamos llamarlo un harén, ¿no?

Veo que Belén pone muchísimo a Marcos; se lo noto, es muy transparente. Así que nos pedimos dos copas de vino y entablamos conversación con ella mientras suena Chambao de fondo. A lo largo de la noche toda la música será española, haciendo honor al motivo de la velada.

—Las fiestas de Patricia siempre son geniales, diferentes —dice Belén—. Bueno, tampoco he ido a muchas, solo a tres, llevo poco en el ambiente. Aunque me han encantado todas. Siempre invita a gente majísima —continúa—. Es muy selectiva. Pero no me refiero al físico, sino a la forma de ser, que es lo importante. —Sonríe siempre al hablar y parece un encanto de persona.

—Desde luego. Pues Zoe seguro que lleva menos que tú, dos semanas. —A Marcos le gusta resaltar lo novata que soy, supongo que eso es un plus, algo así como carne fresca, morbo añadido.

—¿Y qué tal?, ¿te gusta?

—De momento sí. Aunque de este no me fío. Yo voy a mi ritmo.

—Yo también. Suelo moverme como chica sola, aunque tengo un amigo que me acompaña algunas veces. Ya verás, cuando pruebas esto ya no lo puedes dejar. Y piensas, ¿qué he estado haciendo yo hasta ahora? ¿Cómo he podido perderme tantas cosas? Bueno, y más yo, que antes estaba casada con un testigo de Jehová y todo lo referente al sexo le parecía pecado. Ahora me estoy desquitando.

—¿En serio?

—Sí, catorce años he estado con él. —Parece increíble que una mujerona repleta de sensualidad haya podido estar en semejante cárcel—. Todo le parecía mal. Y yo estaba como ciega, porque lo quería. Hasta que, poco a poco, fui abriendo los ojos y un día conocí a Miguel en un curso de yoga, el chico que os digo con el que a veces quedo; me harté y rompí con todo. Y ahora no paro.

—Haces bien. Mirándote parece increíble que pudieras aguantar eso. Se te ve con tanta vida y con ese cuerpazo... —Marcos aprovecha para ir tirándole los tejos. Es un adulador irredento.

—¡Venga, vamos a brindar por la vida, por nosotros! —dice Belén.

—¡Eso, por la vida, por el sexo, por el placer, por el disfrute, por la libertad! —Marcos se viene arriba. Brindamos y saboreamos el delicioso Burdeos que Patricia nos tenía preparado.

—Este vino está buenísimo —comento—. Por cierto, ¿luego dónde vamos a cenar? Tengo ya un poquito de hambre.

—Tranquila, que la fiesta incluye cena. Mira, por ahí viene —señala Marcos mientras me toma por la cintura.

De pronto hace su aparición una mesa de forma rectangular y con ruedas, empujada por Patricia y un voluntario. Sobre ella, encima de un mantel, reposa el cuerpo desnudo de Michelle, perfecto, completamente depilado, precioso. Permanece totalmente quieta, con los brazos extendidos y la mirada ingrávida. Tan solo una sonrisa dibujada en su rostro y el ligero movimiento de su pecho al compás de su respiración revelan que no se trata de una muñeca de cera, sino de una persona.

Patricia la coloca en el centro de la habitación, y pregunta de forma pícara:

—¿Me ayudáis a poner la mesa?

Una de las invitadas aparece con dos grandes bandejas en las manos. Están surtidas de pequeñas tiras de jamón serrano, tomates cherry y aceitunas. También incluyen picos de pan tostado y algún que otro canapé. Patricia comienza a depositarlo todo cuidadosamente sobre el lienzo desnudo que es el magnífico cuerpo de Michelle y el resto de futuros comensales la acompañamos en la tarea. Michelle sonríe y solamente parece estremecerse en el momento en el que Marcos, siempre travieso, coloca un tomate sobre uno de sus pezones.

—Perdona, debe estar frío. —Y se lo cambia por un trozo de jamón—. Mucho mejor. Este me lo pido.

—Esperad, que hay más —anuncia Patricia.

Desaparece hacia la cocina y al punto vuelve a aparecer empujando otra mesa alargada donde reposa Jean, igualmente desnudo, atlético, depilado y apetitoso.

Lo situamos a continuación de Michelle, cada vez más decorada, y procedemos a hacer lo propio con él, entre risas, bromas y juegos, que ya incluyen los primeros toqueteos entre los invitados y muchas miradas que lo dicen todo. Nos movemos alrededor de los dos recipientes humanos, colocando aquí una tira de jamón, allá un tomatito, más acá un canapé, al gusto de cada uno. Muchas veces lo acompañamos de un tierno beso al modelo, un lametón, un mordisquito… Michelle y Jean están cada vez más apetecibles, y nosotros más y más hambrientos.

—Oye, ¿todo esto es gratis? ¿No deberíamos haber traído algo? —le susurro a Marcos.

—Tranquila, Patri es muy amiga mía y no nos ha querido cobrar. Ya le corresponderé.

—Como veas.

Precisamente nos interrumpe la voz de la anfitriona, que se ha colocado en medio de todos y ejerce de perfecta maestra de ceremonias:

—¡Pues creo que ya está todo perfecto! ¡Muchas gracias por su colaboración! Procedamos, pues, a la degustación de estos manjares.

Comenzamos a comer de los dos cuerpos desnudos, tomando la comida con las manos, o muchas veces con la boca directamente. La temperatura y el cachondeo van creciendo y, además de disfrutar de nuestras bandejas humanas, nos empezamos a comer entre nosotros.

Yo le doy un buen morreo a Marcos y este se entretiene conmigo y con Belén, a la que le acaricia con descaro las tetas. Sus grandes pezones empiezan a abultarse debajo de su vaporoso vestido.

—Hace dos meses hicimos el primer *Nyotaimori*, con sushi, claro, y fue un éxito —nos explica Patricia—. Entonces propusimos repetirlo y a alguien se le ocurrió que podíamos hacer un *Nyotaimori* a la española, con jamón ibérico, tomates y aceitunas.

—Pues está todo muy bueno, Patri. Y estos chicos están muy limpitos. ¿*Nyotaimori* dices que se llama? —preguntó curioso Marcos.

—Sí, listillo, te he pillado por una vez fuera de juego. Y hoy además tenemos *Nantaimori*, que es cuando la bandeja humana es un hombre. Ellos y ellas se bañan con un jabón especial sin aroma, y terminan con agua fría para rebajar un poco la temperatura del cuerpo.

—Ahora recuerdo que una vez leí algo sobre todo esto, en un artículo. Creo que decía que en China estaba prohibido y te podían meter en la cárcel. —Marcos, la Wikipedia humana, contraataca.

—¿Sí? Yo en una cárcel china, en una mazmorra, encadenada a unos fríos hierros y azotada con una caña de bambú por una carcelera despiadada… Ummm… Calla, que me mojo tanto que voy a pringar la comida, ja, ja, ja.

—Eres incorregible, Patri. Lo que te puede gustar eso de estar atada. ¿Habéis vuelto a ir al Valle del Jerte? —continúa preguntando Marcos.

—Hemos quedado para dentro de dos semanas. Los cerezos estarán ya en flor y es una gozada suspenderte con las cuerdas y quedarte inmovilizada sintiendo toda la naturaleza explotando a tu alrededor. Es algo difícil de explicar, yo lo comparo con las experiencias místicas de santa Teresa, cuando gozaba de aquellos éxtasis gloriosos. Deberías venirte un día y probarlo.

—No sé, no me veo colgando de un árbol como un salchichón. Llámame aburrido, pero al final yo en el sexo soy de lo más clásico.

—Aburrido.

—Retorcida. —Le coge la boca y le introduce la lengua hasta la garganta. Patricia le corresponde acariciando suavemente su entrepierna por encima del pantalón. En esto aparece la siempre sonriente Belén con una fuente con trocitos de tarta y bombones, que colocamos religiosamente de nuevo sobre nuestras bandejas humanas.

A mí no me da tiempo ni a ponerme medio celosa. La mezcla de vino, dulces y besos comienza a ser realmente embriagadora. Todos los comensales somos gente tranquila y agradable. Poco a poco vamos jugando unos con otros, y el banquete adquiere tintes de divertida lujuria. Me fijo en una pareja, un hombre de cierta edad y una mujer de unos cuarenta, delgada, de aspecto muy normalito, que hasta ahora no ha dicho ni una palabra.

El hombre se dirige hacia uno de los paragüeros y toma algo de su interior. ¡Oh, vaya, qué ingenua, no eran paragüeros! Lo que ha cogido es una fusta. Su acompañante se ha puesto cara a la pared y se ha levantado la parte de atrás del vestido, dejando al aire un bonito culo respingón protegido solamente por las medias y el tanga. Él se las baja hasta la altura de las rodillas y ella se deja hacer. Continúa sin abrir la boca, empiezo a dudar de si no será muda o si desconoce el español.

El resto de invitados dirigimos nuestras curiosas miradas hacia ellos. De pronto, él toma algo de impulso con el brazo y le propina un varazo en el trasero. No ha sido un golpe muy fuerte, pero tampoco desdeñable. Ella lo recibe con un ligero estremecimiento y una mueca que parece una sonrisa. El hombre acaricia los glúteos de la mujer, como comprobando que la piel sigue en perfecto estado de revista, y vuelve a propinarle un nuevo castigo. Y otro. Ella empieza a gemir en voz baja.

Marcos me coge de la mano y los dos contemplamos la escena con suma atención. Estoy asustada y excitada a la vez. Esta pareja nos ha sorprendido a todos.

—Me gustaría probarlo —dice de pronto Belén.

—Pues díselo. —Marcos me conduce al lado mismo de la acción para contemplarlo todo bien de cerca.

—Le encanta —dice el hombre. Tiene acento francés—. Pero esto no lo puede hacer cualquiera, hay que saber dar. No solo cómo dar, sino cuándo y cuánto, y sobre todo, el momento justo de parar. Estoy muy pendiente de ella en todo momento y nos conocemos muy bien, y sé cuándo disfruta y me pide más y cuándo quiere que me detenga. Y además tiene su técnica.

—Sí, supongo. Todo tiene su técnica. Nos está encantando verlo —dice Marcos.

—¿Quieres probar? ¿Has jugado alguna vez al pádel? —le pregunta el hombre.

—¿Al pádel? ¡Me encanta! ¡Si juego tres partidos a la semana! —Marcos se anima por momentos.

—Pues mira, tienes que girar así la muñeca y golpear como de refilón. Fíjate.

El francés ejecuta un golpe de muestra sobre la mujer, que permanece totalmente pasiva y entregada, ajena a nuestra presencia. A continuación le entrega la fusta a Marcos y este esboza una tímida pregunta:

—¿Puedo? —Parece un niño al que de pronto le dejan jugar a cosas de mayores.

—Sí, pero con cuidado, como te he dicho. A ella solo le gusta si se hace bien.

Marcos toma la fusta y la estrella contra los glúteos ya algo enrojecidos de la mujer. Esta tuerce un poco el gesto. Marcos mira al hombre como pidiendo permiso para ejecutar un segundo golpe y este se lo concede con una ligera inclinación de barbilla.

La fusta estalla de nuevo con cierta violencia contra el cuerpo, y mi acompañante repite el gesto un par de veces más.

—¿Qué tal lo he hecho?

—No lo has hecho bien del todo, ya te he dicho que no es tan fácil como parece.

—Perdona, ¿te he hecho daño? —Marcos se dirige a la mujer. Esta rompe por fin su silencio:

—Sí, un poco. No acabas de hacerlo como es.

Sus posaderas se muestran enrojecidas, pero no hay rastro de sangre ni de marcas de consideración.

—¡Yo quiero que me den un poco también! —Belén reafirma su deseo y de pronto todos queremos probar el nuevo juego—. Pero que lo haga él, que sabe. Que Marcos tiene mucho peligro —dice riendo.

Belén se sube el vestido, mostrando un culazo de campeonato, apoya sus brazos en una mesa y le dice al hombre:

—Castígame, he sido mala. —La temperatura de la sala sube varios grados más.

El francés toma la fusta con aire solemne, se sitúa parsimoniosamente detrás de Belén y observa su objetivo con detenimiento.

Acaricia su espalda y baja hasta sus magníficos cuartos traseros. Ella sonríe, nerviosa. Yo también lo estoy.

De pronto el francés descarga el primero de sus golpes, no muy fuerte. Un quejido muestra de placer y sorpresa sale por la boca de Belén.

—¿Sigo? —pregunta él.

—Sí, por favor.

—Sí, por favor, no. Di «sí, amo».

—Sí, amo.

La mano del amo descarga de nuevo un segundo golpe, más fuerte que el anterior y que todos los que ha recibido antes la mujer, que contempla la escena con aparente deleite. Una y otra vez se van sucediendo golpes, acompañados cada vez por un quejido más fuerte de Belén. Después de unos diez restallidos, el amo posa su mano sobre la carne doliente de nuestra amiga. Me acerco yo también y compruebo su tacto con la yema de mis dedos. La piel está roja, caliente, casi parece palpitar. Se aprecian ligeras marcas pero ni un rasguño. Belén respira de forma entrecortada.

—¡Me ha encantado! Pero de momento por hoy ya es suficiente. Creo que no me voy a poder sentar en una semana.

Yo también quiero probar, pero a la vez me da miedo. Mientras, Marcos, inquieto y curioso como siempre, se ha dirigido al falso paragüero y trae un látigo de varias colas.

—¿Quién quiere?

—Con lo mal que se te da, cualquiera se atreve —replico yo.

—Venga, déjate dar uno, y si no te gusta me das tú a mí. Prometo golpear flojito. —Es como un niño. Quizá es eso lo que más me gusta de él.

—Vale, pero no te pases ni un pelo o verás.

Me encanta jugar con Marcos. Y eso de sentirme su esclava por un momento me pone a cien.

Levanto la parte inferior de mi vestido, apoyo las manos contra la pared, y le muestro mi anatomía posterior, bastante en forma gracias a las clases de *spinning* y la bicicleta. Noto varios pares de ojos clavados en mí.

Marcos va más allá y desabrocha mi falda, me la quita y la deposita en una silla. Acabo de convertirme en la persona más desnuda del local. La vergüenza se mezcla ahora con la excitación y el temor al castigo físico.

Marcos hace restallar el látigo sobre mi cuerpo.

—¡Au! ¡Te has pasado! ¡Ponte tú ahora, te vas a enterar!

—Noooo, que las mujeres cabreadas sois muy peligrosas.

—¡Serás machista, maldito! ¡Cumple tu promesa! ¡Belén, ayúdame, que este va a probar mis latigazos sí o sí!

—¡Qué divertido! —exclama riendo—. ¡Sí, tú no te libras, majo!

—¡Noooo! —Marcos hace ademán de huir entre risas.

—¡Síííííí! —Belén es bien grandota y no parece sencillo zafarse de ella.

Patricia se nos une divertida y propone una idea:

—¡Vamos a atarlo a la cruz, que así no se escapa!

—Pero ¡bueno, que ya pasó la Semana Santa! —Marcos protesta riendo, pero no opone demasiada resistencia.

Entre las tres lo sujetamos, y él, encantado de ser el objeto de deseo de tres mujeres, se deja guiar hacia el fondo del salón, donde una puerta nos conduce a una habitación muy especial.

—Bienvenidos a la mazmorra —anuncia en tono serio Patricia.

Se trata de un recinto cuadrado, bastante lúgubre, claro está, donde unas grandes velas y otras más pequeñas dispuestas por el suelo iluminan con una extraña y tenue luz rojiza una enorme cruz en forma de aspa clavada a la pared y una especie de cama o más bien colchón posado en el suelo, envuelto en una funda de plástico negro. Colgando de la pared de la derecha hay látigos de varios tipos, fustas y una estantería con bolas chinas, consoladores de diversas formas y tamaños, lubricantes, arneses, pinzas para los pezones, cadenas y más objetos que no logro identificar. Creo distinguir aparatos de descargas eléctricas, como los de las películas.

—Te vas a enterar ahora. —Patricia agarra a un dócil Marcos que se deja hacer y lo conduce hacia la cruz.

—Ni se te ocurra oponer resistencia —le advierte Belén tomando un látigo y blandiéndolo de forma amenazadora.

—Ayúdame, Zoe. Vamos a encadenarlo.

Miro a Marcos y, aunque es obvio que se trata de un juego, lo observo complacida en una circunstancia en la que no es dueño totalmente de la situación, y en la que, al igual que el otro día en el baño turco de Cap, soy yo la que le lleva la delantera. Pienso alargar este momento y disfrutarlo.

Cojo una de sus muñecas y ajusto a su alrededor bien tensa la correa que pende de un extremo del aspa...

—¡Eh, tampoco te pases de fuerte! Que soy un chico muy sensible.

—¡Calla, esclavo! —La voz imperiosa de Patricia corta la conversación.

Patricia y Belén ajustan el resto de correas alrededor de la otra mano y de los tobillos y en menos de un minuto tenemos a nuestro Marcos, que hace nada era el gallito del corral, enteramente a nuestra merced.

—¿Está cómodo el señor? —pregunta con sorna Patricia mientras le recorre la cara y la barbilla con el extremo de una fusta.

—De momento, sí —alardea Marcos, desafiante.

—Pues eso no puede ser. ¡Belén, Zoe, apretadle un poco más las correas!

Obedecemos las instrucciones de Patricia, ante las protestas de nuestro esclavo, inmediatamente acalladas por el chasquido del látigo justo al lado de su oreja.

La imagen de nuestra anfitriona con un látigo en una mano y una fusta en la otra realmente infunde temor. Se ha tomado muy en serio su papel de *domina*. Se mueve muy despacio alrededor de Marcos, marcando cada paso. Tres personas se han acercado al quicio de la puerta y observan muy atentas nuestro juego.

—¡Desabrochadle la camisa! —Belén y yo obedecemos. Desabotonamos uno a uno los botones de la prenda, mientras le prodigamos alguna que otra caricia a su entrepierna, que ha comenzado a crecer. Marcos no deja de vigilar de reojo a Patricia. Esta agarra su barbilla con una mano y le mete la lengua bien dentro de la boca. Él responde al beso y Belén y yo nos miramos divertidas y excitadas. Belén acerca sus gruesos y exuberantes labios hacia mí y yo no me resisto; comienzo a devorarla mientras con una mano bajo la cremallera de la bragueta de Marcos y busco ansiosa su miembro, que ahora está más duro que nunca.

—Dejadme —ordena Patricia. Ha cogido una vela del suelo y la dirige hacia el pecho desnudo de Marcos—. ¿Te gusta la cera ardiendo, esclavo?

—¡Noooo, no hagas el loco, que a mí me gusta jugar pero en plan *light,* no soporto lo más mínimo el dolor! —suplica mi chico.

—¡Me da igual. Toma! —Y vierte el líquido caliente y denso sobre la piel de Marcos, que hace un ademán de retorcerse.

—Pero ¡si no quema, menos mal! —suspira aliviado nuestro esclavo.

—Todavía no hemos acabado. Voy a aplicarte unas corrientes en los pezones que vas a ver tú.

—¡Nooo, que eso sí que duele! ¡Desatadme, que Patri está muy loca!

Miramos a Patricia, que duda unos instantes y finalmente concede:

—Está bien, desatad al esclavo. Vaya fracaso. Venid que os voy a enseñar mi sala preferida de este local. Tú no, Marcos, que no te lo has ganado.

Le soltamos las manos y los pies y Patricia le arrea dos fustazos de propina, que Marcos intenta esquivar riendo.

—Bueno, me voy a la barra a por otra copa. Pero luego pienso buscaros. Alguien os tendrá que rescatar cuando esta tía enloquezca.

Salimos de la mazmorra y volvemos al salón principal, donde el resto de invitados charla de forma animada. Marcos se dirige a la barra, donde rápidamente traba conversación con una pareja. Siempre a su aire.

Al fondo del salón, la mujer que inició la experiencia sado está practicándole una felación a su pareja, que la mantiene agarrada del pelo y la atrae con fuerza hacia sí. Otra pareja se acerca y los observa.

Las tres chicas avanzamos, dejándolos a su rollo, y nos adentramos en una nueva estancia que se abre a la derecha.

—Bienvenidas al hospital Severa Ochoa.

Acabamos de entrar en una sala ambientada exactamente igual que la consulta de un ginecólogo.

Un sillón ginecológico preside el centro, y un biombo separa una parte, donde cuelgan en la pared dos batas y un póster con un dibujo del interior del aparato reproductor femenino.

A la consulta no le falta de nada: espéculos, cánulas, vaselina…, incluso un monitor donde en lugar de mostrarse ecografías se proyecta una película alemana de lo más bizarra.

—Desnúdate detrás de ese biombo, Zoe, y ponte una bata, que te vamos a explorar —ordena Patricia.

Obedezco sin decir palabra. Me desprendo del vestido, el tanga y el sujetador. Menos mal que hoy me he depilado a fondo. Me coloco la bata y me muestro ante ellas.

Patricia se ha colocado también una bata de médico y asume inmediatamente su nuevo rol. Belén lleva un tocado con una cruz roja y creo que ahora es su enfermera ayudante.

—Tiéndase aquí, por favor —me indica Belén, señalándome el sillón con una mano mientras con la otra me acaricia fugazmente la pierna.

Hago lo que me mandan, introduzco los pies en los estribos, y mi vulva queda expuesta a sus miradas y sus deseos. Patricia se ha enfundado un guante en la mano derecha y dirige hacia mi sexo el foco de una lamparita. Pone cara de observar con atención. Permanece en silencio unos segundos escudriñándolo solo con la vista, y finalmente, dirigiéndose a Belén, dice:

—Lo que me temía. Se trata de un coño completamente depilado.

—Cierto, doctora. Se trata de un auténtico caso de salud pública. Esta moda acabará resultando terriblemente peligrosa.

—¿Cómo? —acierto a decir, perpleja.

—El pelo está para algo, señorita —dice Patricia mientras me acaricia los labios mayores—. Si tenemos pestañas, párpados, y pelo en la cabeza y en los genitales es por una razón, porque cumple una función. Y el vello púbico sirve para impedir el contagio de enfermedades de transmisión sexual.

—El vello es bello —tercia Belén, mientras pasa su lengua por uno de mis senos.

—Cierto, querida paciente, según los dermatólogos el preservativo no siempre previene de todas las enfermedades, y ahí el vello es de gran ayuda. Es una barrera natural. Y por no hablar de los granitos y problemillas que trae a veces la depilación.

—Así es, señorita. Tampoco queremos que lleve usted eso como si fuera el Amazonas, pero algo arreglado y recortadito, con vello en la zona frontal, es lo más recomendable —completa Belén con un tono muy profesional.

—Vale, vale, lo tendré en cuenta de ahora en adelante. Total, me lo depilé porque creía que todas lo llevaban así y como soy nueva en esto no quería desentonar. En realidad, me dais una alegría —digo, más relajada. Me voy dando cuenta de que esto es como la vida, cada persona tiene sus gustos y lo que hay que hacer es aquello en lo que tú misma creas, al margen de la corriente principal—. La verdad es que no me gustó demasiado cómo quedaba cuando me miré en el espejo esta mañana.

—No es grave, el vello le crecerá en un par de semanas y volverá a ser usted misma —dice Belén, quitándole importancia—. Conozco algunas chicas que se hicieron el láser y después se arrepintieron muchísimo. Las modas…

¡Vaya, a estas dos les gusta el pelo! Hasta ahora tanto en Encuentros como en Cap, casi todas las chicas que había visto iban con el sexo completamente o casi depilado, lo normal hoy en día.

Belén me va cayendo mejor a medida que habla. Es una situación peculiar, hablar de estas cosas mientras estoy despatarrada frente a dos mujeres. Me he relajado con la conversación, casi me olvidé de dónde estaba. Patricia no da tregua a mis pensamientos y empieza a acariciarme los pechos suavemente, como amasándolos. Me aprieta un poco un pezón y en ese instante siento una especie de palpitación en el clítoris, como si ambas zonas estuviesen conectadas. Quizá ella lo sabe, me siento de repente de maravilla, como en manos expertas que conocieran mi cuerpo mejor que yo misma. Estoy en sus manos, soy suya. Entiendo el morbo del juego doctor-paciente, muy parecido al de amo-sumisa que he observado hace algunos minutos.

No me he recuperado del shock, cuando siento un objeto tremendamente grueso abriéndose paso en mi vagina, poco a poco. Continúa durante varios minutos. Creo que nunca había estado tan dilatada…

—Zoe, estás chorreando, cariño —me dice Belén, la artífice de todo esto, con un tono meloso que, debo reconocer, me pone a cien.

Me está penetrando con un dildo de tamaño considerable. La sensación es tremenda, me siento llena, muy caliente, quiero que siga más adentro, quiero que me folle entera. A estas alturas ya no soy yo, solo siento el placer y quiero más. Patricia continúa apretando mis pezones, es como si todo se mezclara y yo solo sintiera el calor subiendo la temperatura de todo mi cuerpo.

Es todo tan diferente… Nunca había pensado que podría experimentar tal placer junto a una mujer, en este caso junto a dos.

Patricia acerca su boca a la mía y me besa, acallando así mis gemidos, que han ido in crescendo. No puedo más, el calor me abruma y entonces me sobreviene un orgasmo tan fuerte que casi me caigo de la camilla por los espasmos de mis abdominales. Pero, a diferencia de otras veces, esta vez no quiero parar, puedo seguir experimentando placer todavía, soy capaz de seguir disfrutando toda la noche sin parar, o eso me parece. Belén saca el dildo de mi vagina rápidamente y, casi sin darme tiempo, vuelve a metérmelo, algo más despacio, eso sí. Vuelve a sacarlo rápido, a introducirlo más lentamente, y así varias veces hasta que pierdo la noción del tiempo. Patricia se aleja un momento, aunque a mí ya todo me da igual, y al rato vuelve con un pequeño aparatito en su mano. Es un vibrador de clítoris, eso lo adivino en el momento que lo siento sobre mi sexo. Ya no puedo creer que más placer sea posible, pero sí, ¡lo es! El calor sube de repente a mi cara, empiezo a resoplar, a gritar, literalmente, cada vez respiro más fuerte y más rápido, estoy flotando, y entonces empiezo a sentir unos espasmos tremendos en la vagina, el vientre, las piernas… Patricia y Belén paran para sujetarme encima de la camilla mientras me retuerzo como una serpiente y grito sin control.

—Eres una diosa, Zoe.

Cuando me calmo, me ayudan a retirar las piernas de ese aparato porque yo soy incapaz de hacerlo sola, me acomodan sentada en la camilla y observo que la he dejado llena de mis fluidos. Patricia me acaricia el brazo con una sonrisa de satisfacción y a la vez de cierta ternura. Vuelvo a la realidad a medida que mi corazón se va calmando y late a su ritmo normal. Soy feliz, me siento agradecida a Patricia y a Belén, que empiezan a acariciarse la una a la otra y a juguetear con un vibrador mientras me quedo descansando tranquilamente en la camilla.

Querría acercarme a coger una botella de agua de las que descubro en una esquina de la habitación, pero no creo que pueda caminar todavía. Las observo mientras gozan la una de la otra y empiezo a recordar que un chico llamado Marcos me trajo hasta aquí. ¿Dónde estará? ¿Me habrá oído, habrá entrado en la habitación mientras yo estaba en éxtasis y no me he enterado? No sé, no me importa, estoy en una nube y me ilusiona verlo de nuevo después de haber disfrutado sin él. Siento que he despertado de un largo sueño, un letargo de años, como si me hubiese quitado una venda de los ojos. El fracaso de mis diez años de pareja ya no me importa, las mentiras de Javier, su traición. Todo eso me ha llevado a conocer un mundo totalmente nuevo y sin tabúes. Por primera vez en mi vida me siento realmente libre.

Pretérito imperfecto

«En un mundo tan pequeño,
una burbuja interior
de millones de colores.
Un jardín de mantequilla».
(«En un mundo tan pequeño», Mercromina)

Esta mañana me he despertado con la imagen de Belén y Patricia en mi cabeza. Ya han pasado catorce días desde aquello y todavía me parece increíble que me atreviera y que me lo pasara tan bien. Estos días en el trabajo me quedaba absorta pensando en ello. Se lo habré contado a Marcos como unas cien veces y no se cansa de escucharlo.

Nos hemos estado viendo estas dos semanas, los dos solos, como cualquier otra pareja, lejos del mundo liberal. Hemos ido al cine, hemos paseado por el parque, hemos visitado mil museos y exposiciones, hemos hecho el amor como dos locos, hemos convertido en nuestro cada rincón de la ciudad y nos hemos dicho todas y cada una de las tonterías que se dicen los enamorados. Yo al menos sí sé que estoy enamorada de él, sin embargo, lo que piensa mi chico me resulta casi impenetrable. Nunca sé muy bien qué pasa por su cabeza. En muchas ocasiones parece estar en otro lugar, a pesar de mostrarse terriblemente encantador todo el tiempo.

Pero estoy convencida de que es «Él». El chico que estaba esperando. Lo sé porque podemos estar los dos en silencio tranquilamente el uno junto al otro y todo está bien, como decía Mia Wallace en *Pulp Fiction*.

Cada día hay un pequeño detalle: un poema, un regalo sin importancia, una canción, una sorpresa… Y siempre de una forma algo caótica, inesperada, que consigue poner mi mundo del revés.

La historia del robo del dichoso cuadro, lejos de apartarme de él, ha hecho que me una más. Hay algo irresistible en el peligro. Y a la vez, cuando estoy en su regazo, escuchando su respiración tan cerca, contemplando el iris de sus ojos a un centímetro, me digo que es imposible que algo que haya hecho esté mal. Incluso si hubiese cometido el robo, habría sido por una razón. Mi imaginación vuela mientras me abraza y lo veo convertido en una especie de Robin Hood que roba a los ricos para dárselo a los pobres, o simplemente en un canalla de película del Hollywood de los cincuenta, elegante y soñador. Cuando me mira a los ojos y me dice que él no lo ha hecho, lo creo. Y me basta.

Por cierto, no hay noticias nuevas, y ya parece un episodio que perteneciera a la nebulosa del pasado, algo casi irreal y que nunca tuvo lugar.

Ayer Marcos se marchó a Barcelona. Tiene la presentación de un libro, un futuro *bestseller* de un nuevo escritor que está arrasando. No volverá hasta el lunes y yo ya lo echo de menos como una tonta. Hoy he estado a punto de meter la pata en el trabajo, por andar despistada pensando en él como una quinceañera.

En todo caso, el fin de semana promete ser divertido con la loca de Tere. Esta mañana me ha llamado desde el móvil de Víctor porque el suyo se le ha caído al váter. Me dice que Víctor se queda con el de la empresa y que la localice en ese, que tenemos que liarla. «Noche de chicas», me dice. Parece que Víctor también se va fuera de Madrid hasta el miércoles por temas de su trabajo.

¡Cómo es mi Teresa!, desde el teléfono de su marido y me dice que ya ha quedado para pasar el domingo y el lunes con un tío buenísimo, por supuesto más joven, que ha conocido en un chat y que viene a visitar Madrid y ya de paso a visitarla a ella. A veces no puedo evitar juzgarla, me recuerda un poco a lo que me hicieron a mí y, aunque ya lo tengo superado, no dejo de pensar que no está bien. Víctor, que está enamorado como el primer día, pendiente de ella, confiado… Si él lo supiera, le partiría el corazón. Pero no lanzaré ninguna primera piedra contra Tere ni contra nadie, ella sabrá lo que hace con su vida…

El caso es que hemos quedado para salir esta noche de fiesta. En principio íbamos a ser tres, porque mi vecina Susana, que ahora está sola también, se iba a venir, pero al final ha optado por irse al pueblo. Eso debería hacer yo, irme a un pueblo perdido en las montañas como el de Susana.

A mí me apetece un plan tranquilo, pero Tere y tranquilidad son dos palabras que no suelen ir juntas, así que probablemente acabaremos bebiendo y bailando en alguna de esas discotecas donde van los famosillos de la tele que tanto le gustan, los descerebrados de Telecinco y demás fauna.

Cuando todo estaba bien entre Javi y yo, alguna noche salíamos las dos mientras él y Víctor se quedaban en casa, y fantaseábamos en plan de cachondeo con tener una aventura de una noche con algún periodista, presentador o, mejor, algún futbolista. Lo de los futbolistas más que nada era por la curiosidad de comprobar si son capaces de pronunciar tres frases seguidas. Por supuesto, nunca pasó nada ni remotamente parecido.

La mañana transcurre tranquila, aprovecho para limpiar un poco la casa y poner un par de lavadoras, que falta hacía. Marcos se ha quedado a dormir varias noches en casa y lo tengo todo felizmente manga por hombro. Como decía el gran Krahe: «No todo va a ser follar».

Cuando termino, me pongo a leer un libro que empecé hace siglos y que me regaló Javi en nuestro aniversario. Es interesante, pero me desconcentro cada dos por tres. Creo que el hecho de que sea un regalo suyo es lo que impide que disfrute de su lectura. Termino guardándolo en un cajón, como he hecho con el propio Javi.

Mi amiga del alma y yo hemos quedado a las ocho, y como de costumbre, llegamos las dos tarde a nuestra plaza favorita. La plaza de Santa Ana tiene un aspecto maravilloso, como siempre; llena de gente, en un ambiente relajado, con parte de la tarde y toda la noche por delante. Tan solo el agudo eco de una sirena de policía rompe la armonía, pero el odioso sonido pronto se desvanece en el laberinto de Madrid. No quiero saber nada de los hombres de azul.

Nos pedimos las dos primeras cervezas de las muchas que vendrán después y nos ponemos rápidamente al día.

—Estás que no paras, Tere, quién te ha visto y quién te ve. No sé cómo el pobre Víctor ha entrado en el avión con los cuernos que tiene. ¿No tienes remordimientos, o sentimiento de culpa o algo?

—Pues sí, tengo remordimientos, pero de no haber empezado antes. Mira, Víctor es muy buena persona, muy buen trabajador, muy buen amigo de sus amigos…, pero como amante deja mucho que desear. Acaba siempre rapidísimo y, entre nosotras, ahora que he visto un poco cómo está el mercado, la tiene bastante pequeñita. No le vayas a decir nada.

—No, yo no soy tan indiscreta como tú.

—Tú con Javi, ¿qué tal estabas en ese terreno? Las veces que te preguntaba me decías que bien, pero no sé yo…

—Bien, con Javi bien. No tenía queja. No era la alegría de la huerta en cuanto a creatividad, pero cumplía.

—Cumplir. Qué palabra más cutre. Eso es sacar un 5 y yo ya no me conformo con menos de un 8.

—Bueno, démosle un 7. Que no era malo el muchacho.

—Hablando de Javi, no pensaba decirte nada, porque ahora te veo bien, pero me lo encontré el otro día. Salía a comprar el pan y me lo topé por la calle. Yo al principio me hice la distraída pero vino a saludarme.

—¿Ah, sí? —Desde que lo dejamos no había vuelto a tener noticias de mi ex y tampoco me hacía demasiada ilusión tenerlas.

—Le pregunté lo típico, que qué tal le iba, y me dijo que no muy bien, que te echaba mucho de menos y que no lo había superado. Lo vi bastante hecho polvo. Ahora se ha dejado barba en un alarde de originalidad. No entiendo esta puta manía que tienen ahora todos los chicos de dejarse barba. ¡Si antes solo la llevaban cuatro inadaptados!

—A mí me gusta. La barba, digo. Javi, para nada. Me hizo mucho daño.

—Mujer, fue una putada, pero al fin y al cabo fueron unos cuernos como miles de los que sufre cualquiera. Y mucha gente los perdona.

—Pues yo no. Si algo me gustaba de Javi es que era como la nieve, claro, transparente, sincero. Eso fue lo que me enamoró de él. Y, mira, a partir de que lo pillé ya no pude verlo igual. Para mí es otra persona, un extraño.

—Pues me estuvo insistiendo en que quedásemos con Víctor, los cuatro, para tomar algo. Dice que te quiere recuperar, al menos como amiga.

—¿Tú crees en la amistad después del amor? Mira, si lo hubiésemos dejado por rutina, o porque se nos gastó el amor y esas cosas, tal vez. Pero después de haberme estado tomando el pelo como una tonta, paso. Mis amigos no me mienten, o al menos eso espero.

—Ahora no te mentirá, no tiene motivos.

—Yo ya no podré fiarme nunca más de él. ¿Sabes lo que decía Albert Camus? Que la amistad puede transformarse en amor, pero el amor en amistad, nunca.

—Vaya, buena frase. ¿Quién era ese tío, un cantante?

—¡Madre mía! ¡Un escritor! —Tere nunca destacó por su nivel cultural.

—Ah, bueno, yo qué sé. Yo solo te digo que vi a Javi bastante mal. Tampoco hace falta que seas su amiga, pero un café al menos para dejarlo todo zanjado…

—Si está todo clarísimo. Y, sinceramente, no me apetece nada verlo. Se me revuelve todo. Y menos ahora que estoy empezando a remontar con Marcos. Tú eres más flexible, pero a mí me gustan las cosas claras.

—Te entiendo. Pues Javi parecía decidido, fuera como fuera, a recuperar el contacto. Al final se me puso casi a llorar.

—Ya se le pasará. Oye, vamos a hablar de otros temas más agradables. ¿Quieres que te cuente lo de la fiesta del otro día o no?

MOMENTOS

«Quiero evitar la baldosa que baila
y va y me pisa el pie el invierno».
(«Te debo un baile», Nueva Vulcano)

No me lo puedo creer. Estoy otra vez frente a la puerta de otro club liberal. Y además sin Marcos. Esto ya es vicio. Pero la culpa es de Tere que, después de contarle mis historias, no ha parado de insistir hasta que, tras unas cuantas cervezas y unas horas después, hemos aparecido en Momentos, el sitio que nos quedaba más cerca.

Tere quería ir a Cap, pero está lejos y yo quería conocer un sitio nuevo. Le hemos dado a san Google y el más cercano era este.

—Estamos locas, Tere, todavía no sé qué hacemos aquí. Estamos a tiempo de irnos.

—Sí, la verdad es que ahora me da corte. ¡Si nos viese Susana alucinaría! No me extraña que no quiera saber nada de nosotros últimamente.

La calle termina justo donde se encuentra el local, culminada por unas empinadas y anchas escaleras que dan a otra avenida más grande. Sentada en ellas se encuentra una mujer de mediana edad, de complexión delgada, con unas largas y bonitas piernas, melena rubia lisa, y porte elegante, que nos observa fijamente mientras fuma.

—Animaos, que no os vais a arrepentir. Pero cuidado, a ver si os va a gustar demasiado. Yo llevo viniendo aquí ocho años —nos dice espaciando mucho las palabras, con un tono de voz algo afectado.

Nos fijamos un poquito mejor en ella. Su rostro es algo extraño, de facciones duras y angulosas. Sus manos están muy cuidadas y pintadas de rojo pero tienen aspecto de fortaleza. Acaba su cigarrillo, se levanta y se presenta:

—Me llamo Sandra.

—Encantada, Sandra.

—Os veo muy perdidas. ¿Habéis dejado miguitas de pan por el camino?

—Sí, pero se las comieron los buitres. Venimos de un par de sitios y estamos ya hartas de esquivarlos —continúo la broma.

—Pues ahí dentro hay todo tipo de fauna. Pero si venís conmigo os mantendré alejadas de las fieras. Salvo que queráis ser devoradas, claro.

—¡Qué miedo, ja, ja, ja! Nos lo tenemos que pensar. Justo estábamos decidiendo si entrar o no, no sabemos lo que nos vamos a encontrar. —Ahora que estamos aquí Tere parece haber perdido todo su impulso inicial.

—Hija, todavía no han matado a nadie ahí dentro. El que tiene vergüenza ni come ni almuerza. Lo decía mi abuela, que era muy sabia. Tuvo tres maridos, catorce hijos, cinco abortos y le dio tiempo a ser alcaldesa de su pueblo y todo. La primera de la democracia. ¡Una mujer, en aquellos tiempos! ¡Y del Partido Comunista! Bueno, vosotras si veis que tal me paráis, que tengo incontinencia verbal y sexual, pero me ha dicho el médico que ninguna de las dos se cura. Y yo tampoco quiero curarme.

Me fijo un poquito más en Sandra y empiezo a dudar si no se trata de un tío. ¿Será una transexual? Me quedo con las ganas de preguntárselo, pero claro, a ver quién es la guapa que le hace una pregunta así.

—¿Así que vienes mucho? ¿Y vienes sola o con más gente? —Trato de indagar un poco.

—Yo vengo sola, pero conozco a todo el mundo y todo el mundo me conoce a mí. Soy como parte del mobiliario. Pero no soy un mueble, ¿eh? Bueno, hoy no conozco tanto al personal porque hay una fiesta de gente que viene de Vera.

—¿De Vera? Pero ¿eso no está en Almería? —pregunta Tere.

—Sí, cariño. ¿Has estado?

—No, el año pasado andaba buscando sitios de playa y estuve a punto de ir allí, pero al final opté por Castellón.

—¡Ay, Castellón, qué aburrido! ¡Haberte ido a Vera! Nosotras, las golfillas, solemos ir allí de vacaciones. Vera es como Cap, pero en pequeño.

—¿Como Cap, el local del que me hablaste? —me pregunta Tere.

—No, Cap el local, no, Cap d'Agde —dice Sandra—. En Francia. —Observa por la expresión de nuestras caras que no tenemos ni idea de lo que nos está hablando. Continúa—: ¡Ay, qué verdes estáis! El *spa* ese que se llama Cap seguro que se llama así por Cap d'Agde, que es un sitio de playa que está en Francia, cerca de Cataluña, y que es el lugar de encuentro de gente liberal más grande del mundo. ¡Se montan unas en esa playa! Se practica el nudismo y hay muchos locales liberales. La gente se pone a follar sin problema delante de los demás en la playa y, bueno, simplemente si te sientas en una terraza en el Paseo Marítimo ya es todo un espectáculo ver pasar a la *people,* ver cómo va vestida, como en una peli porno, muy muy sexi. Hay vídeos en Internet. Os voy a enseñar uno con el móvil. A ver…

En la pantalla del enorme Note de Sandra se descarga un vídeo casero grabado en una playa. En primer plano aparecen dos parejas, de unos treinta y tantos, bastante atractivas. Cada una de ellas está realizando una felación a uno de ellos, mientras a su alrededor se va arremolinando un grupo de curiosos, unas quince personas, la mayor parte hombres. Casi todos están desnudos. Las parejas se entregan a su actividad con total tranquilidad, y el grupo las observa con atención, en silencio, manteniendo una actitud de quietud y una distancia de un par de metros. Algunos se masturban, y una mujer se deja acariciar los senos por un hombre de color que se ha situado detrás de ella. De vez en cuando se cruza alguien por delante del objetivo de la cámara, observa un momento y sigue su camino.

—¿No les da corte? —pregunta Tere.

—Qué va, allí eso es lo normal. La gente está a su rollo y de vez en cuando se monta una de estas. Muchas veces al final aplauden y todo.

—¿Y no les da miedo que alguien se sobrepase?

—Qué va, ¿delante de todo el mundo? Nadie lo permitiría, y la gente que va a allí ya sabe a lo que va. Mira, ese, por ejemplo, se quiere apuntar a la fiesta. Veamos si es bienvenido.

Uno de los hombres del grupo, un tipo de mediana edad con gorra, chanclas, barriguita y de un blanco nuclear, se acerca por detrás muy despacio a una de las mujeres y le acaricia tímidamente el trasero. Ella se gira y parece decirle algo. A continuación el hombre se retira y abandona la escena.

—Esos quieren estar solos. No les importa que miren, incluso se nota que les gusta, pero no quieren que participe nadie más. El resto ya ve de qué va la cosa si te fijas, y continúan mirando tranquilamente. Esto es «vive y deja vivir». Libertad total.

—¡Joder, me quedo flipada! —dice Tere—. Ya sabes dónde tenemos que ir de vacaciones, Zoe —me dice riendo.

—Mejor a Vera, que está más cerca, ¿no? —contesto yo.

—Hija, Vera no está mal, pero compararla con Cap es como comparar la feria de tu pueblo con Disneyworld. Te puedes montar en los caballitos, pero pudiendo disfrutar de la montaña rusa y ver el castillo de Blancanieves… —dice Sandra.

—¿Cómo es Vera? ¿La gente también hace eso en la playa?

—Vera es mucho más tranquilo. A veces hay alguien que se anima, pero no tiene nada que ver. Hay una parte de la playa que es nudista, y en esa zona hay un hotel y unos apartamentos nudistas también. Hasta hay un supermercado nudista, es muy divertido. Eso sí, aunque el hotel es nudista, lo es solamente en la zona de la piscina y hasta las ocho. En el comedor y la recepción hay que ir tapados. La gente suele usar pareos, chicos y chicas. Y no se puede practicar sexo en la piscina, pero hay un local liberal justo al lado. Es un hotel muy bonito.

Me imagino a Sandra, que, llegados a este punto, juraría casi en un noventa por ciento que es una *trans,* yendo a hacer la compra a ese supermercado que me dice, y la cabeza se me pone un poco loca.

—En esa misma parte de la playa —continúa— hay más locales de intercambio y el ambiente está muy bien. Mucha gente del mundillo liberal lleva años veraneando en Vera, ya se conocen y montan cada una… Imagínate que estás en esos apartamentos y vas a pedirle azúcar al vecino, o que te falta leche, ja, ja, ja. Yo he ido un par de años y me lo he pasado muy muy bien, aunque lo del nudismo no es lo mío. A mí me gusta más lo sofisticado, el erotismo, la elegancia… Pero hay que reconocer que hay gente que es muy elegante desnuda, eh. La elegancia es algo que se lleva en la piel. Pero es que a mí me encanta la lencería, los tacones, las medias, los corpiños…

—A mí también me vuelven loca. Pero mi chico ni se da cuenta. Su grado de atención a mi ropa sexi se limita al momento de averiguar el mecanismo para quitármela. Es totalmente primario —dice Tere.

—Javi era igual, no te creas.

—Casi todos, hijas. O pasan del tema o les pasa justo lo contrario y se vuelven unos fetichistas. Dicen de nosotras, pero a los hombres tampoco hay quien los entienda.

—Bah, son más simples que el cierre de una caja de zapatos. Eso sí, el que sale raro, sale raro de verdad. Me acuerdo que una vez leí que a Dalí lo que le ponía era untarse el pito con miel y que viniesen las moscas a lamérselo —nos ilustra Tere, aportando un dato cultural, algo extraño en ella.

—Ja, ja, ja. Tendré que probar. —A Sandra se le escapa esta pequeña confesión. O a lo mejor se refiere a sus partes femeninas. La verdad es que me da igual, su ambigüedad me gusta.

—Es que, siendo un genio como Dalí, no pensaréis que se iba a conformar con la postura del misionero de toda la vida —intervengo yo. Dalí es precisamente mi pintor favorito—. Sí, era creativo y surrealista en todas sus facetas, incluida su vida sexual. Era un gran *voyeur*, le encantaba mirar, y dicen que organizaba orgías con modelos para masturbarse mientras ellos follaban.

—Joder con el Dalí, no se aburría.

—No te creas. No sé quién dijo que lo de Dalí era todo postureo y que solo montaba el *show* cuando sabía que había cámaras delante, pero que luego era el tipo más aburrido del mundo —continúo—. Le gustaba dar el espectáculo para alimentar al personaje. Y le encantaba el dinero. Firmaba hojas en blanco y las vendía por un montón de pasta.

—¡Ya me gustaría a mí vender hojas en blanco con mi firma! —dice Sandra gesticulando—. Eso es mucho mejor que ser notario. Bueno niñas, ya me he acabado el piti. Voy dentro, que hace un poco de frío. ¿Qué hacéis, entráis vosotras también?

Tere y yo nos miramos.

—Pues ya que hemos venido… —dice Tere.

Franqueamos la entrada, discreta como la de los otros pubs que ya conozco y, ya enfrente del pequeño mostrador que hace de recepción, Sandra saluda a una chica bastante joven, de aspecto agradable:

—Mira, tesoro, he hecho dos amigas ahí fuera.

Nos presenta a la chica de la entrada, que se llama Julia y, tras las cortesías de rigor, nos adentramos en el local.

—¿No hay que pagar? —pregunta Tere, que está bastante tranquila para ser su primera vez. Recuerdo que yo en el Encuentros estaba al borde de la taquicardia.

—No, cariño —contesta Sandra—. Las chicas solas entramos siempre gratis.

Nos acercamos a la barra y nos pedimos dos Coca-Colas. El ambiente es tranquilo, con varias personas tomando algo y charlando alrededor de la barra. Al fondo se adivinan varios espacios que supongo menos inocentes.

—Señoritas, les ofrezco una visita guiada por el fantástico, maravilloso y mítico Momentos. ¿Me acompañan? —Sandra es un dechado de amabilidad.

Recorremos la barra hasta el final con nuestras bebidas en la mano y llegamos a una especie de zona de baile con un sillón circular en el centro. Avanzamos por un pasillo que va a dar a unas pequeñas taquillas, un minúsculo *jacuzzi* y una zona acolchada donde una pareja desnuda está practicando sexo. Él está encima de ella, penetrándola en la postura del misionero. Tiene unas espaldas y un culito magníficos.

Los ojos de Tere parecen salirse de las órbitas:

—Pero ¡qué me estás contando! ¡Están haciéndolo ahí mismo! ¡Uf! ¡Y qué pedazo de tío! ¿Se puede tocar? —Tere no se corta ni un pelo. Nada que ver con mi mojigatería del primer día.

—Prueba —dice Sandra.

Tere alarga su mano y comienza a acariciar tímidamente la espalda del chico. Este sigue follando y sonríe ligeramente. Mi amiga se atreve entonces a ir un poco más allá y comienza a palpar sus glúteos, bajando luego hasta los genitales. La pareja del chico comienza a gemir cada vez más fuerte y él acelera el ritmo de la penetración.

—¡Sandra! ¿Cómo estás? —Una chica se ha acercado a nosotros y le ha dado dos besos a nuestra guía. Inmediatamente ambas entablan una animada conversación, ajenas por completo a la escena sexual que se está desarrollando a dos metros. Me sorprende la facilidad con la que la gente en estos locales se pone a charlar como si estuviesen en el mercado, supongo que estarán acostumbrados ya a tener toneladas de sexo a su alrededor y les resulta indiferente. ¿Necesitarán cada vez algo nuevo, distinto, más fuerte, más raro? Me da un poco de miedo adentrarme en este mundo y que llegue un momento en que no pueda controlarlo, como le pasa a la protagonista de *Las edades de Lulú*.

¿Y si llega un día en que cumplo todas mis fantasías? Me gustaría realizar alguna, pero puede que cuando lo consiga pierda su encanto y necesite otra nueva, y luego otra, hasta que nada me satisfaga.

Tere sigue tocando al chico y este de pronto empieza a acariciarle uno de sus pechos. Mi amiga se aparta de repente y se dirige a nosotras:

—¡Qué fuerte, sin conocernos de nada! Pero es superexcitante. ¡Quiero ver más, venga enséñanos esto enterito! —Se muestra entusiasmada. ¡Caray con Tere, vaya soltura!

Sandra se despide de su amiga y nos hace seguirla por un estrecho corredor, algo siniestro. Vuelve a saludar brevemente a un chico muy atractivo. Parece conocer a todo el mundo y, a medida que va saludando a unos y otros, nos conduce a una sala oscura y no muy grande. En ella hay dos parejas y varios hombres solos que las observan.

—Esta zona es mixta, pueden entrar chicos solos habitualmente, pero hoy es viernes y los chicos únicamente pueden entrar al local con su pareja, estos deben ser algunos que tienen a su chica por ahí. ¡Eh, Francesca, cómo te lo estás pasando! —Una de las chicas del fondo sonríe y saluda con la mano mientras recibe sexo oral de su compañero. Lo dicho, el mercado.

Volvemos sobre nuestros pasos por la galería. Me cruzo con un auténtico modelo de piel de ébano, con el magnífico torso desnudo y una minúscula toalla que da paso a unos muslos bien torneados. Las piernas es una de las cosas en que más me fijo en los hombres, y si no son fuertes y bien proporcionadas ya puede tratarse de Brad Pitt que jamás me iría con él a la cama. Nunca he estado con un hombre de raza negra, pero es muy atractivo y me ha devorado con la mirada.

Tere observa todo con los ojos bien abiertos y una sonrisa pintada en la cara. Me temo que estoy creando un monstruo. Avanzamos por el pasillo y vamos a dar a una sala con sillones, de ambiente más tranquilo, donde unas cuantas parejas toman algo. Eso sí, de fondo se escuchan los quejidos placenteros de una chica y los resoplidos de su amante traspasando la pared del reservado que hay justo al lado, cerrado por una puerta de madera con una especie de celosía.

Continuamos nuestro recorrido por una nueva zona de taquillas, minúscula y justo en medio de la zona de paso, que da acceso a las duchas y a los servicios. A la derecha aparece una puerta con una ventana circular a la que se asoman dos curiosos. Yo hago lo mismo y descubro una pequeña habitación donde dos esbeltas chicas y un musculoso chico vestidos todos de cuero componen una escena que parece salida de la película *Portero de noche*.

Seguimos avanzando y al fondo aparece una piscinita muy agradable, pero Sandra nos conduce hasta el sanctasanctórum del local: la cama redonda. Se trata de una habitación circular, con una zona acolchada, también circular, en el centro, reservada exclusivamente para parejas. Encima de ella ocho personas están enfrascadas en una verdadera orgía. Tere se queda petrificada. Contempla la escena totalmente fascinada. Al cabo de un rato Sandra nos coge de la mano y volvemos a la barra.

—Esto es increíble, Zoe. A partir de ahora cuando salga un sábado todo me va a parecer aburridísimo comparado con lo que hay aquí.

—¿Te vas a traer a Víctor?

—Se lo diré, pero ese es un flojo. Aquí no me aguanta ni dos asaltos. ¿Tienen tele para ver el fútbol?

—Uy, hija, aquí se viene a ver otro tipo de pelotas. Tú no te preocupes, le metes a tu chico una viagra en la copa y listo —le sugirió Sandra.

—Oye, pues no es mala idea. Pero ¿de dónde la saco? ¿Eso no va con receta?

—Ay, cariño, que lo tengo que explicar todo. Pues anda que no hay páginas en Internet donde se venden sucedáneos. Hay gente la mar de inconsciente que se la toma para pegarse fiestecitas sexuales. Aquí seguro que alguno va hasta arriba.

—¡Pero eso es peligrosísimo! Joder, no sé cómo a la peña no le da miedo hacer esas barbaridades.

—Allá cada uno. Pero venden millones. La mayor parte de las personas que toman viagra en el mundo no la necesitan. Yo una vez compré, pero fue a un chico que tenía receta y las vendía. Es carísima. Se anunciaba y quedaba contigo. Nos encontramos en el metro de Ventas, fuimos a una farmacia con su receta, yo pagué, y le di dos pastillas de las ocho que tiene la caja. El chico estaba en el paro y no tenía dinero para comprársela, y así iba tirando.

»Otra cosa que ahora usan muchos es el cialis. Lo llaman la droga del fin de semana. Es una versión más avanzada de la viagra, que funciona durante treinta y seis horas. Y hay otra que se llama kamagra, que viene en sobres… En fin, de todo.

—Vaya tela, y yo ni idea. Pero ¿funcionan igual el sucedáneo ilegal y la oficial?

—Sí, a efectos prácticos sí, pero claro, no hay garantías, vete tú a saber lo que te metes. Ya una viagra de las de receta es un riesgo para el organismo. Yo prefiero no usar ninguna de esas cosas, porque pierdes sensibilidad, y además, como lo natural no hay nada. Y el sexo no es solo penetración.

—Pero tú..., ¿eres un chico? —Al instante Tere se da cuenta de lo inoportuna que es su pregunta—. Quiero decir... Bueno, que a mí me da igual...

—No, si no pasa nada. —Sandra sonríe. La pregunta no parece haberle molestado para nada—. Si aquí todo el mundo me conoce. Yo soy travesti. Por el día soy un aburrido agente de seguros, y por la noche soy Sandra, la tía más divina de Momentos.

—Ah, fenomenal. Es genial. A mí muchas veces me gustaría transformarme también en otra persona y llevar una vida totalmente diferente —dice Tere.

—Y a mí, por ejemplo, en una multimillonaria. Pero de momento nada. A ver si pesco a algún ricachón —dice Sandra, que parece muy metida en su papel.

—Perdona mi ignorancia —insiste Tere—. Travesti es que solo te vistes de mujer. Y transexual es que tienes, por ejemplo, pene pero te has puesto pechos y te hormonas y por fuera pareces una mujer, ¿no?

—Eso es. Yo solo me visto de mujer. Y bueno, también hay transexuales totalmente operados, incluso de genitales. Chicos que pasan a ser mujeres y al revés, aunque esto es menos común, ya sabes.

Tere continúa haciéndole preguntas a Sandra y esta le contesta amablemente a todo con mucha paciencia. Yo me desconecto un poco de su conversación y empiezo a darle vueltas a la cabeza. Hasta hace un momento me decía a mí misma que si había experimentado con el mundo liberal era por seguir a Marcos, dejándome llevar por él. Al fin y al cabo estamos en la primera fase de la relación, aquella en la que cada uno intenta agradar al otro mostrándole lo que quiere ver.

Es verdad que disfruté mucho con Julián y María aquel día en Cap, y que mi percepción de bastantes cosas que antes daba por sentadas cambió. Lo mismo pasó en la fiesta de Patricia, pero es que es la primera vez que salgo de marcha desde entonces y ya estoy de nuevo en el mismo ambiente y esta vez Marcos no tiene nada que ver. Es más, aunque me digo que ha sido la loca de Tere la que me ha traído aquí, tengo que reconocer que con mi entusiasmo a la hora de contarle mis historias he sido yo la que la he arrastrado.

Tere sigue charlando con Sandra. Parece que se van a hacer grandes amigas. Ese punto de locura de las dos las une.

—Hola, me llamo Alberto.

Una voz muy agradable, de esas de doblador de película, me saca de mis pensamientos. Giro la cabeza y me encuentro a un chico moreno, guapísimo, calculo que de mi edad, que me sonríe con una copa en la mano. Luce un torso espléndido, y parece encontrarse en el local como en su casa. Tiene una forma de mirar que me engancha. Y es sexi. Mucho.

—Yo, Zoe —acierto a decir. Menos mal que mi nombre es corto, porque me he puesto nerviosísima. Normalmente no me pasa, quizá sea por la situación: aquí, en un club liberal, donde no es que quiera conocerme, sino que ambos sabemos que en diez minutos podríamos estar practicando sexo aquí mismo. Y esa idea me ha puesto a mil.

Le presento a Tere y a Sandra, que lo miran con ojos golosos. Parece que a ellas también les ha gustado. Él sonríe complacido. Sandra me guiña un ojo y dice:

—Me vais a perdonar, pero tengo que hacer una llamada. Os dejo con este guapetón.

Y eso hace. Se ha quitado de en medio, y creo que es verdad que quiere dejárnoslo a nosotras solitas. Es una relaciones públicas de primera. Y un amor.

Tere comienza a hacerle mil preguntas a nuestro guapo acompañante: que si eres de Madrid, que si vas mucho a locales, que si tienes novia… Se ha lanzado con toda la artillería de la manera más natural del mundo. Alberto contesta con tranquilidad a todas y cada una de las cuestiones. Sí, es de Madrid. Sí, frecuenta los locales liberales. Y no, no tiene novia. A Tere le gusta cada respuesta. A mí, más que el fondo, que me da igual, me gusta su forma de expresarse: su acento, su manera de pronunciar cada sílaba con esos labios tan atractivos, su mirada, los gestos que dibujan sus grandes manos… Apenas intervengo en la conversación, me estoy imaginando ahora mismo con él a solas y lo que menos me interesa es alargar la charla durante demasiado tiempo.

La verdad es que no me reconozco. Me sorprendo al verme tan desatada. Hace poco que lo he dejado con Javi, estoy conociendo a Marcos, que me encanta, y aquí estoy, pensando en follar con un desconocido. La verdad es que ni siquiera sería ponerle los cuernos a Marcos porque nuestra relación es abierta, pero aun así no puedo evitar que me invadan las dudas. No, Zoe, no vas a hacer nada de lo que te arrepientas, aunque si quisieras hacerlo nada ni nadie te lo impide…

—Yo también quiero ponerme la toalla, me quiero meter en el ambiente —dice de pronto Tere. Es como yo, cuando hace algo lo lleva siempre hasta el final. Recuerdo que de niñas me dio un buen susto porque fuimos a explorar a una casa abandonada y se quedó atascada en un agujero. Tuve que ir corriendo a llamar a su madre y pedir ayuda para que la pudieran sacar los bomberos.

Me ha pillado fuera de juego. No sé muy bien qué hacemos aquí. Pensaba tomar una copa y echarme unas risas con Tere, pero esto va cogiendo otro color…

—Ahora os traigo dos toallas y unas chanclas, esperadme aquí —se apresura Alberto. Ha visto la oportunidad de tener a dos chicas solo para él y se muestra hábil y resuelto a no dejarla pasar.

—Espera —lo interrumpe Tere mientras me mira con complicidad—. Trae solo una para Zoe. Yo tengo que contarle a Sandra una cosa que se me ha olvidado. ¡Seguro que no me echáis de menos!

Me guiña un ojo y huye rápidamente hacia la barra, dejándonos a los dos sin saber qué decir. Otra que sale generosamente de la escena. Parece que hoy el universo conspira para que me acueste con este chico.

—Vaya, debo estar horrible hoy porque la gente no para de huir —me dice para romper el silencio—. Si quieres te traigo la toalla y las chanclas, pero no salgas corriendo tú también.

—No sé por qué será, pero voy a quedarme sin amigas a este paso —bromeo—. Podemos charlar estando yo vestida, ¿no?

—Claro. Incluso podría vestirme yo si te hace sentir más cómoda. —Ríe.

—No hace falta, la toalla te queda muy bien. Demasiado bien.

LUNES

«Si el amor se contara,
si el amor dibujara paisajes en mi cuerpo,
estaría *bañao* con tu imagen
cada surco en cada puerto».
(«Lunes», Pastora)

Otra vez lunes. De pequeña leí el mito de Sísifo, ese hombre que, debido a su astucia, enfadó a los dioses, los cuales lo condenaron a tener que empujar una gran roca colina arriba eternamente. Cuando lograba llegar a la cima, la roca volvía a caer y el pobre Sísifo tenía que volver a arrastrarla hasta la cumbre, desde donde volvía a rodar montaña abajo; así una vez tras otra.

Como Sísifo, cada lunes comienzo a empujar la semana con la esperanza de llegar al viernes. Una vez arriba, el fin de semana pasa en un suspiro y la roca vuelve a caer en el mismo punto exacto donde la dejé el lunes anterior. Intento que se me pase la mañana en la oficina de la forma más rápida posible. Es la historia mil veces repetida: las caras largas de los clientes en la caja, el mismo viejecito que viene todas las mañanas para que le des un poco de conversación y te dice siempre que te pareces a su nieta, el pesado que quiere otra cubertería… ¡Y yo que había pensado que esto de ser empleada de banca tendría glamur!

Llegan por fin las benditas tres de la tarde y salgo disparada lejos de allí, como algo ligero en un restaurante de franquicia mientras echo un vistazo al Twitter y a las cuatro ya estoy en una cafetería de la calle Arenal, de las de mesa de mármol y decoración clásica de madera. He quedado con Marcos.

Mientras le espero, observo la lluvia estrellándose en el cristal. Dibuja surcos, caminos que zigzaguean de forma vívida durante unos momentos y acaban disolviéndose en la superficie. Cada una de esas líneas me parece la vida de una persona. Al igual que esas pequeñas gotas que se alargan, llegamos, damos guerra por un momento, giramos para un sitio y para otro, estiramos nuestra existencia todo lo que podemos y, cuando llega lo inevitable, desaparecemos. Somos uno más, pero todos muy diferentes. Tenemos que dejar sitio siempre para que otras gotas vengan a estrellarse al cristal.

Continúo divagando y de pronto reconozco una figura al fondo de la calle. Me agazapo tras la ventana porque no quiero que me reconozca. Bajo un enorme paraguas y caminando a pasos pequeños y rápidos, el doctor Encinar intenta esquivar la lluvia. Entonces recuerdo que no he vuelto a ir a su consulta. Sin decirle nada y poco a poco, he sustituido la química que él me proporcionaba por la que me provoca Marcos. ¿Será verdad que no somos más que un cúmulo de reacciones?

El doctor desaparece al final de la calle, ajeno a mi mirada, y al poco tiempo por fin llega Marcos. Feliz, como siempre. Parece llevar a su alrededor todo el buen rollo del mundo, incluso los lunes de lluvia.

Se acerca, me da un beso y siento que la gotita que soy ha dado un brinco en el cristal.

—Toma, es para ti. —Abre la mano. El regalo no parece muy romántico: es una vieja chapa de una botella. Me fijo y dentro lleva pegado un trozo de cromo con la cara de un ciclista.

—¿Esto qué es, Marcos? ¿Así conquistas a las mujeres?

—Te regalo a Perico. Perico Delgado. Mi chapa favorita de cuando era pequeño. Con ella ganaba todas las carreras, era imbatible.

—¿Vamos a jugar a las chapas? Sabía que te gustaba «dar la chapa», pero no pensaba que de forma tan literal.

—¡Mira qué graciosa! El otro día vino mi madre y me trajo un viejo bote que rondaba por casa, era un bote de madera donde de pequeño guardaba mis tesoros. Hay de todo, ya te los enseñaré, pero mi tesoro más preciado era esta chapa. Hacía veinte años que no veía a Perico, me dio muchísima alegría cuando lo trajo mi madre, porque yo lo daba por perdido. Y, bueno, sé que te parecerá una chorrada, pero quiero que Perico esté contigo.

—¡Qué majo! Vale. Lo voy a cuidar de maravilla. ¿Qué come?

—Nada. Eso sí, lo tienes que sacar a correr de vez en cuando por la alfombra, o vas al parque y le dibujas unos surcos en la arena y que se haga unas curvitas, que si no se oxida.

—Vale. —Sonrío—. Me has ganado con tu chapita, la cuidaré y algún día jugarán con ella nuestros siete hijos.

—¿Solo siete?

Continuamos hablando de bobadas, sin dejar de mirarnos a los ojos y sonreír. Nuestras manos permanecen juntas y la lluvia sigue dibujando caminos en el cristal. El aroma del café nos envuelve y las conversaciones del resto de los clientes forman un ligero murmullo que compone la banda sonora ideal para la tarde. Pasan los minutos ligeros, como decía la canción de Víctor Manuel, «no existe el reloj, no tiene sentido entre tú y yo».

Todo es perfecto. No quiero separarme de él. Pero tengo que contarle una cosa.

—Marcos…, tengo que contarte algo.

—Uy, dispara.

—Este sábado quedé con Tere. Ya sabes que está un poco loca. Estuvimos toda la tarde bebiendo y por la noche, ¿sabes dónde fuimos?

—¿A atracar un banco? ¿A robar otro cuadro?

—No. —Siempre me saca una sonrisa—. A Momentos. ¿Lo conoces? —Vaya pregunta, seguro que lo conoce.

—¡Claro! ¡Genial! ¡Qué sorpresa! ¿Y qué tal lo pasasteis?

—Muy bien. Demasiado bien. Conocimos a Sandra, una travesti muy maja.

—¡Sandra! ¡Sí, es amiga mía! Una tía estupenda. Es parte de Momentos, está todos los días. Es un encanto de persona.

No parece molesto, todo lo contrario. Lo noto contento, feliz porque comparto su mundo. Un mundo sórdido para mucha gente. Pero tengo más cosas que contarle.

—También conocimos a un chico: Alberto. —Noto que Marcos me mira con atención, pero no descubro rastro de celos en su mirada.

—Muy bien. ¿Era majo?

—Sí, muy agradable. Bueno, lo que quería contarte es que…, yo sé cuál es tu forma de pensar y cómo concibes el sexo…, y bueno, me sentí atraída por él, y yo no quiero ocultarte nada. Te lo voy a decir directamente: acabé haciéndolo con él. —Observo sus ojos, que mantienen la misma tranquila expresión. No quiero perderlo, pero tampoco quiero mentirle.

—Pues muy bien, perfecto. —Me sonríe—. En serio, me parece genial. Si eso es lo que hemos hablado. ¡Así concibo yo el mundo!

—¿No estás celoso? ¿Te parece bien?

—Claro que no estoy celoso. De verdad que me parece perfecto. Ya sabes que yo solo entiendo las relaciones con total libertad. ¿Por qué iba a sentarme mal que disfrutaras? Saliste un sábado, lo pasaste genial y ya está.

—Sí, pero me siento un poco culpable y tenía miedo de contártelo, aunque a la vez creo que no hice nada malo. ¿De verdad que no te molesta? ¿Ni un poquito?

—Claro que no. Es normal que te cueste un poco asimilarlo, tenemos grabada a fuego la educación que recibimos, no solo a través de nuestros padres sino de nuestros maestros, las películas, la religión, la tele… Ya lo hemos hablado. De verdad que me parece bien. Es más, me alegro.

—Fue solo sexo. Buen sexo, sin más. Ni siquiera nos pedimos los teléfonos y el chico ni me va ni me viene.

—Lo sé. En serio, me alegro de que veas las cosas como yo. ¡El mundo es muy grande y tú y yo vamos a recorrerlo juntos!

Parece sincero. Su mirada me dice que todo está bien. No acabo de creérmelo.

—A ver si es que te da igual porque pasas de mí… —le pincho.

—Oye, que yo a Perico no lo dejo en manos de cualquiera.

La carta

«No hace mucho que leí tu carta,
y, sin fuerzas para contestar,
mil pedazos al viento nos separan.
Pondré casa en un país
lejano para olvidar
este miedo hacia ti, este miedo hacia ti».
(«La carta», Héroes del Silencio)

Martes. La tarde de ayer fue perfecta. Y la noche más. Tras nuestro interminable café con las gotas de lluvia acompañándonos cómplices en la ventana, Marcos y yo nos metimos a ver cogidos de la mano una película en versión original en un viejo cine. Después me acompañó a casa, lo invité a subir e hicimos el amor de mil maneras. Cuando nos hemos despedido esta mañana he sentido como si volviera de repente de un lugar lejano e increíble.

He llegado de trabajar hace un rato y estoy comiendo una ensalada mientras Perico me mira desde la nevera. Le he pegado un imán y lo he puesto ahí, para que me dé conversación todos los días. De momento solo sabe hablar de ciclismo, pero nos vamos entendiendo.

Si volviese algún día a ver al doctor Encinar tendría que contarle que, además de Tere, ahora mi mejor amigo es una chapa de la vuelta ciclista pegada a un frigorífico. También le diría que soy feliz.

Bajo al portal a mirar el correo y, cuando me pongo a ojear los sobres, mi semblante cambia. ¿Recordáis esa frase que dice «Hace un día estupendo, verás cómo viene algún tonto y lo jode»? Pues ha aparecido el tonto: Javi, mi ex. Había cortado todas las vías de comunicación con él y ya me creía a salvo, pero, en la era de las redes sociales, los *mails* y los wasaps, había olvidado el método más tradicional y casi en desuso: el correo postal.

Es una carta de esas de plañidero en la que me suplica que le dé una oportunidad, me dice que la vida sin mí no tiene sentido y mil y un topicazos más y, tras multitud de intentos de dar pena y chantajes emocionales varios, me pide que si puedo hacerme cargo de *Genaro,* nuestro perro, durante este fin de semana. *Genaro,* a ti sí que te echo de menos. El muy maldito se lo llevó y tiene la cara de utilizarlo para intentar volver conmigo.

Tengo que cortar esto por lo sano. Lo de utilizar a *Genaro* es una hábil estratagema para que, con la excusa de cuidarlo, establezcamos un contacto continuo. Que si ahora te lo dejo, que si vengo a recogerlo, que si tomamos un café… Ya me lo estoy imaginando.

Busco un folio y un bolígrafo y comienzo a redactar: «Espero que esta sea la última carta que me escribes…».

Cuando la deslizo dentro del buzón experimento la sensación de que el sobre pesa mil kilos.

Fiesta en el chalet

«Deberíamos dejarnos
de chapuzas y de inventos
y perdernos por los bosques
que aún no conocemos».
(«La vida moderna«, La Habitación Roja)

Sábado. La semana ha transcurrido de forma tranquila. He pasado cada tarde con Marcos, en una nube. Le conté lo de la carta de Javi y mi respuesta diciéndole que no lo quiero volver a ver ni tener la más mínima noticia suya. Lo de utilizar a *Genaro* me ha parecido de lo más sucio y rastrero. Le he deseado lo mejor y punto, y le he rogado que no me contestara ni me enviase ninguna carta más. Parece que ha cumplido.

Marcos opina lo mismo, que usar a *Genaro* es lamentable, pero lo disculpa diciendo que debe de ser muy duro perderme. Yo le doy un beso y le digo que no sea tan pelota.

Acabamos de ver una estúpida peli de superhéroes y ahora estamos escuchando un poco de música en el portátil (suena León Benavente, uno de mis grupos favoritos) y echando un vistazo a su perfil de Ons.

Tiene cuatro invitaciones a fiestas, como de costumbre. Una de ellas es una «fiesta cervecera», en la que hay apuntadas cuarenta personas. Me explica que las cerveceras son quedadas en plan tranqui, «vertical», para tomar algo en un bar, como su propio nombre indica. Ideales para conocer gente nueva o ver a los amigos de siempre. Después de las cervezas se suele acabar con una visita a un local de intercambio, que ese día, como podéis imaginar, se llena.

También hay dos invitaciones a los cumpleaños de dos chicas de la página.

—Cuando no es el cumpleaños de uno es el aniversario de otros o la celebración del fin del pago de la hipoteca, con lo que siempre hay alguna cosa —me dice Marcos—. Si llevas un modo de vida liberal y sales a menudo, te acabas gastando una pasta en los locales, y quedar en casa es gratis, claro. Bueno, solemos poner un bote para comprar algo de comer o beber, lo normal.

»Además, con una fiesta privada, miras la lista de invitados en la web y así también sabes quién va a ir y quién no y te aseguras de que no va a haber nadie extraño o con quien no quieres coincidir.

Mientras hablamos le llega otra invitación. En este caso es de una pareja que celebra sus bodas de plata alquilando un local entero e invitando a todos sus contactos. Es una fiesta de la primavera en un chalet a las afueras de Madrid. Los anfitriones son «Amantesdelsur», una pareja de unos cincuenta. A él se le ve muy grande y gordito y ella una chica quizá algo más joven, algo entradita en carnes y muy sexi. En el evento hay apuntadas unas treinta personas, entre parejas, chicas y chicos solos.

—Hace mucho que no voy a las fiestas del Marqués. Son muy famosas. En la última nos cargamos una cama y un sillón. No me acuerdo de cuál es su nombre real, pero todos lo llaman el Marqués. Es una persona muy atenta y se desvive porque todo el mundo esté cómodo y no le falte de nada —dice mientras repasa el listado de perfiles que han aceptado la invitación—. ¡Vaya, si van Rubita y SirenaAzul! Son dos tías estupendas, amigas mías. Hace mucho que no las veo. Si te apetece, nos hacemos un cine y después nos acercamos un rato por allí.

Marcos sabe utilizar la táctica y las palabras adecuadas: «un cine» y «un rato» son formas de quitarle importancia al asunto. Yo acepto.

Aquí estamos, otro sábado más inmersa en esta vida irreal camino del famoso chalet. Hablamos de todo un poco. Acordamos que el siguiente fin de semana no haremos nada de vida *swinger* y que lo dedicaremos de nuevo a actividades verticales. Me propone salir a la montaña e ir a La Pedriza o Peñalara, que están muy bonitas en esta época del año. Ya estoy deseando.

Cada día con Marcos es genial. Él se encarga de hacerlo así. Bueno, los dos. Parece mentira, pero justo cuando menos creía en el amor y esas zarandajas, voy y lo encuentro. Empezamos a dar asquito y todo de lo bien que estamos. Creo que la fórmula es dejarle un poco de aire, como al fuego, que necesita oxígeno porque si no se apaga. Lo quiero, me quiere. Fin. Supongo que a veces pasan estas cosas.

Con Marcos la vida es muy fácil, pero cada día es distinto… Y aunque a veces sigo sin saber en qué está pensando, me he dado cuenta de que es así, un poco disperso. A saber cómo funcionará ese mecanismo.

Mientras conduce hablamos de nuestras familias. Yo le digo que mis padres jamás comprenderían una vida liberal. Él me dice que tampoco sus padres lo saben, que son mucho más conservadores, pero que es la educación que han recibido, mucho más estricta en lo moral.

—Pero no siempre se cumple la norma, siempre ha habido personas adelantadas a su época. Mira, por ejemplo, mi tío abuelo —me dice Marcos—. Deberían escribir una novela sobre su vida, de verdad. Era el hermano de mi abuela. Era muy inteligente, guapo y con don de palabra. Nació en el pueblo de mi madre, un pequeño pueblecito de Segovia. Fue uno de los pocos de allí que estudió. Hizo magisterio, y me contaba mi abuela que empezó a dar clase en Asturias, donde conoció a la Pasionaria. La acompañaba a los mítines, donde también tomaba la palabra. Había visto mucha pobreza y quería cambiar las cosas. Pero comenzó la guerra y le pilló de vacaciones en su pueblo, que en ese momento quedó bajo zona nacional.

»Fueron a buscarlo para matarlo, pero el cura lo escondió en su casa. Finalmente se enroló en la Legión, donde, gracias a que tenía "letras" obtuvo el puesto de secretario de un importante general, que pronto lo consideró su mano derecha y empezó a confiar plenamente en él. Tanto que lo que el tío Manuel disponía, el general lo firmaba sin mirar. Así pudo ayudar a muchos compañeros. Salvó a unos cuantos de los famosos "paseíllos".

—¡Como en *La lista de Schindler*!

—Sí, y tenía que andarse con cuidado, porque a él también lo estaban buscando por su pasado izquierdista.

—Espero que no lo pillasen.

—No. Terminó la guerra y se convocaron oposiciones para delegado de enseñanza en Galicia, y mi tío, que era listo, se las preparó y aprobó. Allí vivía feliz con su mujer y sus hijos, pero Manuel no era perfecto: le encantaba el juego. Un día se jugó a las cartas la paga entera de los maestros que tenía a su cargo y la perdió.

—¡No fastidies!

—Sí, era muy inteligente pero un poco calavera. Lógicamente, lo echaron y se tuvo que largar a buscarse de nuevo la vida. Por el camino se jugó también una finca de su pueblo que anteriormente le había vendido a su hermana, mi abuela. Cuando los acreedores se presentaron en casa de mi abuela para reclamarla se encontraron con que la finca ya estaba vendida y con escritura de propiedad. ¡Querían matarlo, pero él ya estaba lejos, en Barcelona!

—Vaya personaje, ahora me está recordando a Leonardo DiCaprio en *El aviador*.

—Era muy guapo y elegante. La gente decía que se parecía a Cary Grant. En Barcelona empezó a trabajar desde abajo en una gran empresa eléctrica y, debido a su capacidad, pronto ascendió hasta ser uno de los jefes. De vez en cuando viajaba a su pueblo y contrataba a quien quería dejar el terruño y acompañarle. A otros les conseguía empleos en otras partes. Ayudaba a todo el mundo. Y acabó dejando el juego. Cada vez que regresaba al pueblo era recibido como un héroe y siempre lo abandonaba con un montón de regalos de los vecinos, que estaban agradecidos: unas buenas viandas, una colcha de lana, un queso bien curado... La gente lo admiraba y le quería. Yo tuve la suerte de conocerle y transmitía un carisma y unas ganas de vivir tremendas. Murió hace no mucho, ya viejito, rodeado de una gran familia. Un gran tipo el tío Manuel.

—Bonita historia, la verdad.

Me fijo en Marcos y observo en él algún rastro del tío Manuel, ese golfo simpático y de buen corazón. Pienso que antes sí se vivían vidas románticas, de película. No sería lo mismo si el tío Manuel naciese ahora. Me lo imagino enganchado al WhatsApp, o viendo porno en Internet, o soltando estupideces en Twitter y ligando por Badoo... Nada que ver.

—Me hubiese gustado nacer un siglo antes, Marcos, la vida era más pura, menos irreal.

—Cierto, a mí también. Pero ten en cuenta que la situación de la mujer entonces no era como la de ahora. Apenas tendrías derechos y tu único destino sería prácticamente casarte y tener hijos.

—Habría sido una rebelde, como Madame Curie o Rosa Luxemburgo. O mejor, Lou-Andreas Salomé. ¿Sabes quién es?

—Ni idea. —¡Increíble! He pillado a Marcos en un renuncio intelectual—. No, espera, ¿no era una amiga de Nietzsche?

—De Nietzsche, y de más grandes hombres. De Freud, de Rilke, de Paul Rée... Todos se enamoraban de ella. Había un dicho en aquella época: «Cuando Lou entra en la vida de un intelectual, este pare una obra extraordinaria». Era una mujer arrebatadora, muy guapa y de una gran inteligencia. Escribió muchos ensayos sobre un montón de materias. Nietzsche estaba coladísimo por ella. Cuando se conocieron le dijo: «¿Desde qué estrellas hemos venido a encontrarnos?».

—¿Un poco cursi, no?

—Pues a mí me encanta. Decía que era la mujer de su vida y le propuso matrimonio, pero Lou fue muy independiente toda su vida y lo rechazó, como a los demás. Y Nietzsche se quedó hecho polvo. Si llega a tener Facebook en aquella época, habríamos flipado. Imagina a Nietzsche diciendo en su estado, «estoy desolado», y trescientas personas marcando me gusta.

—Menos mal que no —contesta riendo Marcos.

—A ella le apasionaba rodearse de inteligencia y sobre todo ser libre. Fue una personalidad en su época. Deberían hacer una peli sobre su vida.

—Pues sí, por lo que cuentas debió de ser una mujer extraordinaria. Y muy liberal. Con lo difícil que era entonces.

—Hoy seguro que nos la encontraríamos en el Encuentros o en alguna fiesta como a la que vamos ahora, con algún golfo como tú, ja, ja, ja.

—Seguramente. Por cierto, no me acuerdo muy bien de dónde está exactamente el chalet. He estado unas cuantas veces y siempre me pierdo. Está al lado de la carretera, pero no me acuerdo del punto exacto y no tengo la dirección para ponerla en el navegador.

Nos metemos por una carretera secundaria, justo antes de llegar a un pueblo, y luego Marcos gira y se mete en un polígono.

—¿Seguro que es por aquí? A ver si todo va a ser una treta para violarme, matarme y abandonar aquí mi cuerpo.

—¡Qué buen rollo! Hoy me pilla mal, pero igual para otro día es un planazo. Creo que nos hemos perdido. Coge mi móvil, busca en contactos «Marqués» y mándale un wasap, por favor, que nos diga la dirección.

Me gusta ese rasgo de confianza. No todo el mundo le deja su móvil a su pareja. Marcos no tiene nada que esconderme. De todas formas, vamos camino de una orgía. ¿Qué necesidad tiene?

—No lo encuentro.

—¿No?

—No. Estoy en la M y no sale.

—¡Perdona! ¡Mira en la O! Tengo a toda la gente que he conocido en Ons con una O delante para no liarme. Ya sabes, para separar lo vertical de lo horizontal.

—Pero ¡si tienes cincuenta mil! Aquí, ya lo veo. —Pruebo a enviar un wasap—. Parece que el señor Marqués no está en línea.

—Joder, es que odia los móviles. Casi siempre lo tiene apagado, y cuando le mandas un wasap te lo contesta a los tres días. Eso sí, siempre los contesta. A todo el mundo. Como si fuera el correo.

Son las doce de la noche, el polígono está completamente vacío, y nosotros deambulamos entre las naves más perdidos que un concursante de Gran Hermano en una biblioteca. Ya es la segunda vez que acabo con Marcos en un lugar extraño y despoblado. De pronto un coche de la Guardia Civil comienza a seguirnos.

—Ahora nos sigue la Guardia Civil. Vaya planazos de sábado que me preparas.

—Pues aprovecho y les pregunto.

—A ver si van a ser ellos los que te pregunten a ti por el cuadro famoso —le comento medio en broma.

—Vamos a averiguarlo.

Marcos para el coche y los guardias hacen lo mismo, justo a nuestro lado. Mis pulsaciones suben. Sin serlo, me siento como una prófuga de la justicia. Me fijo, los agentes son dos chicos jóvenes que nos miran con curiosidad.

—¡Hola! Es que estamos perdidos, vamos a una fiesta de unos amigos en un chalet que está por aquí, justo al lado de una carretera. Creo recordar que está detrás de unos campos de fútbol —les dice Marcos.

—Hola, buenas noches. —Los guardias siempre tan protocolarios—. Ah, sí, hay una fiesta en un chalet muy cerca de aquí, hay muchos coches.

Los dos agentes sonríen, se nota que conocen perfectamente el chalet del Marqués y el tipo de fiestas que se montan allí. Seguro que más de un día se han quedado con ganas de entrar.

—Tiene que salir por este desvío del fondo, seguir todo recto hasta una rotonda y luego coger la dirección Madrid. Verá los campos de fútbol y a continuación el chalet.

—¡Ya recuerdo! Claro, muchas gracias.

—De nada, buenas noches. —Los guardias se llevan la mano a la visera en señal de saludo y arrancan el coche.

—Ya sé por dónde es —dice Marcos. Y arranca de nuevo el motor.

En menos de lo que tarda en acabarse la canción que estamos escuchando aparece el famoso chalet. Bien es verdad que la canción es «Starway to heaven», que dura casi nueve minutos.

—Ja, ja, ja. Pues mira, estos al final no sabían nada del robo. Nos hemos librado por los pelos, eh. Por cierto, ¿se sabe algo nuevo de la investigación? ¿Has hablado con tu tío?

—Hablamos el otro día que estuve con él y con su novia, me la presentó después de tanto hablarme de ella, y no me contó nada nuevo. La policía no le ha vuelto a preguntar y no se sabe nada de las diligencias. Creo que hay secreto de sumario, así que imposible enterarse de nada. Si tuviesen algún dato sobre que estuvimos allí, ya nos habrían interrogado. Ha pasado mucho tiempo. Lo mejor es tratar de olvidar el tema. Por cierto, su chica es muy maja, pero mucho más joven que él. Eso sí, es guapísima, la típica mujer del este espectacular. Hacen una pareja un tanto extraña, el ratón de biblioteca con la «modelo» eslava.

—A ver si vas a tener envidia, Marquitos…

—¿Yo? Si estoy con la mujer más preciosa del mundo…

—¡Qué mal se te da ser pelota! Oye, cambiando de tema: parece que los picoletos conocen bien el chalet. ¡Cómo se sonreían cuando les preguntaste!

—Sí, las fiestas del Marqués son legendarias. Seguro que más de un día han pensado en venir a hacer una redada para cachear a la gente, ja, ja, ja.

—No lo dudes.

Buscamos sitio para aparcar mientras escuchamos las risas y la música de fondo. Veo que el chalet tiene piscina y que hay un chico nadando de espaldas plácidamente dentro de ella. Aparcamos y nos dirigimos hacia la fiesta. Me acabo de poner nerviosa y agarro la mano de Marcos con fuerza. Él me mira sonriendo, trata de transmitirme confianza. Y lo consigue. Sin él jamás me atrevería a adentrarme entre esas cuatro paredes. Se aprieta a mí y me besa el pelo.

La casa no parece muy grande. En el porche nos encontramos con varias personas. Marcos saluda a dos chicas, que resultan ser las amigas que me comentó, y estas nos presentan a un par de parejas que están fumando y tomando algo. Sobre una gran mesa de plástico hay refrescos, alcohol, canapés, empanada, tortilla y hasta una paella. La edad media es de unos treinta y muchos.

—¡Bienvenidos! —Una enorme figura ataviada con un vistoso pareo y una camisa blanca de lino aparece en la entrada y se abraza a Marcos.

—¿Cómo está el señor Marqués? Mira, te presento a Zoe.

El Marqués me abraza de forma cariñosa y me da dos besos, de esos que se te quedan pegados. Es de tez morena, con su buena barriga, espaldas anchas y mide casi un metro noventa. Sin ser especialmente atractivo, tiene un rostro agradable. Marcos le hace entrega de una botella de vino que hemos traído, él nos da las gracias diciendo que no era necesario y se ocupa de que no me falte de nada:

—Siéntete como en tu casa, Zoe. ¿Qué te apetece tomar? Tenemos todo lo que quieras. Bueno, todo no, pero se hace lo que se puede, ja, ja, ja. —Su risa es grande, como él. En un santiamén nos presenta a toda la gente que hay a nuestro alrededor.

Hace una noche perfecta. Por un momento pienso que me gustaría estar en medio del campo contemplando las estrellas con Marcos, cogidos de la mano, susurrándonos alguna estúpida canción de La Buena Vida. En cambio, estoy aquí, rodeada de extraños, en una fiesta extraña. Me preparo un vodka con naranja y miro hacia la piscina: el chico que nada de espaldas, desnudo, me resulta familiar. Lucho contra mi miopía y trato de fijarme un poco mejor. ¡Ahora caigo!, es Günter, el hombre que conocí en Encuentros. El de las manos bonitas. Sin las gafas no lo había reconocido. Me acerco hasta el borde y lo saludo sonriendo.

—¡Anda, qué sorpresa tan agradable! Pero ¡si es Zoe! —me saluda con su peculiar acento.

—¡Hola, Günter! ¿Qué tal está el agua? Dan ganas de meterse.

—Está un poco fría al principio, pero luego uno no quiere salir, como de algunas mujeres.

—Eres un valiente. ¿Y tu chica, Cristina, está por aquí? ¿O se ha enfriado demasiado?

—Está dentro, seguro que no se aburre. Yo necesitaba tomar el aire. Esto es buenísimo, toda la semana trabajando y ahora aquí haciendo largos debajo del cielo. ¿Has venido con alguien?

—Sí, con Marcos, el chico con el que estaba en Encuentros. Estamos juntos.

—Me alegro. Hacéis muy buena pareja. Verás que esto del mundo liberal es como un pueblo, al final te vas encontrando con mucha gente conocida en distintos sitios.

—Ya veo, ya.

Mientras hablamos, Marcos y el Marqués se han acercado a la piscina. Marcos saluda a Günter. Charlamos un rato de tonterías y finalmente nuestro amigo alemán sale del agua completamente desnudo, se pone una toalla y volvemos los cuatro al porche. Allí, junto a un grupo de unas doce personas, bebemos, comemos y hablamos un poco de todo, aunque el nexo de todos los temas al final acaba siendo el sexo. La velada transcurre de forma agradable y Marcos está en todo momento pendiente de mí. Me encanta ver cómo se relaciona con todo el mundo, con su simpatía natural.

—Ya le vale a la pareja que se acaba de ir. Le he oído decir a la chica que «aquí no había nivel». ¡Como si ellos fuesen unos modelos! —Oigo quejarse al Marqués.

—Pues yo te digo que me ponéis mucho más cualquiera de los que estáis aquí que el figurín y la siliconada esa. Y además, si lo importante es que haya buen rollo, y sobre todo ganas. ¿Qué esperaban? Yo alucino, han estado veinte minutos y se han ido —comenta Sole, una especie de Marilyn en formato pequeñito y castizo.

Me fijo en que la mayoría de los invitados son gente completamente normal, unos más guapos que otros, algunos de cierta edad, otros más jóvenes...

—No sé, ni que hiciese falta hacer un casting para pasar un rato agradable y estar a gusto con una persona —me atrevo a decir.

—Ya ves. Y además, aquí hay gente que está muy bien. Tú la primera —me halaga el Marqués.

Por la puerta de la casa asoma una chica con el pelo alborotado. Es Cristina, que me saluda muy contenta y dice:

—¿Marqués, empezamos ya con el juego o no?

El Marqués asiente y nos indica que entremos.

La casa es sencilla, igual que su decoración. En una de las habitaciones una pareja ya está follando alegremente, y al fondo aparece el salón. Hacia allí nos dirigimos todos.

Cuando entro me quedo petrificada:

—Marcos, no me lo puedo creer —le susurro al oído—. Ese de ahí es… Javi. —Efectivamente, sentado tranquilamente en el sillón con una copa en la mano se encuentra mi ex, que me dedica una mirada tras la que no hay ni pizca de asombro o sorpresa por lo extraño del encuentro. Estoy segura de que no está aquí por casualidad. Tiene buen aspecto, lo veo incluso bastante musculado, como si le hubiese dado por cuidarse más y apuntarse a un gimnasio.

—Vámonos, Marcos. Estoy alucinando. —Pero no me da tiempo ni a escuchar su respuesta. Javi se ha levantado y se dirige hacia nosotros.

—¡Zoe! Pero ¡qué sorpresa! ¡Cuánto tiempo! —Me da un par de besos y le tiende la mano a Marcos—. Soy Javi, su ex.

Marcos pone cara de póquer y le devuelve el saludo. Las manos de los dos hombres se estrechan con fuerza, como queriendo demostrar al otro quién es más fuerte. El Marqués, detrás de nosotros, observa cómo la tensión acaba de subir por momentos.

—Encantado de conocerte, Javi. —Marcos lo mira a los ojos marcando terreno.

—¿Qué haces aquí? —pregunto directamente.

—Pues ni yo mismo lo sé. Me invitaron y me he pasado un rato. Estoy muy solo últimamente y algo tendré que hacer. Si te incomodo, me voy. Tampoco esperaba yo encontrarte aquí, mira qué coincidencia.

—No creo mucho en las coincidencias, ya lo sabes —le digo con gesto serio.

—¡Chicos, dejad la charla y sentaos, que vamos a empezar!

El Marqués, con su corpachón y su energía, ejerce un efecto de gran padre sobre nosotros y cuando queremos darnos cuenta estamos sentados en un sillón, alrededor de una mesa, junto con otras catorce personas, algunas sentadas en los sillones y otras en sillas o en la alfombra. Creo que ha cortado la conversación porque se ha dado cuenta de que no iba a acabar demasiado bien.

Quiero irme y lo voy a hacer. Marcos me pregunta al oído si nos marchamos, pero decido quedarme cinco minutos para investigar por qué narices está Javi en la fiesta y si es casualidad, que no creo. Javi es policía, tiene muchas formas de enterarse de la vida de quien quiera, y está claro que en este caso sabe demasiado de la mía. Tengo que parar esto como sea y lo quiero hacer esta misma noche. Necesito saber cómo se ha enterado de que yo venía a este chalet perdido en mitad de la nada. Pero primero el juego reclama nuestra atención.

COMIENZA EL JUEGO

> «Y entre nombres que no siente,
> se pierde y se descuelga
> de las sogas que le aprietan,
> de migajas en la mesa,
> de tijeras que no cortan
> y de heridas que no cierran».
> («Carreteras secundarias», Zahara)

Damas y caballeros, el Gran Juego Sexual va a comenzar! —Es el vozarrón del Marqués, disfrutando de su rol de director de orquesta—. ¿Estamos todos? ¡El que no quiera jugar que lo diga ahora o calle para siempre!

»Puede que ustedes hayan jugado a los dados del sexo, al Monopoly sexual, a la botella o a cualquier otra cosa. Pero este no es uno de esos juegos que cualquiera puede adquirir en un *sex shop*. Tampoco es un juego de niños como el conejo de la suerte. ¡Esto es algo que cambiará sus vidas! Yo antes de jugar era esbelto y delgado, con eso lo digo todo.

Los demás nos reímos y le prestamos atención. Javi me mira de reojo y yo le fulmino con mi mirada. Marcos se sienta detrás de mí y entrelaza mi talle con sus brazos, como si de un cinturón de seguridad se tratase.

—¡La última vez que jugamos recuerdo que todavía era heterosexual, Marqués! —bromea un hombre de unos cuarenta que lleva puestos solo unos vaqueros y que luce un torso atractivo, con algo de barriguita. Los aficionados a utilizar la última palabra tonta de moda dirían que es un «fofisano». Yo en cambio diría que es un tío normal que tiene un polvo.

—Sí, en la página has puesto que eres bicurioso. —La chica que se sienta al lado le revuelve cariñosamente el pelo y ríe.

¡Vaya, otra palabra nueva! Supongo que bicurioso será que tiene curiosidad por las relaciones bisexuales.

—Bueno, aquí solo se piden dos cosas: ser sinceros y obedecerme en todo. Este juego, el Gran Juego Sexual, tiene un maestro, y ese soy yo. Se ha decidido por unanimidad. Me lo he preguntado a mí mismo y me ha parecido bien. En cualquier momento puedo expulsar a quien no cumpla las reglas o no realice una prueba.

Todos asienten. Nuestro autoproclamado maestro extiende sobre la mesa unas cartas, dos dados eróticos, varias tarjetas precisamente de un juego de mesa sexual, un iPad encendido que muestra una peli porno, un pañuelo, varios trozos de papel y unas esposas. Y, por último, una ruleta como las de los casinos. Parece que el Gran Juego Sexual es una mezcla de todos esos juegos que el Marqués dice que no es. Nos ordena escribir nuestro nombre en uno de los papelitos y los introduce todos en un bol.

—Necesito una mano inocente.

—Pues la mía no puede ser, que acabo de hacerle una paja de campeonato a Óscar. —Los inevitables chistes sobre sexo se suceden.

—Te va a resultar difícil aquí, Marqués —señalo.

—¡Zoe! ¡Esta chica es inocente y pura, no como vosotros! ¿Quieres hacerme los honores?

¿Para qué habré abierto la boca? El pulso se me acelera, y eso que solo es una tontería de juego. Me levanto y siento las miradas de todos sobre mí. ¡Qué remedio! Saco una papeleta al azar y la abro.

—¿Puedes leernos el nombre, Zoe?

—Javi. —De todos los nombres, tenía que salirme este. Eso me pasa por jugar con fuego y no haberme largado.

—Muy bien, Javi. Tienes que acercarte y sacar otra papeleta —le indica el Marqués. Solo falta que salga mi nombre. O el de Marcos, y ya terminamos de montar el circo.

—¡Laura! —¡Uf, salvada!

Los ojos del grupo se dirigen a una chica alta, con una figura voluptuosa y sexi dentro de un vestido de verano de tonos rojizos. Su melena rubia lisa enmarca una cara agradable. Posee unos ojos chispeantes y simpáticos.

—¿Y yo qué tengo que hacer? —pregunta con una sonrisa cautivadora.

—Ahora coges una tarjeta, que os indicará a Javi y a ti la prueba que tenéis que realizar.

—«Debes practicar sexo oral durante un minuto a la persona que te haya tocado en suerte. Pero no lo harás sola, deberás elegir a otro concursante, el que quieras, para compartir el manjar». —Lee Laura—. Pero ¡bueno! ¿Y si no quiero? —dice riendo.

—Pues expulsada del juego. Este es un juego solo para atrevidos. Y también tiene que querer Javi. Tú te apuntas, ¿no, Javi?

—Bu…, bueno. —Javi me mira como pidiendo permiso, aunque ya no tenga que dárselo, y acepta el reto. Estoy a punto de levantarme e irme, pero creo que las piernas no me responderían.

—A ver a quién elijo yo…, ¿alguna voluntaria? —pregunta Laura.

—No vale pedir voluntarios, en este juego hay que seguir lo que digan las cartas.

—Vale… —Laura mira alrededor, escrutándonos para elegir su víctima. Yo fijo la mirada al suelo y ni respiro, en un intento de hacerme invisible y pasar inadvertida. Desde luego, si me elige no pienso participar.

—¿Puedo elegir un chico?

—Puedes elegir a quien quieras. Y si Javi o el chico no aceptan, serán expulsados. El último que quede en el juego y gane será el más depravado.

—Pues si lo quiero eliminar, con escoger a un chico…, aunque igual le gusta. No sé, no voy a ser mala. Escojo a…, a ver a ver… ¡A ti, que estás muy calladita!

Afortunadamente no se refiere a mí, sino a una mujer de cierta edad, de rostro aristocrático, que se encuentra sentada en el regazo de su pareja, un hombre maduro, de pelo canoso y aspecto interesante.

—¡Ya tenemos ayudante! —anuncia el Marqués—. Mi querida Sonia.

Sonia sonríe y se levanta diciendo:

—¡Qué se le va a hacer, me ha tocado! Pero cuenta bien el minuto, Marqués, que tus minutos son muy largos.

—¡Sobre todo cuando le toca recibir placer a él! —dice alguien. Todos se ríen.

Yo me pregunto una y otra vez qué hago aquí y por qué no me he largado nada más ver a Javi, pero la curiosidad y la posibilidad de verlo haciendo el ridículo pueden más. Sonia se levanta y se acerca de forma sensual hasta un Javi pálido como la cera que trata de sonreír para no demostrar lo nervioso y fuera de lugar que está. Ella le pide permiso en voz baja y comienza a desabrochar los botones de la cremallera del pantalón. Laura le ayuda a la vez que acaricia el pecho de mi ex por debajo de la camisa. El público contempla expectante la escena.

—Empieza a contar, Marqués.

Laura le saca el pene a Javi, en estado de reposo, y se lo introduce en la boca sin miramientos. Sonia colabora lamiéndole los testículos y el perineo, pero el cuerpo de Javi, que como dirían los argentinos, ahora mismo «no tiene todos los jugadores en el campo», no parece responder a los estímulos.

Los segundos pasan y, pese a los esfuerzos de las dos voluntarias, la situación empieza a adquirir tintes tragicómicos. Javi nunca tuvo problemas de erección cuando estaba conmigo, y ahora se supone, que, con dos bellas desconocidas dedicándole todas sus atenciones, el sueño de cualquier hombre, su miembro debería estar mucho más animado. Pero, completamente fuera de su ambiente y rodeado de miradas escrutadoras de desconocidos, no sabe dónde meterse. Me mira con cara de apuro, observa también a su alrededor… Los sesenta segundos que en principio debían ser de los más placenteros de su vida se están convirtiendo en los más largos. Es lógico, para él esta es una situación nueva y con tanta gente observando es normal que no se concentre.

—Tranquilo. Cierra los ojos —le susurra Sonia, mientras le acaricia los párpados—. No pienses en nada, solo disfruta.

Javi obedece y comienza a relajarse. Sonia y Laura se esfuerzan al máximo y por fin el pene de Javi comienza a responder. ¡Y de qué manera! En cuestión de segundos se yergue en todo su esplendor.

Experimento una sensación rara al ver el que hasta hace no mucho era mi juguete exclusivo siendo disfrutado ahora por dos extrañas. Javi, más seguro ahora, abre los ojos, levanta la vista y me mira orgulloso como tratando de provocar en mí algún tipo de reacción, pero yo le dedico un gesto lleno de indiferencia. Aprovecho que me está observando para acariciar por la nuca a mi chico, girarme y meterle un buen morreo. Si Javi quiere jugar con fuego, que se queme del todo.

Cuando vuelvo a mirar, compruebo que Laura y Sonia continúan haciendo su trabajo, con gran dedicación y entusiasmo, y en ocasiones entrelazan sus lenguas e intercambian risitas y miradas cómplices. El personal se va calentando y comienzan las caricias mutuas.

—Yo también quiero —dice una voluntaria.

—Lo siento, pero el juego es el juego. Cuando te toque —dice riendo el Marqués.

Termina por fin el minuto y Laura y Sonia se despiden de Javi con un beso, saludan al público, que aplaude y todo, y vuelven a sus asientos. Mi ex introduce el dragón en su guarida y se queda con una cara de tonto más acentuada de lo habitual.

—¡Siguiente prueba! Acércate, Zoe, y saca otra papeleta. ¡El elegido o elegida deberá contarnos su anécdota sexual más extraña! Y no vale inventársela, tiene que ser real, por favor.

Resignada a mi papel de niña buena e inocente, rebusco entre el bol y al final aparece un nombre:

—¡Marcos!

Resulta increíble pero mi mano parece tener un imán hacia los hombres de mi vida. Y eso que se supone que era inocente…

—Desde luego, Zoe, ya podías haberme sacado antes, y no ahora que no me voy a comer un colín y encima tengo que confesarme —bromea Marcos.

Parece muy tranquilo, yo en su lugar estaría bastante nerviosa. Nunca me gustó demasiado hablar ante más de cuatro personas, y mucho menos de mi vida sexual.

—¡Enhorabuena, Marcos! Mira a ver qué cuentas, que aquí te conocemos muchos y no nos vamos a conformar con cualquier cosa, que sabemos que eres un fuera de serie. Cuando quieras… —le indica el Marqués.

—¿Cuál es el sitio más raro donde lo has hecho? —inquiere una entusiasta de enfrente.

—¿Con quién te arrepientes más de haberlo hecho? —pregunta otra.

—¡Que cuente lo del autobús y las testigos de Jehová! —piden por el fondo.

Veo que Marcos tiene una reputación, y noto a sus fans algo exaltadas. Piensa un rato, sonríe y comienza a hablar:

—¿Era mi anécdota sexual más extraña, no? A ver una que se pueda contar…

—¡Y que no se pueda! ¡Eso no vale! Si se puede contar, es que no es muy interesante…

—Vale, es que no quería contar aquello del cadáver… Es broma, no me miréis así.

Marcos parece dudar por unos instantes mientras hace memoria. Debe de tener un buen repertorio donde escoger. De pronto su rostro se ilumina, su mirada se queda fija un segundo y se decide:

—¡Ya está! Fue hace un montón de años. Con una chica de la que estaba profundamente enamorado. Aunque salimos poco tiempo, porque al final todo resultó bastante extraño y acabó superándome. —Marcos ha conseguido captar nuestra atención. Continúa—: Nunca había conocido una chica tan especial. Era preciosa, muy tímida, extremadamente sensible. Nos conocimos en una librería porque los dos queríamos llevarnos un mismo libro sobre plantas, del que solo quedaba un ejemplar. Decidimos compartirlo y así surgió nuestra relación. Poco a poco fuimos cogiendo confianza, pero a la hora de pasar a la intimidad yo la notaba muy poco receptiva, como sin ganas. Entonces me confesó que no era culpa mía, que yo le gustaba mucho, pero que era algo especial para el sexo, y que la gente no lo comprendía. Después de mucho insistir, me contó de qué se trataba. Resulta que la chica era dendrofílica.

—¿Dendro qué? —lo interrumpe Laura.

—Dendrofílica. Es una parafilia que consiste en que te excitas al frotarte con la corteza de los árboles. Y en el caso de esta chica era algo llevado al extremo. Cuando me lo contó pensé que no era para tanto, pero os juro que no he visto nada igual. Me llevó a un bosque cercano y allí tuvimos nuestra primera relación sexual. Fue un trío con un chopo, concretamente. —La concurrencia ríe—. No sé si era una ninfa de los bosques, pero fue algo extraordinario, difícil de relatar. ¡Llegué a sentir celos de aquel árbol! Poco a poco fuimos ampliando el abanico: un día era un pino, otro una encina, al fin de semana siguiente un castaño, un roble... A la chica le gustaba cambiar.

»Al principio no me importaba, lo veía como una rareza suya, al fin y al cabo cada uno tiene sus manías sexuales, pero el problema era que ella solamente se excitaba si había un árbol de por medio. Y yo ya estaba harto de hacerlo en el bosque, ya tenía complejo de enanito de Blancanieves. Me considero una persona abierta en el sexo, y comprensiva, pero aquello comenzó a afectarme. Llegó un día en que acabamos discutiendo porque ella quería hacerlo con un hayedo y yo prefería un abedul. —Ahora soy yo la que no aguanto la carcajada—. Al final lo dejamos, le envié un ramo de flores de despedida. Espero que no se las tirara.

Todos volvemos a reír y Marcos da por concluida su historia. ¿Será verdad o se la habrá inventado? Al menos nos ha hecho pasar un buen rato y ha conseguido que me olvidase de que estoy en la misma habitación que el imbécil de Javi.

El Marqués continúa:

—De momento todos estáis pasando las pruebas, esto no puede ser, estoy siendo un maestro muy flojo. Voy a tener que traer la fusta y las cuerdas.

De pronto llaman a la puerta. La chica del Marqués sale a abrir y al rato se nos presenta en la entrada del salón con dos moteros.

Cuando nos acercábamos al chalet me fijé en que la casa de al lado era una especie de peña de moteros que estaba celebrando una fiesta. Estos dos deben venir de allí. Llevan el típico *look* motero, con sus cueros, sus tatuajes, sus cadenas y toda su parafernalia. Son dos tíos de unos treinta, fuertes, con su barriguita cervecera. Al entrar en el salón y ver a muchas chicas semidesnudas sus ojos parecen el dos de oros.

—Estos dos mocetones dicen que se han quedado sin hielo en la casa de al lado y que si les podemos dejar un poco —nos cuenta Leire, la chica del Marqués.

Se trata obviamente de una excusa. Me los imagino en la fiesta de al lado viendo aparecer por nuestro porche mujeres en lencería y con una copa en la mano, riéndose, o bañándose desnudas en la piscina y diciendo: «Vamos a ver qué está pasando allí, que tiene muy buena pinta».

—¿Queréis jugar al Gran Juego Sexual? En mi casa todo el mundo es bienvenido —les pregunta el Marqués, divertido y generoso. Se presenta, les tiende la mano y les invita a tomar algo.

—¡Estupendo! ¿En qué consiste? Suena bien —contestan encantados. Es como si les hubiesen abierto de pronto las puertas del Valhalla.

El Marqués les explica las reglas y por lo que parece les entusiasma. Dos papelitos con dos nombres nuevos engrosan el contenido del bol. Una vez más me toca hacer de mano inocente y el destino se fija ahora en una chica joven y delgadita, elegante, con cuerpo de cisne y rostro de profesora de matemáticas, con sus gafas de pasta negra incluidas.

Le toca realizar una prueba: una mujer, la que determine el bol, deberá introducirle uno de sus pechos en la boca, y ella, con los ojos vendados, deberá adivinar de quién se trata. Si no lo consigue será eliminada. Le concedemos unos segundos para que memorice el tamaño, forma y, si quiere, la textura de nuestros senos. Para esto último obviamente necesita el sentido del tacto, y resulta algo cómico verla recorriendo a la concurrencia femenina y pidiendo permiso para tocarnos las tetas. Los comentarios jocosos se suceden.

Cuando termina la peculiar rueda de reconocimiento, le vendamos los ojos y yo extraigo la papeleta con el nombre de la afortunada: yo misma. Esta vez me ha tocado. Vaya nochecita llevo.

Pienso por un momento en autoeliminarme, pero me fijo en la mirada de Marcos y no quiero decepcionarlo. Javi también está expectante, y eso es lo que me fastidia. Ojalá se volatilizase. Le doy un largo sorbo a mi copa. ¡Venga, Zoe, demuestra que no tienes miedo de nada!

La chica ya tiene los ojos tapados, y todos están pendientes de mí. Descubro con un poco de vergüenza uno de mis senos y se lo acerco ante las miradas de los asistentes. Ella lo palpa delicadamente con las manos y al poco comienza a usar su lengua. A pesar de la vergüenza, o a lo mejor por eso, la situación me ha puesto cachonda, y creo que a todos los demás también. Marcos sonríe. Javi me mira con deseo. Empieza a darme todo igual. Cuando el reloj de arena indica el final del tiempo, la chica tiene que adivinar quién ha sido el objeto de sus atenciones.

Mira a su alrededor, escudriña los pectorales de todas nosotras, y finalmente se decide… por mí.

—¡Has acertado! —le digo sonriendo. Ella me devuelve la sonrisa y una especie de conexión se forma entre nosotras.

El juego continúa, con pruebas cada vez más subidas de tono. Llega un momento en que una de ellas consiste en besarnos todos con todos y el que no lo haga pierde. Javi me mira, nervioso. Marcos tampoco me quita ojo. Es una prueba inocente, en comparación con las que han tenido lugar, pero por nada del mundo voy a dejar que Javi me toque un pelo.

—Ya me puedes ir dando por eliminada porque hay una persona con la que no lo voy a hacer —le digo al Marqués delante de todos.

—Pero, Zoe, si solo es un juego —interviene Javi, que lógicamente se ha dado por aludido. Arrastra un poco las sílabas.

—No vas a volver a rozarme en tu vida. Explícame qué haces aquí.

Me ha salido todo del tirón y en un tono de lo más brusco. De pronto se hace un silencio, le hemos cortado el rollo a todo el mundo.

—No sabía que ibas a estar aquí. De verdad —dice, mintiendo, por supuesto, mientras se termina de un largo sorbo su copa. Creo que lleva un rato bebiendo y empieza a estar borracho—. Además, un beso no hace daño a nadie. Antes bien que te gustaban.

—Ese comentario sobra. Y, como bien dices, eso era antes.

—Pero, Zoe, un beso solo, venga que no meto la lengua. —Javi está perdiendo los papeles, empieza a ser desagradable. La gente lo mira con desaprobación.

—Te ha dicho que no. —La voz cortante de Marcos eleva la tensión. A la vez que pronuncia estas palabras clava su mirada en la de Javi, que no se achanta y le replica mirándole a los ojos.

—Creo que Zoe ya es mayorcita para decidir por sí misma. ¿Eres su portavoz? —le replica Javi en tono desafiante.

—¿Y tú estás sordo? Ha dicho que no dos veces. Incluso alguien no demasiado listo como pareces ser tú se habría dado cuenta de que quiere que la dejes en paz —le contesta muy calmado pero firme Marcos.

—¡Tranquilos, chicos! —interviene el Marqués.

—Yo estoy tranquilo —dice Javi poniéndose de pie—. Es este, que va repartiendo carnets de inteligencia por ahí.

Tenía que haberme marchado nada más verlo, maldita sea. Me levanto yo también. Marcos hace lo mismo. Intervengo antes de que las cosas vayan a peor:

—Mira, Javi, tengamos la fiesta en paz —le pido—. Y tú, Marcos, gracias, pero mejor no te metas. Sé defenderme sola. Vámonos a casa, por hoy ya he tenido bastante. Y a ti no quiero verte más —le espeto a Javi mientras cojo a Marcos del brazo.

—Haya paz. Javi, creo que has bebido demasiado y parece que esta chica no quiere verte. Si alguien se tiene que ir eres tú. Quizá sea mejor que abandones la fiesta. Tengo que pedirte que dejes mi casa —sentencia el Marqués.

—Tranquilitos, que soy inofensivo. Claro que me voy. Seguid con vuestros jueguecitos absurdos y esta vida de degenerados.

—Estamos muy tranquilos. El que está dando la nota eres tú —le espeta Marcos, que da un paso adelante. Hay odio en la mirada que se cruzan ambos.

—Venga, te acompaño a la puerta —interviene en el momento preciso el Marqués, interponiéndose entre los dos y pasando su brazo por encima del hombro de Javi. Su más de metro noventa y su corpulencia imponen, incluso a un tipo tan grande y ahora musculoso como Javi. Dos chicos más también se sitúan en medio, intentando calmar la situación. El resto de la gente comienza a reprocharle a mi ex sus palabras y le pide también que se largue.

—Que ya me voy. Ya te pillaré otro día, Marquitos.

—Cuando quieras. Si puede ser, un día que no estés borracho —le contesta Marcos.

—Ha bebido bastante, no es muy prudente que coja ahora el coche —se preocupa Cristina.

—Ya es mayorcito, y si no que pida un taxi —dice alguien.

El Marqués se lleva a Javi fuera de la casa, mientras el resto logramos convencer a Marcos de que pase de él y se quede dentro.

Al cabo de un rato oigo un ruido de motor arrancando y aparece de nuevo el Marqués, esta vez solo:

—¡Qué tío más cabezón! Me he ofrecido a pagarle el taxi, incluso a llevarlo, y nada. Al final ha cogido el coche y se ha largado. Hasta me ha enseñado una placa de policía para que no le siguiese diciendo nada.

—Lo siento mucho, no sabía que me lo iba a encontrar aquí —me disculpo.

—Tranquila, no pasa nada. No es culpa tuya. ¿Estás bien?

—Todo el mundo se preocupa por mí.

—¿Queréis tomar algo para pasar el mal trago? Yo tampoco sabía que esto iba a pasar, lo siento. No tenía que haberle invitado —se lamenta el Marqués.

—No te preocupes. Voy a prepararnos dos copas y nos vamos un rato a la zona de la piscina a tomar el aire y a relajarnos —dice Marcos—. Vosotros seguid con el juego y pasadlo bien, que para eso hemos venido. En serio. Siento la escenita. ¿Qué quieres tomar, Zoe?

Ya en la zona de la piscina, los dos solos y con Javi lejos, nos vamos relajando y poco a poco comienzo a sentirme mejor.

Compartimos una hamaca tendidos boca arriba, con la mirada perdida en las estrellas, que aquí, lejos de la contaminación lumínica de Madrid, lucen en todo su esplendor, ajenas a las pequeñeces de los habitantes de este insignificante planeta llamado Tierra. La quietud de la noche nos acaricia y borra de nuestra mente los pensamientos negativos.

Marcos me coge de la mano. Está terriblemente guapo con esa camisa blanca y esos vaqueros ajustados. Apoya su cabeza en mi pecho y me pregunta:

—¿Estás bien?

—Sí, ya estoy mejor. De todas formas, cuando nos acabemos la copa mejor nos vamos. Se me han quitado las ganas de fiesta. No sé qué hacía el tonto de Javi aquí, no quiero volver a verlo nunca más.

—Sí, lo mejor será irnos. Nos ha estropeado la noche. No sé si es que no sabe beber o es que es así de tonto. ¿Suele ponerse de esta forma?

—Qué va, si no nunca habría estado con él. No ha sido violento durante nuestra relación. Es como si no lo conociera. En fin, vamos a olvidarlo, mira qué cielo tan bonito se ve desde aquí. ¡Y no me empieces a explicar las constelaciones, que te conozco, señor Petete!

Resaca

«Tú que decidiste que tu vida no valía,
que te inclinaste por sentirte siempre mal,
que anticipabas un futuro catastrófico,
hoy pronosticas la revolución sexual».
(«La Revolución Sexual», *La Casa Azul*)

Al final no han sido solamente las de la piscina, sino unas cuantas más las copas que han caído. Aunque pensábamos irnos enseguida, al entrar para despedirnos todo el mundo nos ha rogado que nos quedásemos y hemos decidido alargar un poquito la noche.

La temperatura ha ido subiendo de nuevo con el dichoso juego, que ha terminado adquiriendo toques circenses y derivando en lo que estaba previsto: pronto el salón se ha convertido en escenario de una orgía general donde Marcos y yo damos rienda suelta al estrés acumulado por el suceso anterior y nos comportamos de un modo verdaderamente animal.

Ver a Marcos con otras mujeres no me pone celosa en absoluto. No sé si es porque desde el comienzo nuestra relación se ha ido desarrollando en este mundo o porque realmente mi cabeza se ha dado la vuelta como un calcetín y es cierto que mi concepto del sexo y la infidelidad ha cambiado radicalmente. El caso es que me gusta verlo disfrutar, incluso me pone, y gozar yo también de esa libertad de hacer lo que quiera y con quien quiera me parece algo extraordinario. Aunque con quien más me gusta estar es con él, por supuesto. Es algo completamente distinto cuando estoy con él. Es algo indescriptible. Aunque solo sea un mero roce, me estremezco desde la yema de los dedos hasta lo más íntimo. Cuando hago algo con los demás, solo es divertido y placentero.

Marcos le lleva dedicando sus energías a dos jóvenes y macizas treintañeras buena parte de la noche y a la vez. Mientras, yo estoy dejándome hacer por la chica de las gafas de pasta ayudada por un chaval muy jovencito y superdotado, y no me refiero a su intelecto. Su vigor sexual no parece tener fin. En ocasiones mi mirada se cruza con la de Marcos, a veces nos tocamos…, y de vez en cuando nuestros cuerpos se encuentran y se funden con más deseo si cabe.

Un par de veces, agotada, he pedido un descanso, y me he acercado a la cocina a beber agua. De paso, he echado un vistazo al resto de la casa y cada habitación es una escena de sexo distinta. Por un lado están los moteros con Marisa, una cincuentona guerrera de abundantes carnes y de gran lujuria, ante la atenta mirada de su cornudo y feliz marido; por otro lado Andrea y Bego, dos veinteañeras con cuerpo de sirenas componiendo un artístico espectáculo con su sesenta y nueve; más adelante la pequeña Bea cabalgando a su chico mientras este, aficionado a los juegos *bisex,* succiona con verdadera devoción el pene de otro hombre…

Muy celebrado ha sido también el momento *squirt* de Rocío, una preciosa mujer ataviada con un modelito transparente y un llamativo piercing en uno de sus pezones. Gracias a los sabios y diligentes movimientos de los dos dedos de su pareja, su cuerpo ha convulsionado en múltiples contracciones, aderezadas con profundos gemidos, lo que ha hecho que los que estábamos cerca y más o menos desocupados acudiésemos para presenciar un espectáculo similar al de las fuentes de Montjuic, con su vagina expulsando un auténtico chorro de algo parecido a agua.

—Mira, es insípido y no huele, para que veas que no es pis. Es que yo me corro así —me explica la propia Rocío, mientras me tiende uno de sus dedos mojados y lo acerca a mi boca. Lo chupo y compruebo que es cierto.

—No, si al final, en lugar de vicio, todo esto va a acabar siendo pasión por el empirismo —le digo riendo—. Es curioso, yo pensaba que mojaba mucho, pero al lado de esto es insignificante. Nunca había visto algo semejante —le confieso—. Bueno, en realidad nunca había visto a otra mujer correrse ni hacer nada de nada hasta hace poco. He sido casi una monja.

—¿Una monja? ¿De verdad? ¿Y de qué convento? Calla, que a mí eso me pone muchísimo —me dice Rocío entre risas.

Me explica que ella tiene dos tipos de orgasmos, uno clitoriano, y otro vaginal, y que cuando experimenta el segundo es cuando expulsa el chorro. Me dice que de adolescente le daba mucha vergüenza, y en sus primeras relaciones lo pasó verdaderamente mal. Su particular y acuática forma de correrse se convirtió en un problema, y le hizo retraerse mucho a la hora del sexo. Era ponerse a tener relaciones y dejarlo todo perdido, con la consiguiente explicación posterior. Hasta que entendió que era una función más de su cuerpo. Es más, cuando descubrió que muchas otras mujeres también expulsaban gran cantidad de líquido, y que incluso eso a los chicos por lo general les excitaba mucho, comenzó a pensar que quizá, en lugar de una maldición y un problema, tenía un don especial y apreciado.

Eso sí, me dice que prefiere ir a fiestas en casas de amigos porque dejar esos charcos en los locales no es plan, y que hay gente que no lo entiende y se molesta.

Ha sido una noche de mucho desenfreno, donde si me quedaba alguna duda de si me gustaba el mundo liberal, se me ha despejado. He estado muy a gusto con todo el mundo, y no solo ha sido fantástico el momento del sexo, sino las conversaciones en grupo, todos sentados en el suelo, desnudos, relajados, como una especie de hermandad pacífica y secreta, como los primeros habitantes de un planeta recién repoblado por gente de pensamiento limpio, claro, sin hipocresías ni estupideces.

—Ahora mismo, al vernos a todos así, creo que recordamos a una tribu que lleva tu nombre: la tribu de los Zoé. Es una tribu que vive aislada en la Amazonia, viviendo en armonía con la naturaleza y donde mantienen relaciones sexuales los unos con los otros sin ningún tipo de problema —me comenta Andrés, un chico naturista y naturalista.

—Si es que estaba predestinada a todo este mundillo. ¿Sabes lo que significa Zoe?

—Ah, pues no, pero seguro que algo bonito.

—Mi nombre significa «vida». Es de origen griego y los judíos alejandrinos lo tradujeron por Eva, que es la madre de toda la humanidad, símbolo de vida. También se dice que significa «llena de vida».

—Desde luego, tú lo estás.

Pese a lo mal que empezó, la noche se está desarrollando de forma perfecta. Lo que más me ha gustado ha sido que, a pesar de que no se ha privado de nada, Marcos está cada segundo muy atento a mí, como siempre, y que disfruta al ver que yo también lo hago. Creo que se siente eufórico al comprobar que ahora pertenezco a su mundo, que no solo no censuro su modo de vida, sino que lo aprecio y lo disfruto, y que podríamos compartirlo.

Incluso de vuelta a casa, y a pesar de que vamos rendidos, hemos tenido un momento de pasión extra en mitad de unas naves industriales. No es el sitio más romántico del mundo, pero la música de Autum Comets, las primeras luces del amanecer y lo que nos hemos dicho los dos al oído, y que guardo para mí, han hecho de ese momento uno de los más inolvidables de mi vida.

Nubes negras

«Nubes negras amenazan con llegar aquí
en silencio con la primavera oscura.
Y un lamento que se acerca lento sobre ti,
sobre tu cabeza suena con violencia».
(«Nubes negras», Duncan Dhu)

He llegado de la maldita oficina y lo primero que he hecho ha sido meterme bajo el chorro del agua fría de la ducha. Estamos atravesando una de esas olas de calor que hacen las delicias de los telediarios. No me apetece hacer nada, cualquier movimiento provoca que empiece a sudar y no puedo separarme de la corriente de aire que me proporciona mi antigua y antiestética torre de climatización. Ha llegado de pronto el verano y de qué manera.

He bajado del metro odiando a la raza humana entera, incluida yo misma, y, ya en casa, las imágenes de felices bañistas en la tele no han ayudado.

Había quedado con Tere para tomar algo, pero lo he anulado por no volver a salir a la calle. Marcos está en Barcelona, de trabajo. Me dice que allí también hace casi el mismo calor de Madrid y que me echa tanto de menos que a veces teme quedarse sin respiración. Cada día que pasa nuestra relación es más ñoña, más cursi y lo peor es que a mí me gusta. No pretendemos ganar un concurso de postureo parejil, simplemente nos queremos como mejor podemos o sabemos y punto.

Después de un par de horas perreando en el sofá y dando buena cuenta de una tarrina de helado de pistacho, por fin me decido a dar dos pasos y me traigo el portátil de la habitación.

Lo primero que hago es curiosear en *On Swingers.* Marcos ha transformado su perfil de chico solo en perfil de pareja para los dos. Al hacerlo ha perdido todas sus verificaciones, con lo que ha sacrificado su currículo amatorio por mí. Es un detalle que tiene su romanticismo y que a mí no me ha pasado inadvertido y se lo he dicho. Es algo así como casarse en esta web de pervertidos. Y lo de pervertidos lo digo con todo el cariño del mundo.

Tenemos varias solicitudes de amistad. Curioseo y el panorama es:

—Una pareja de cuerpos atléticos, depilados y perfectos. En su bio dicen que para ellos el físico es muy importante. Paso.

—Un chico solo. No muestra fotos de su cara, únicamente de su pene, que, por cierto, es la polla más fea que he visto en mi vida. Y ni siquiera parece grande. Si eso es lo mejor que tienes…, descartado.

—Una chica sola de veinticuatro años, rellenita que se declara bisex. Tiene cincuenta y cuatro verificaciones. Las ojeo y todas son muy positivas. Acepto su solicitud.

También tenemos muchos mensajes privados, la mayoría preguntando a Marcos, el famoso Marcos, que si ahora tiene pareja, y que enhorabuena, y que yo les gusto (y eso que he colgado un par de fotos vestida y sin dar la cara), que si quedamos para conocerme, etcétera. Si atendiese todos los requerimientos y mensajes, me tiraría más de una hora.

Echo un vistazo a algunos vídeos y fotos del personal y cierro la página. Me ha entrado curiosidad por visitar un foro del que me hablaron en la fiesta del Marqués. En esa fiesta una chica me contó que le gustaba practicar *dogging*. Yo, como soy una ignorante en estos temas, le pregunté qué era eso. Me sonaba a algo relacionado con la palabra *dog*, y por supuesto, metí la pata:

—¿Es algo de zoofilia? ¿Algo con perros?

—Ja, ja, ja. —La chica estuvo riendo media hora—. No, *dogging* es cuando vas con el coche a ciertos bosques o lugares apartados y, una vez allí, aparecen hombres y te dejas follar por ellos.

—Joder, casi prefería lo de la zoofilia. ¿Y no te da miedo?

—No. Nunca voy sola, voy con mi marido. Y vamos a sitios donde la gente queda para hacerlo. Es una práctica sexual más. No esperes violadores ni nada de eso.

—¿Como los gais que van con la mochila a la Casa de Campo? Que cuando ven a otro hombre solo con una mochila ya saben que ese es el código secreto para indicar que quiere tema.

—Sí, pero sin mochila. Aquí en Madrid la gente que hace *dogging* va al Pardo, a un sitio cerca de un parking. También se llama cancaneo. Yo creo que se llama así porque lo hacemos como los perros, ahí no ibas desencaminada. Llegas al parque, te encuentras y te apareas. Mucha gente no lo entiende, pero es muy morboso y excitante. Te sientes como una auténtica perra siendo tomada por el primero que pasa. He conocido gente majísima haciéndolo. Tenemos un foro y todo.

Eso me dijo. Y aquí estoy, echándole un vistazo al foro. Es un foro nacional, y tiene un montón de apartados: por comunidades, quedadas, planos, fotos de fiestas *dogging*, relatos de experiencias…

Pincho en el hilo de planos y veo un montón de capturas de Google Maps con imágenes aéreas e indicaciones exactas de los lugares de cancaneo. En las fotos de las quedadas veo gente normal, como la que me he encontrado en los pubs, y, aunque yo nunca lo haría, me parece una opción interesante y respetable. Por lo que veo, la mujer suele acudir con su pareja y allí tiene sexo con chicos solos que aparecen de cualquier parte. Tremendo.

En la parte de relatos me detengo en uno que dice ser real. En él una mujer cuenta su visita a un cine porno del centro de la capital. Narra un ambiente bastante sórdido y algo surrealista. Cuenta que los escasos cines que aún siguen abiertos son lugar de encuentro de gais y que tan solo aparece alguna mujer que trabaja haciendo de pajillera. Por lo visto, de vez en cuando alguna pareja se deja caer por allí, en busca de morbo, como fue su caso.

Miro la fecha del relato, es de hace seis años. Creo que leí hace no mucho que acababa de cerrar el último cine X de Madrid. Eso me recuerda a esos *sex shops* enormes que albergan cabinas para ver películas en su interior. ¿Qué clase de tíos pagan dos euros para ver cinco minutos de película en una cabina con todo el porno que hay en Internet? ¿Por qué no lo ven en su casa o en su móvil? El otro día leí que el doce por ciento de los sitios de Internet son páginas porno.

De pronto la esquina derecha de la pantalla del ordenador reclama mi atención. Tengo un *mail* nuevo. Abro el correo y me encuentro la bomba: un *mail* de Javi. Desde una cuenta nueva, claro, porque la suya la tengo bloqueada. Me dice:

Hola, Zoe, soy Javi, sabes que te quiero un montón, pero no comprendo que ahora me trates peor que a un perro.

No quiero que me alejes de tu vida. Respeto que rehagas la tuya con el tal Marcos, pero necesito no perder el contacto contigo, vernos de vez en cuando, que nos preocupemos el uno por el otro.

Ya sé que no quieres saber nada de mí, pero no se puede tirar a las personas a la basura. Y tú lo has hecho conmigo.

Sé que tus visitas a locales y fiestas liberales no son casuales.

¿Tus padres saben algo de este mundo oscuro en el que te has metido? No me gustaría decirles nada, pero me preocupa mucho que te autodestruyas de esta manera, y, sí, me muero de celos pensando que ahora te acuestas con cualquiera. Supongo que en tu trabajo tampoco tendrán ni idea.

Si me viste en la fiesta es porque me preocupaba por ti. Por favor, deja esa vida, a veces me dan ganas de contárselo a tu familia, a ver si a ellos les haces caso. Es por tu bien, no soporto verte así.

¿Por qué no tomamos un café y lo hablamos tranquilamente? Prometo no hacer ni decir nada hasta que lo hablemos y tú decidas.

Aprovecho para pedirte perdón por mi comportamiento del otro día. Había estado bebiendo para vencer los nervios antes de acudir a ese chalet para verte, y se me fue la mano. Lo siento.

Te quiero, Javi.

Hijo de puta. Hijo de puta. Ahora mismo no puedo dejar de repetir estas tres palabras en mi cabeza. Releo el *mail* para cerciorarme de que no se trata de un mal sueño y trato de serenarme. El muy cabrón me está chantajeando, amenaza con revelarle a mi familia y compañeros de trabajo mi vida *swinger* si no hago lo que él quiere.

Está claro que no puedo ceder. Si accedo a ese café habrá visto que sus amenazas han tenido éxito y querrá más. Pero si no accedo podría contárselo a mis padres y se llevarían un buen disgusto. Son muy buena gente y también muy conservadores. No les entraría en la cabeza que su niña hiciera esas cosas. Y si por casualidad dice algo en el trabajo…

Podría ir a la policía con el *mail,* es un caso de acoso… Pero ¡él es la policía! Seguro que sus compañeros tratan de protegerlo y mi denuncia acaba perdida en algún cajón. Además necesito más pruebas. Voy a hacer justo lo mismo que me explicó que hace él cuando quiere detener a un delincuente: darle cuerda hasta que pueda reunir pruebas suficientes para demostrar que el chantaje y el acoso son ciertos y graves.

Javi ha redactado este *mail* de forma sutil para, amenazándome indirectamente, hacer parecer que tan solo se preocupa por mí y no sabe qué hacer para «ayudarme». Ya sabía yo que nuestro encuentro no había sido casual. Y una vez que ha empezado habrá más si no le pongo freno.

Tengo que hacer dos cosas: lo primero, calmarme, respirar, intentar que esto no me afecte. Lo segundo, idear un plan, una estrategia que me permita reunir más datos y elementos que hagan que Javi no pueda molestarme nunca más.

Acción, reacción

«Cualquier día de estos me voy a alzar… y voy a reventar…
La herida existencial, muy a pesar, la conciencia animal,
mi propia destrucción, la contradicción…, vieja colisión.
Prosigo mi campaña sin olvidar que es eventual».
(«Lo Bello y lo Bestia», The New Raemon)

Este tío es un psicópata! ¡Y encima tiene una pistola! ¡Me da igual, yo le parto la cara! Denúnciale por acoso y ya verás cómo se le quitan las ganas de molestarte.

Acabo de contárselo por teléfono a Marcos y ha estallado de ira. Nunca había visto esa faceta suya y me da incluso un poco de miedo. Intento calmarlo:

—Tenemos que ser más listos que él y no caer en la provocación. Lo que debemos hacer es reunir más pruebas del acoso y cuando las tengamos actuar. De momento no tengo más que una carta inocente y un *mail.* En el fondo me da pena. ¿Y si le escribo por las buenas y le digo que no me moleste más y que si vuelve a las andadas se va a enterar?

—¿Te parece poco ese *mail?* Todavía le tienes un poco de cariño, es normal. Pero ten cuidado y no pierdas la perspectiva. El Javi que conociste y quisiste escondía a este otro psicópata que te persigue y escribe correos como este. Mejor que no me lo encuentre porque lo va a lamentar.

—Marcos, tratemos de pensar con la cabeza, por favor. Para empezar, ¿cómo pudo haberse enterado de que íbamos a la fiesta?

—Pues ya te lo dice en el *mail:* es policía. Seguro que para él no es muy difícil, tienen sus métodos. Y puede que se esté sirviendo de alguien de tu entorno que le pase información.

—Lo que me faltaba, empezar ahora a dudar de la gente de mi alrededor. No, en esta mierda solo puede andar metido él, no creo que ninguno de mis amigos le haya ayudado a hacer algo así.

—De momento te voy a formatear el ordenador y vamos a examinar tu móvil. Y bueno, si le dice alguna tontería a tus padres, con negarlo y decir que está loco, pues ya está.

—No sé mentir, mis padres lo notarían enseguida. Y tampoco tengo ganas de que se enteren en el trabajo. ¿Y si tiene imágenes, fotos mías haciendo algo?

—Tranquila, eso sería un delito contra la intimidad, y por más policía que sea le costaría caro.

—Voy un rato al gimnasio, necesito despejarme. ¿Cuándo vuelves? Te necesito.

—Tengo una reunión mañana a primera hora y cojo el primer AVE que haya. Pero si quieres pretexto algo y voy ya.

—No, no seas tonto. Cumple con tu trabajo. Mañana te veo. Este quiere fastidiarnos, pero no lo va a conseguir. Un beso, tontito. Te quiero.

—Te quiero. Llámame cuando vuelvas del gimnasio. Estate tranquila. Un beso.

Quedo con Tere a la salida del gimnasio y, sentadas en la terraza de al lado, le cuento toda la historia. No la veo muy preocupada. ¿Y si fuera ella la que le pasa mis coordenadas a Marcos? Me avergüenzo de dudar así de mi amiga y lo descarto enseguida. ¿Me estaré volviendo paranoica?

Cuando llego a casa, la pantalla del ordenador me espera. Debería contestarle a Javi. Pero ¿qué?

Me cuesta bastante, pero al final me siento y escribo:

Hola, Javi.

Te agradezco que te preocupes por mí, pero ya soy mayorcita para llevar el tipo de vida que quiera y relacionarme con quien yo quiera.

No entiendo tu *mail* y no esperaba algo así. Ahora me voy dos semanas a Londres, pero a la vuelta tomaremos ese café para que me expliques cara a cara todo esto que estás haciendo.

Hasta entonces, por favor, no hagas nada de lo que luego puedas arrepentirte.

Termino así mi *mail*. Intento ganar tiempo y no se me ha ocurrido otra cosa. Seguramente pronto tenga un correo suyo en el que me recrimine que le haya mentido y donde asegure que no estoy en Londres, lo que supondrá otra prueba más de que me está persiguiendo.

Voy a guardar todos sus *mails* y grabaré cada conversación que tenga con él, ya sea en vivo o por teléfono.

FUSIÓN

«Y dormíamos tan juntos,
que amanecíamos siameses.
Y medíamos el tiempo,
en latidos».
(«Diecinueve», Maga)

Marcos está enrollado como un ovillo a mi lado, en la cama. Yo entreabro los ojos y lo acaricio con cuidado, con la yema de los dedos, como si se fuera a volatilizar. Me acurruco un poco más cerca de él, lo abrazo y vuelvo a cerrar los párpados.

Mi chico alarga con pereza su brazo hasta la mesilla, se gira y extrae el portátil de su funda. Lo enciende mientras yo protesto tímidamente.

—¿Ya estás otra vez con el maldito ordenador?

—Pero si hace ocho horas que no lo enciendo.

—Claro, justo las que llevamos durmiendo. ¡Eres un tramposo! —Me echo encima de él y jugamos a pelearnos como dos cachorrillos. Acerco mi cabeza a la suya y echo un vistazo a la red.

—Está buenorro este ministro, ¡eh!

—¿Qué dices? Pero ¡si es más feo que pegarle a un padre!

Leemos por encima las noticias:

NACIONAL: Los políticos con el «y tú más» de siempre. Han imputado a otros dos y se descubren nuevas cuentas en Suiza. Deberían hacernos un monumento en ese país.

INTERNACIONAL: La Unión Europea mira para otro lado en la última crisis humanitaria. En letra pequeña, tres guerras en África. Los del DAESH retroceden otros doscientos años en el calendario.

DEPORTES: Uno que antes era muy bueno ahora es muy malo. Se descubre que en España existen más equipos además del Madrid y el Barcelona, dato aún sin confirmar.

Y así.

Finalmente Marcos y yo cruzamos una mirada y una sonrisa, y los dos sabemos que estamos pensando lo mismo:

—¿Echamos un vistazo a *Ons*?

Después de un fin de semana completamente «vertical» ya sabía yo que volveríamos a caer. Abrimos la web y descubrimos que tenemos muchos mensajes, como siempre, y una invitación a una fiesta. Procede del Marqués. Es una quedada en un local llamado Fusión.

—Ya sé lo que me vas a decir, majete, que si vamos. Pues no, que parece que no sabes hacer otra cosa que llevarme a sitios donde te tiras a otras.

—Pero si no he abierto la boca. ¿No serás tú la que quieres ir?

—¿Yo? ¡Qué va!

—Pues es una pena, porque Fusión es el local más grande y espectacular de Madrid. Tiene hasta piscina.

—Me parece muy bien. Pero también tengo piscina en mi comunidad.

—Pues aquí dice que es por el cumpleaños del Marqués. He ido los tres últimos años.

—¡Qué pena, este año te lo vas a perder!

—Me quedo con ganas de preguntarle al Marqués por qué invitó a Javi a su fiesta y cómo contactó con él. No suele invitar a su casa a nadie que no conozca bien de antes. Su casa es su santuario, como él dice. Solo invita a viejos amigos y, por lo que me cuentas, dudo que Javi lo fuera.

—¿Y los moteros?

—También eran amigos suyos, son sus vecinos. Les gusta montar el número de que llegan dos chicos nuevos y demás, para darle salsa a la fiesta. Se inventa cada cosa…

—Maldito, ¡me engañó!

—Pues eso, que digo que estaría bien ir a su cumple para que nos cuente cómo apareció Javi en su fiesta…

—Al final no vas a parar hasta que me convenzas para ir este sábado a Fusión. Vale, ya tienes el sí. Pero solo a investigar.

—Sí, sí. Solo a investigar.

Unas horas después estoy frente a otra de esas entradas misteriosas y discretas, presa de los nervios y preguntándome por qué demonios siempre acabo haciendo lo que Marcos quiere. Bueno, quizá es porque es lo que yo también quiero.

Miro a ambos lados de la calle. Apenas tres o cuatro personas deambulan por la acera. Después de recibir el *mail* del idiota de Javi me pregunto todo el tiempo si no estará escondido detrás de alguna esquina, o grabándome desde alguna ventana, o si no habrá enviado a alguno de sus compañeros o a cualquiera a espiarme. Me ha sumido en un estado de intranquilidad.

—Vamos ya para dentro, Marcos, no quiero que nadie me vea entrar.

Un timbre, una puerta metálica que se abre, un portero que nos da la bienvenida, una chica amable en la recepción…

Esta vez, a diferencia de las anteriores, mis nervios se han calmado al entrar y alejarme de las posibles miradas del exterior en lugar de dispararse como antes. Empiezo a pensar que quizá comience a pertenecer ya más a este mundo subterráneo que al otro.

Avanzo con Marcos por el local y descubro que es un sitio elegante, con sillones y espejos con cierto toque versallesco, escogidos con gusto. A la izquierda, unas escaleras se adentran en una pequeña habitación. Se oyen jadeos procedentes del interior.

—Es la mazmorra —dice Marcos—. Luego echamos un vistazo si quieres.

Continuamos y vamos a dar al centro del recinto, donde se sitúa la zona de bar, decorado como un local de moda. La música va acorde con la decoración. Hay mucha gente y bastante bullicio, se nota que es sábado por la noche. Una chica le está realizando sexo oral a otra justo al lado de la barra, mientras sus amigos y amigas miran divertidos y excitados y hacen comentarios.

—Una cosa es tener la mente abierta, y otra hacer del sexo un mero espectáculo y algo trivial —le digo a Marcos—. Es que si nos ponemos ya a hacerlo en la barra también...

—Pues a veces las mejores movidas se montan en la barra. Tiene su gracia.

—No tenéis límite, de verdad. Es que así ya es como comer pipas. Alguna seguro que se ha hecho la manicura mientras se lo comían.

—Si yo te contara...

Avanzamos por un pequeño corredor y vamos a dar a una zona de descanso muy agradable, atendida por otra barra que está justo a espaldas de la anterior. Palmeras y ¡la piscina! dan al conjunto el aspecto de un *lounge bar* ibicenco. Alrededor del recinto acuático se extienden una especie de jaimas de tela blanca.

Damos un garbeo y vemos que en el interior de buena parte de ellas hay gente follando. Parece una orgía de la Roma imperial. Es espectacular. Observo que la media de edad en este local es bastante joven, y que abundan los físicos cuidados y de gimnasio.

—Fusión es un sitio que a alguna gente le encanta y a otra no le gusta nada. Vendría a ser como la disco pija del mundo *swinger,* con mucho postureo, mucho rollo Ibiza, y cierto elitismo. En otros sitios no se mira tanto el físico, o incluso el país de origen, pero aquí si no estás muy bien de cuerpo o tienes cierta edad, parte del personal ni te mira —me ilustra Marcos.

A continuación accedemos por unas escaleras a la planta baja, y me enseña una sala para orgías donde se está liando una buena, y las duchas y las taquillas.

—¿No hay reservados para estar tú y yo solos? Hoy no tengo muchas ganas de compartirte —le digo yo.

—Sí, hay dos arriba. Ven, vamos a tomar una copa en el bar a ver si vemos al Marqués y luego vamos a un reservado, nos encerramos, y a nuestro rollo.

Tomamos asiento en uno de los cómodos sillones del *lounge bar* y le pido a Marcos:

—Hoy me apetece un cóctel. Me gustaría probar el Bloody Mary, que tiene mucha fama.

—Lleva ron y granadina, ¿no?

—Ese es el California, no tienes ni idea —le digo.

—¿Apostamos? ¿Y el que pierde es hoy el esclavo del otro?

—Eh…, no. Cuando no estoy segura no apuesto. Llámame aburrida.

—No, te llamaré sensata: tres partes de vodka, seis de zumo de tomate, una pizca de sal y pimienta negra, tres gotas de salsa inglesa, otras tres de Tabasco y un poquito de zumo de limón o lima. Y dicen que se llama así en honor a la reina María I de Inglaterra, que organizó una tremenda persecución de protestantes.

—¿Qué pasa, también eres experto en cócteles?

—Qué va, lo leí justo ayer de casualidad. No tengo casi ni idea de bebidas. Bueno, sé que James Bond tomaba siempre su vodka con Martini, mezclado, no agitado.

—¿Y sabes por qué? ¿Apostamos? —contraataco yo.

—Como bien dices tú, si no tengo mucha idea de un tema, no me arriesgo. A ver, dime.

—Pues porque para agitar un cóctel se usa una coctelera, y para mezclarlo, una cuchara larga y un vaso mezclador de cristal. La diferencia está en que, al usar la coctelera, la bebida se enfría mucho porque también incorpora agua a la mezcla, suavizando así su sabor. En cambio, si quieres enfriar el cóctel pero respetando al máximo la fuerza de sus ingredientes, lo mejor es removerlo junto a unos hielos en un vaso mezclador y después colarlo y servirlo en una copa previamente enfriada. ¡Toma, listo!

—Claro, el señor Bond era un exquisito y no quería que se perdiera nada de sabor. ¿Y sabes todo eso y no sabes qué es un Bloody Mary? Alucino contigo.

—De pequeña pensaba que el Bloody Mary era algo que tenía que ver con la canción de «Sunday Bloody Sunday» de U2, para que veas.

—Vaya cóctel pero de ideas que tenías en la cabeza. «Sunday Bloody Sunday», un clásico.

Una pareja muy joven se sienta muy cerca de nosotros. Nos lanzan miraditas de vez en cuando. Son muy guapos, de físicos perfectos. Tienen aspecto de ser encantadores. Charlamos unos minutos con ellos. Tienen veinte y veintiún años, pero me admiro de lo bien amueblada que tienen la cabeza y la seguridad con la que hablan. Llevan casi dos años juntos, su relación es totalmente abierta y se les ve muy enamorados. Disfrutamos de una agradable conversación, pero hoy no estoy para mucha fiesta y les decimos que en principio vamos de tranquis. Ellos lo entienden, charlamos un poquito más y finalmente nos comentan que se van «a dar una vuelta» y que encantados. Lo mismo digo.

—Las nuevas generaciones vienen pisando fuerte —me dice luego Marcos—. Admiro la naturalidad con que se toman todo esto, como debe ser. A los que somos algo más mayorcitos, aunque tampoco mucho, nos costó recorrer un camino hasta que nos quitamos toda la represión cultural. Hasta hace no mucho el mundo *swinger* estaba lleno de parejas en torno a los cuarenta, con muchos años de vida en común, y que al final se deciden a meterse en esto poquito a poco. En cambio cada vez estoy conociendo a más parejas de veinteañeros que viven todo esto sin ningún problema desde el principio. Algo está cambiando.

—Sí, estos con veinte ya tan espabilados pasándoselo bien y yo con treinta y cuatro aquí de panoli.

—Más vale tarde que nunca, señora ancianita.

Continuamos disfrutando de nuestros cócteles y observando el ambiente y, al cabo de un tiempo, aparece la imponente figura del Marqués, vestido totalmente de blanco y rodeado de sus fieles y su chica, que luce un apretado vestido que le corta la respiración. El gigante amable se percata de nuestra presencia y viene directo a saludarnos. Charlamos un poco de todo y Marcos le pide que haga un aparte para charlar en privado los tres.

—¡Qué bien lo pasamos al final el otro día! —le comenta Marcos—. Y eso que al principio fue un marrón lo del ex de Zoe. ¿De qué le conoces?

—Es un tipo extraño. Lo conocí en la página. Se hizo un perfil y me escribía todos los días. De tan pesado me cayó simpático. Y a Leire le gustaba por las fotos. Al final por aburrimiento le acepté la solicitud de amistad y como vi que tenía tantas ganas de entrar en el ambiente y andaba un poco perdido, le invité a la fiesta para que conociese gente. Ya le he reportado en la página, y como yo casi todos los que estuvieron en esa fiesta y más amigos. No creo que tarden mucho en cerrarle el perfil.

—Gracias. Zoe lo está pasando muy mal con todo esto. El tipo no la deja en paz, se resiste a salir de su vida.

—Joder, siento mucho todo esto. ¿Os ha vuelto a molestar? ¿Puedo hacer algo por ayudaros?

Marcos le da las gracias y le dice que mejor no haga nada más. El mundo liberal madrileño es como un pueblo, y *Ons* mucho más. Lo que le cuentas a alguien pronto lo sabe mucha más gente. Y no queremos hacer ruido de momento, a ver si lo cazamos de alguna manera. Pasamos a hablar de otros temas y, tras un par de copas, bajamos todos a las taquillas.

A partir de aquí, la noche nos envuelve en un manto de lascivia. Al final, Marcos y yo no visitamos el reservado.

Guerra

«Que como yo a veces sueño
nadie ha soñado contigo.
Que como te echo de menos
no hay en el mundo un castigo».
(«De las dudas infinitas», Supersubmarina)

Hola, hija. —Mi madre está al otro lado del teléfono. Y su tono de voz no augura nada bueno—. El otro día me encontré con Javi y lo que me contó me dejó muy preocupada. No quiso explicarme mucho pero me dijo que últimamente no andabas en buenas compañías. ¿Quieres contarme algo?

—A ese no le hagas ni caso. —¡Maldito Javi, se va a enterar!—. ¿Qué te ha dicho?

—Pues que un amigo suyo va a unos clubs muy raros, de intercambio de parejas o algo así, y que te vio un día allí.

—Pero ¿qué dices? ¡Ese ya no sabe qué inventar para que vuelva con él! No te quería contar nada, pero estos días me ha estado llamando y escribiendo, y me dijo que o volvía con él o se empezaría a inventar cosas.

—¿Javi? ¡Con lo sensato que es! No me lo puedo creer. Entonces, ¿no andas por ahí en malas compañías? Que ahora sales mucho, y ese Marcos con el que vas no sé si no te estará haciendo mal.

—Que es todo mentira, mamá. Anda, estate tranquila, que luego voy a comer y hablamos todo lo que quieras, y Marcos es un chico genial. Luego te veo, que tengo que irme. Y no creas nada de ese embustero. Un beso.

En realidad no tengo ninguna prisa, pero quería colgar cuanto antes para evitar que mi madre se percate del ataque de nervios que me acaba de entrar. ¡El muy asqueroso se ha atrevido! ¡Y antes de lo que pensaba! ¿Qué hago, le escribo un *mail*? ¿Voy a la policía? Corro al ordenador, y veo que él ya se ha adelantado:

Querida Zoe:

He visto que has llegado de Londres mucho antes de lo previsto y que sigues frecuentando ese mundo tan nocivo (¿lo pasaste bien en Fusión?), así que he tenido que hacerle un pequeño comentario a tu madre. No te preocupes, no le he contado mucho. Quedemos la semana que viene para ese café y lo arreglamos.

Sé que no tienes muchas ganas de verme, pero hay otro tema que me preocupa también mucho y prefiero que lo hablemos en persona. Mira el archivo adjunto. De momento no lo he compartido con nadie más.

Un beso.

Abro corriendo el maldito archivo. Es una imagen. Para colmo la conexión se ralentiza y tarda unos segundos en verse completa. No me lo puedo creer: ¡es una foto en la que Marcos y yo estamos saliendo del Ateneo la noche del robo del cuadro! La cabeza se me va.

No sé qué hacer. No sé si llamar a Marcos o a Tere… Empiezo a dar vueltas por la casa. Me tropiezo con algo, la vieja pelota de tenis que le tiraba a mi perro *Genaro* y que nunca cogía. ¡Cómo lo echo de menos! Aunque tuviese un mal día, me bastaba llegar y verlo a mis pies con esa carita perruna tan sonriente, expectante, pidiéndome un mimo, y se me pasaban todos los males. Cojo la pelota y la lanzo contra la pared, en un ataque de rabia muy poco propio de mí. Rebota en un par de muebles y acaba impactando contra el tríptico del salón, ladeando uno de los cuadros.

—¡Malditos cuadros! —hablo sola como una imbécil.

Me acerco a colocarlo y hago un descubrimiento extraño. El movimiento del lienzo ha dejado a la vista algo. Algo que no debería estar ahí. Me acerco y compruebo que hay un pequeño aparato de metal pegado a la pared, ¡un micro! ¡Alguien ha entrado en casa y ha colocado un micro, y ha estado escuchándome todo este tiempo! ¿Es Javi? ¿Por eso conocía cada uno de mis movimientos? ¡Y además tiene esa maldita foto! Dice que no la ha compartido con nadie todavía. ¿Alguien más nos vio o nos fotografió? ¿La policía lo sabe?

Me doy cuenta de que cambié la cerradura al separarnos, pero no añadí más seguridad a la casa, y para alguien como Javi seguro que no fue muy difícil entrar. Es más, tengo la manía de irme sin echar el cerrojo, y cualquiera con una radiografía o una simple tarjeta puede abrirte la puerta.

Estoy temblando. Decido no tocar el micro y hago una batida por el resto de la casa en busca de otros dispositivos. Puede haber cámaras también. Y seguro que me hackeó el ordenador y tiene acceso a mis correos, mi actividad en *Ons*... Tengo que cambiar todas las contraseñas... Bueno, mejor no hacer nada de momento, si las cambio, sabrá que lo he pillado.

Tras una hora de requisa minuciosa descubro otro micro en mi habitación, que tampoco muevo, y decido salir de casa para contarles a Marcos y Tere todo lo que está pasando.

Nos reunimos como una especie de comité anticrisis en la terraza del bar de abajo y, poco a poco y tras una cerveza, comienzo a recobrar el pulso.

—Deberías ir a la policía, contar lo del día del Ateneo y denunciar lo de los micros —aconseja Tere.

—No sé, seguro que Javi ha tomado precauciones y no ha dejado huellas. Yo me esperaría y trataría de tenderle una trampa para pillarle —propone Marcos, que por lo visto es bastante aficionado al género policíaco pero muy poco a frecuentar las comisarías.

—Yo de momento he hecho como si no me diese cuenta. No he tocado nada. El ordenador es mejor que lo revisemos, pero sin cambiar absolutamente nada.

»Si es la policía quien ha colocado los micros, mejor, porque habrán estado escuchándome y habrán visto que no tenemos nada que ver con el robo. Ojalá hayan sido ellos. De todas formas me da mucho miedo esa foto en poder de Javi. Podría tergiversarse como una prueba en contra nuestra. Y la está utilizando para chantajearme. Ha pasado del chantaje sentimental al chantaje puro y duro.

—Se me ocurre una cosa, no sé si es muy loca. —Marcos siempre me sorprende—. Podríamos inventar una falsa quedada *swinger* en algún lugar. Hasta ahora Javi nos ha estado siguiendo. Tú lo comentas por teléfono en tu salón, bien alto, para que lo oiga tu ex o quien sea que te ha puesto las escuchas. Además grabas esa conversación.

»Lo podemos hacer en el chalet de un amigo que está en un lugar solitario y desde el que se accede por un único camino. Le esperamos dentro y grabamos. El coche que se acerque, porque por allí nunca pasa nadie, hay que ir ex profeso, será el de nuestro espía. A ver si es Javi, la policía o quién narices. Y después, sabiendo ya a qué nos atenemos, obramos en consecuencia.

»Yo debo mirar en mi casa a ver si me han colocado micros o lo que sea también a mí.

—Yo creo que es Javi. Ojalá fuésemos unos salvajes y contratásemos a unos matones para esperarlo en ese sitio. Que solo le amedrentaran un poco, para que te deje tranquila, Zoe.

—Tere ahora opta por una solución distinta.

—Sois un poco peliculeros. Creo que voy a ir a comisaría a contarlo todo y a pedir que a él le pongan una orden de alejamiento. Y además, yo soy inocente del robo y no tengo nada que temer.

—Pues no le va a hacer mucha gracia —dice Tere.

—Pues que se joda —respondo yo.

—Por supuesto —me apoya mi amiga.

—Lo de los matones, no, pero si hablamos seriamente con él, puede que cambie de actitud —propone Marcos.

—Quita, que seguro que os acabáis pegando. Yo lo denuncio y ya está, que es lo más prudente.

—¿Y has mirado tu móvil? El otro día leí una noticia que decía que un chico le había regalado un teléfono a su novia con una aplicación secreta instalada que le permitía acceder a todas sus llamadas, mensajes, archivos... Está denunciado por acoso y violación de la intimidad. Este caso es igual. Voy a llamar a un amigo que es informático para que te revise el ordenador, la tablet, el móvil... Todo —me dice Marcos, que parece resistirse a acudir a la policía.

—Nunca pensé que Javi podría volverse tan loco. A lo mejor no ha sido él —me cuesta trabajo creer que la persona con la que he convivido diez años sea capaz de algo así—. ¿No es más lógico pensar que es la policía que nos está investigando por el robo del cuadro?

—¿Y entonces cómo sabía Javi adónde ibas en cada momento? A ver si va a ser precisamente él quien lleva la investigación del caso... Y tiene esa foto.

—Imposible, Javi no está en ese departamento. Lleva años en Extranjería, con temas de papeleo y demás.

—Ya, pero algún compañero suyo que trabaje en el caso y sea su amigo y cómplice puede estar pasándole toda la información.

—¿Dos personas chaladas jugándose su puesto de trabajo en lugar de una? Todo puede ser. Tenemos que intentar averiguarlo.

—Ay, Javi, Javi. Ya ves, a veces cuando nos enamoramos de una persona somos los últimos en ver algunos de sus defectos. Yo sí le vi alguna actitud un poco rara —dice Tere—. Acuérdate cuando estuvimos en la casa rural, lo celoso que se puso con aquel chico, Rubén, que encima era gay.

—Sí, fue algo totalmente desproporcionado. Bueno, voy a comer con mi madre y tengo que tratar de convencerla de que no haga caso de nada de lo que le diga este. Aunque como no pongamos remedio pronto irá aumentando la presión y seguro que tiene más fotos, conversaciones… Uf… Es capaz de contarle lo de los locales liberales a la gente de mi trabajo. Me moriría de vergüenza. Y si les enseña la foto del Ateneo, me echan…

—Más vale por su bien que no haga nada de eso —amenaza Marcos, con el rostro crispado—. Y sobre la vida privada de cada uno, siempre que actúes de acuerdo con tus convicciones, tampoco hay que avergonzarse. Yo lo comento abiertamente, no hacemos mal a nadie. Que ya no estamos en el siglo XIX. La gente es mucho más abierta.

—Sí, claro, para ti es muy fácil, eres un chico. Se supone que si vas por ahí acostándote con un montón de tías eres un triunfador. En cambio, a mí me verán como una guarra. Que la sociedad ha avanzado, pero el machismo sigue a tope. Y mis padres son muy conservadores, los mataría del disgusto.

—Ya, tienes razón. Y yo a mis padres tampoco les he contado nada de mi modo de vida. A mis amigos y conocidos sí se lo cuento. Me obligo a contarlo porque es la forma de que cambien las cosas. Que la gente no vea tan raro que puedas tener pareja y que a los dos nos guste tener una vida sexual más rica y amplia, abierta a los demás. Y eso no quiere decir que no te guste acostarte con tu pareja, o que la quieras menos. Simplemente es que quieres vivir la vida con todas sus posibilidades.

—Pues nada, vente a comer y le explicas a mi madre eso de las posibilidades, la amplitud y demás. Pero por si no lo entiende vamos pensando qué hacemos con Javi. Estoy muy preocupada con lo de la foto. De verdad, creo que lo mejor es ir a la policía.

—Si vamos a la policía y les enseñamos el *mail,* verán que estuvimos la noche del robo en el Ateneo y que se lo hemos ocultado. Y solo tienes un *mail* contra Javi, no creo que sea suficiente. De momento no hagas nada, ve a comer con tu madre y vamos a darle vueltas al asunto. Y después quedamos con mi amigo Pepe, el informático, para que eche un vistazo al ordenador y demás. Y luego decidimos.

—Vale. No hemos solucionado nada, pero al menos me siento mejor. Gracias por estar ahí. Me alegro mucho de teneros. —Se me humedecen los ojos y ellos, que lo notan, se acercan y me dan un abrazo.

Acabaré pronto con esta pesadilla.

LUCES EN LA NOCHE

«Seguiré la pista a ciegas y te encontraré,
alcanzaré la altura,
caeré en picado y te encontraré
como a un animal en un combate,
yo te encontraré».
(«Como un animal», Najwa)

La comida en casa de mis padres resultó bastante tensa. Por mucho que traté de mostrarme tranquila y de jurar y perjurar a mi santa que no iba por ahí haciendo esas cosas que Javi le contaba, una madre es una madre y te conoce como si te hubiera parido. Vamos, que creo que no la convencí mucho. Hizo como que me creyó pero su mirada me dijo todo lo contrario.

Han pasado ya dos días desde eso. Ahora me dirijo con Tere y Marcos al chalet de ese amigo suyo, en las afueras de Madrid.

Al final, como siempre, le he hecho caso a mi chico y vamos a ver si nuestro plan funciona y logramos grabar a la persona que me está espiando. Pero inmediatamente después pienso ir a comisaría.

Me he pasado los dos días intentando aparentar normalidad y hablando en mi salón de la maravillosa quedada *swinger* a la que supuestamente voy a asistir en ese chalet. La idea es grabarme en casa hablando de esa falsa quedada y después grabar a Javi acudiendo como un corderito a la misma, lo que probaría que me ha puesto los micrófonos. Y con eso llamarlo y decirle que pare de chantajearme o bien ir directamente a la policía. O algo así, la verdad es que no sabemos ni qué hacer. Eso contando con que sea Javi quien aparece.

Sea como sea ha llegado el día, vamos camino del lugar de la supuesta fiesta. Después de un trayecto de unos veinte minutos, tras dejar la autovía y tomar una vía secundaria y luego un sinuoso camino, llegamos hasta el final del mismo, donde un pequeño y coqueto chalet nos espera. Está todo cerrado, con las persianas bajadas. Según le ha contado su amigo a Marcos, el chalet es de sus padres, que viven ahora en Portugal, y lleva sin usarse casi dos años.

Subimos las persianas, encendemos las luces y ponemos música a un volumen alto, para que parezca que allí realmente hay una fiesta. Comprobamos que el ambiente que hemos creado da el pego y ascendemos a la planta de arriba del todo, donde nos parapetamos en la buhardilla con la vieja cámara con teleobjetivo de Tere, abandonada desde sus tiempos de frustrada paparazi, dispuestos a cazar a nuestra presa.

Los minutos pasan y nos turnamos en la vigilancia. Al situarse el chalet en una zona aislada a la que se accede por el camino que termina justo en su entrada, si aparece algún coche está claro que lo hace con la intención de visitar la vivienda y venir a la fiesta.

Durante mis declamaciones en el salón de mi casa estuve de lo más prolija a la hora de dar detalles de localización para que nuestro escuchante no se perdiera. Y si no, para eso está el GPS. Repetí varias veces en voz alta la dirección exacta. Si es Javi, que me ha seguido a todas partes hasta ahora, tiene que aparecer hoy también.

Ya son las diez, más de treinta minutos pasada la hora D, y no aparece nadie. Javi es asquerosamente puntual, lo que me mosquea bastante… De pronto obtenemos premio: como dos pequeñas luciérnagas al principio, y mayores cada vez, las luces de los faros de un coche se aproximan hacia nosotros.

Contenemos la respiración.

Cuando ya está lo suficientemente cerca comprobamos que no se trata del Opel de mi ex. Puede que haya cambiado de coche o que hoy utilice otro. El vehículo se acerca a la verja y apaga el motor. Escondidos en la buhardilla, no queremos perdernos ni un detalle, mientras Tere graba todo con su cámara.

El coche permanece enfrente de la casa. Pero no sale nadie de él.

—¡Es una chica! —exclama Tere—. Acabo de darle al máximo al zoom y es una chica, aunque no distingo su forma.

—¿Seguro?

—Seguro. Es morena.

—Graba. Graba.

—Eso hago. ¡Dios mío…, no me lo puedo creer! Es…

Levanto la cabeza para distinguir mejor. Tenemos la luz de la buhardilla apagada y desde fuera no se me debería ver.

La puerta del coche por fin se abre y, efectivamente, de él emerge una figura de mujer. Viste falda por la rodilla, botas de cuero con tacón y una chaqueta de cuero roja. Permanece al lado de la puerta abierta del coche, mirando a los lados con gesto de sorpresa, suponemos que al no ver ningún otro vehículo aparcado.

Observo su media melena de color oscuro, hasta que se gira, y finalmente puedo contemplar su cara, iluminada por el farol del porche. Y mi sorpresa es mayúscula. Conozco a esa mujer. La veo muchos días. Es mi vecina de arriba. Susana. Se coloca torpemente una máscara que oculta parte de su cara, de estilo veneciano. No entiendo nada.

—La conozco, es mi vecina. Se llama Susana. No tengo ni idea de qué hace aquí. Ni de por qué se ha puesto una máscara.

—¡Sí, es ella! ¡No hay duda! —corrobora con la voz entrecortada Tere.

—Pues esto se complica. ¿Sabes si Javi y ella se conocían? —pregunta en voz baja Marcos.

—Sí, claro, de cuando Javi vivía conmigo. De vez en cuando salíamos por ahí a tomar algo con ella.

Se oye el timbre de la puerta. Susana está llamando. Una, dos, tres veces. No movemos ni un músculo. Tere sigue grabando. Tras un par de minutos, Susana se da la vuelta y vuelve a montarse en el coche. Espera unos momentos, gira la llave de contacto y se pierde a gran velocidad por el camino, dejando una estela de polvo detrás.

HIPÓTESIS

«Eternamente en vuelo,
fuera de sí.
Eléctrico éxtasis,
fuera de sí.
Ángeles y arcángeles».
(«Celeste», Lagartija Nick)

Es domingo y Marcos y yo caminamos de la mano por el Retiro. Desde que descubrí los micrófonos en mi casa les he cogido cierta fobia a los espacios cerrados, y necesito tener el cielo sobre mi cabeza. Me está pasando justo lo contrario que al jefe de la tribu de Astérix, que lo único que temía era que el cielo se desplomase sobre la suya.

Susana no está en su piso. Habrá ido a pasar el fin de semana al pueblo, como casi siempre. Volverá el lunes por la mañana, porque supongo que tendrá que trabajar. He decidido esperar hasta entonces para hablar con ella y tratar de averiguar qué hacía en el chalet. Mientras tanto, intento relajarme y no pensar, a ver si así pasa el tiempo más rápido. El Retiro me ha parecido un buen sitio.

Nada más traspasar la entrada del recinto, un grupo de sudafricanos nos ofrecen droga. Siempre me llamó la atención cómo algo así puede suceder en pleno centro de Madrid. Si fuera por mí, la legalizaría y que cada cual se arruine la vida como quiera. De mi piel para adentro mando yo, decían con toda la razón el escritor y filósofo Antonio Escohotado y la poetisa Ajo. Me gustaba mucho el nombre de su grupo de música: Mil dolores pequeños, una buena definición de la vida.

Como a cualquier madrileña, me gusta perderme en este céntrico parque. Caminar por el paseo de las estatuas, disfrutar de la fragancia de los más de cuatro mil rosales de La Rosaleda, adentrarme en el Palacio de Cristal y sentirme como la habitante de una casa mágica y transparente en mitad del bosque...

—Pues a mí me gusta más el Parque del Capricho. La gente de fuera de la capital no lo suele conocer, pero es un sitio muy especial. Es el único jardín del romanticismo de todo Madrid —me dice Marcos.

Desde que recibí el *mail* con la famosa foto no se ha separado de mí ni un momento. Me quiere, me cuida. Estos dos últimos días los he pasado enteros en su casa. Cambié la cerradura de la mía y no he querido volver.

—A mí me gusta mucho también. El año pasado estuve viendo allí una obra de teatro. ¿Sabes? Cuando llega el buen tiempo organizan actividades llamadas «Tardes de capricho», que consisten en conciertos, obras de teatro, charlas...

—Ah, pues eso no lo sabía. A mí me gusta ir por la mañana y entre semana, cuando puedo. Casi no hay gente y tengo todo el parque para mí. Me gusta imaginarme lo que sentiría la propietaria, la duquesa de Osuna, cuando lo mandó construir y lo disfrutaba ella sola. Piensa: un palacio con un jardín, una ermita, un estanque, un salón de baile, fuentes, laberintos... ¡Hasta tiene un abejero y un búnker!

Mientras hablamos, nos topamos con la estatua del Ángel Caído, mi favorita. Un ángel de bronce se retuerce sobre un pedestal. La expresión de su rostro muestra la contrariedad y el odio hacia su creador que ahora lo expulsa de los cielos. En el fondo nos parecemos más a este ángel que al propio ser que dijo habernos hecho a su imagen y semejanza. Nosotros también fuimos seres perfectos que un día nos expulsaron del Paraíso.

—Está inspirada en unos versos de «El paraíso perdido», de Milton —me dice el cultureta de Marcos, y a continuación me recita—: «Por su orgullo cae arrojado del cielo con toda su hueste de ángeles rebeldes para no volver a él jamás. Agita en derredor sus miradas, y blasfemo las fija en el empíreo, reflejándose en ellas el dolor más hondo, la consternación más grande, la soberbia más funesta y el odio más obstinado».

—Me has dejado alucinada. ¡Gallifante para ti!

—No suelo aprenderme poesías, pero esta se me quedó grabada.

Cae la tarde, el calor empieza a aflojar y el parque rebosa de ocio: gente recostada en el césped leyendo un buen libro, otros corriendo, o mejor dicho, haciendo *running*, como se dice ahora; otros patinando o simplemente paseando de la mano como nosotros.

Cuando estoy con Marcos siempre tenemos algún tipo de contacto físico, bien sea ir de la mano, abrazados, una caricia, un beso, un soplido en la nuca…, está ahí y me lo hace saber, y yo también a él.

—No paro de darle vueltas a toda esta rocambolesca historia de los micros, la foto, tu vecina, Javi… Es todo realmente extraño. Yo pensaba que eso de los micros solo era de películas de los años cincuenta —me dice.

—Pues ya ves. De todas formas, cualquiera se va a una de esas tiendas del Espía y se hace con micros, cámaras o lo que quiera. Hoy me he encontrado con el cerrajero que me cambió la cerradura y me ha dicho que es facilísimo entrar en cualquier casa, y que todos deberíamos cambiar la que viene por defecto en nuestra puerta, porque suele ser la misma para todas y con cualquier aparato de cerrajero de esos que venden por Internet por ochenta euros se revienta el bombín en un momento. Dice que en Alemania el Gobierno lo trató como tema de alarma social y no pararon de hacer hincapié en todos los medios de comunicación hasta que la mayor parte de la gente cambió la cerradura que venía de serie o añadió más seguridad.

»Por lo visto, antes te pedían el carnet profesional y hasta certificado de carecer de antecedentes penales para adquirir esos aparatos, pero ahora con Internet cualquiera puede comprarlos.

—Joder. Yo voy a añadir un cerrojo FAC. Dicen que va muy bien.

—Yo es que encima no echaba ni la llave. Lo que te decía, con unas simples radiografías pueden haber entrado tranquilamente, sin forzar nada. Me acuerdo que Javi lo hizo una vez que se había dejado las llaves dentro del apartamento de la playa.

—¿Cuándo vuelve Susana del pueblo, hoy?

—Sí, esta noche o mañana. Si no ha cogido vacaciones, mañana tendrá que ir a trabajar. Llegará del curro a las tres. La voy a abordar sin comer a ver si la pillo con pocas fuerzas. Hablaré con ella a ver qué explicación me da de su presencia en el chalet y después te llamo. Y deberíamos ir los dos a comisaría y denunciarlo todo. La verdad solo tiene un camino.

—Pues sí, nuestro experimento ha tenido su gracia, pero creo que lo mejor será poner esto en manos de la poli. Iremos los dos juntos a contar lo de la noche en el Ateneo y les enseñamos los *mails* de Javi. Se lo contaremos todo.

—Sí, es lo que teníamos que haber hecho desde el principio.

—En cuanto hables con Susana, llámame. O, si quieres, te acompaño a verla, no quiero que te pase nada.

—No, ya te dije que es mejor que hablemos a solas. Si quiere sincerarse conmigo, le será más fácil. Y es inofensiva, de verdad. O eso creo, ya no sé qué pensar de nadie.

—¿De nadie?

—Excepto de ti.

SUSANA

«Ya empezó el segundo asalto.
Y esperaré el gran impacto.
Golpea bien, hazlo bien.
Aún hay más, es algo extraño,
a quien te ayuda lo rechazas sin pensar,
conmigo harás igual».
(«Segundo asalto», Love of Lesbian)

Conozco a Susana desde que Javi y yo nos mudamos al barrio. Ella llegó con Jaime, su chico de aquel entonces, y recuerdo que nuestro primer contacto fue cuando subí a pedirle por favor que usasen la taladradora a cualquier hora menos a la de la siesta, como tenían por costumbre durante esos días de mudanzas. Ella me pidió mil disculpas, me invitó a un café con pasteles para compensarme y nos fuimos haciendo muy buenas vecinas.

Definir a Susana es fácil y difícil a la vez: es la típica persona normal. El clásico vecino del que luego en el telediario se dice que siempre saludaba. De edad similar a la mía, trabaja en una consultoría con el mismo horario que yo, gustos clásicos, conversación tópica y costumbres rutinarias. No puede decirse que seamos amiguísimas, pero sí que desde que Jaime la dejó y se quedó sola en el piso, nuestra relación se estrechó, y Javi y yo le hicimos un pequeño hueco en nuestras vidas.

Comenzamos a realizar alguna actividad juntos: algún partido de pádel con amigos de Javi, alguna salida de cañas, conciertos... Hubo un tiempo en que tanto Javi como yo asumimos el papel de celestinos y durante unos meses le presentamos a todos y cada uno de nuestros amigos que estaban libres. A casi todos les gustaba Susana, pues es una chica bastante atractiva, pero ella no parecía tener demasiado interés. Tampoco le conocimos novio o ligue durante ese tiempo.

Parecía estar a gusto con nosotros dos y un día nos dijo que por favor no le presentásemos más tíos, que se sentía como la fea del baile.

Cierta tarde llegué un poco antes a casa y me la encontré charlando muy animada con Javi. No estaban haciendo nada raro, pero por un momento mi sexto sentido me avisó de que allí podía estar ocurriendo algo, aunque pronto lo deseché. Ahora ya no sé qué pensar. Quizá entre ella y Javi haya algo más que amistad. Voy a tratar de averiguarlo.

Son las tres y cuarto. Subo las escaleras con el corazón latiéndome cada vez más deprisa, dispuesta a enterarme de qué demonios hacía mi vecina en aquel chalet. Llamo a la puerta. Nadie contesta. Pero oigo pasos dentro. Vuelvo a llamar, noto cómo alguien atisba por la mirilla y un cerrojo se descorre. Susana me abre la puerta y trata de esbozar una sonrisa. Viste ropa cómoda de estar por casa y lleva el pelo recogido en un moño improvisado. Me saluda, simpática:

—¡Hola, Zoe! ¿Qué tal? ¡Hacía tiempo que no te veía! ¿Necesitas algo?

—No, me gustaría hablar contigo de una cosa un poco extraña. ¿Puedo pasar?

—Claro, estaba haciendo la comida. Pasa y comemos juntas si quieres —noto cómo, aunque trata de disimular, le ha cambiado el gesto.

—Gracias, pero hace unos días que se me ha quitado el apetito.

Me invita a pasar a su salón. En una jaula corretea en su rueda su hámster *Vicky*. La casa está limpia y ordenada, y huele a ambientador. En la tele, una panda de tarados elige pareja.

—Pues dime, ¿te ha pasado algo? ¿Estás bien? Me estás asustando. —Cualquiera diría que Susana no sabe nada de nada.

—Voy a ir al grano. El otro día te vi. En un chalet a veinte minutos de Madrid, por la noche. ¿A que sí? —Su cara se descompone dándome la razón. Pero sus labios lo niegan.

—¿Yo? ¡Si estuve todo el finde en Valladolid, con mis padres!

—No te esfuerces en negarlo. Mira. —Le muestro la grabación que Tere realizó y que ha compartido conmigo por WhatsApp. Su coche llegando, ella saliendo, zoom con primer plano de su cara, Susana poniéndose luego la máscara...

Sus dos grandes y expresivos ojos se abren tanto que parecen a punto de salirse de sus órbitas.

—¿Desde cuándo te dedicas a grabarme? —me pregunta enfadada.

—Desde nunca. Fue una sorpresa verte allí. Yo estaba esperando a otra persona. El objetivo de esa grabación en principio no eras tú. Pero apareciste. ¡Ahora ya no lo niegas!, ¿eh? ¡Cuéntame, qué hacías allí! —Empiezo a crispar el tono, y noto que estoy a punto de perder los nervios. Pero me controlo a duras penas.

—Zoe, estás muy nerviosa. Iba camino de Valladolid y me perdí, y no sé cómo di con ese chalet. Iba a preguntar...

—¡Mira, no me tomes por tonta! Con el numerito de la máscara y todo..., y la carretera de Valladolid pilla un poquito lejos, ¿no?

—Está bien. Iba a una fiesta a la que me habían invitado. Pero no había nadie.

—¿Quién te invitó?

—No los conoces, unos amigos nuevos.

—¿No te habrá invitado Javi?

—No, qué dices. Hace mucho que no sé nada de él. Pero ¿tú qué hacías allí grabando?

—Yo inventé esa fiesta, con la única intención de comprobar una cosa. —De pronto tengo una corazonada—. Estoy muy nerviosa, lo siento. ¿Puedo ir al baño?

—Sí, ya sabes dónde está.

Dejo a mi vecina cavilando en el salón y, en lugar de encaminarme al baño, me dirijo a su habitación. Mi corazonada era cierta. Sobre su escritorio, medio tapado, distingo un equipo de radioaficionado como el que mis primos tenían cuando éramos pequeños.

—El baño está al entrar, ya sabes. —Susana acaba de aparecer rauda detrás de mí, apoyada en el quicio de la puerta.

—¡Vaya, no sabía que eras radioaficionada! ¿A ver qué se escucha? —Tomo los auriculares y no oigo nada. Conectado al equipo hay un radiocasete con una cinta dentro.

—¡Deja eso, que es muy delicado y no es mío! Venga, vamos a tomar algo al salón.

—¡Ah, hay que dar la vuelta a la cinta!

Susana se acerca y forcejea conmigo tratando de impedirlo. Me agarra el brazo, pero yo me zafo y me sorprendo a mí misma soltándole una torta que la tira al suelo. Doy la vuelta al casete y pulso el *play*. Y lo que se oye es mi voz. Mi conversación con el señuelo. Estallo:

—¡Habla, zorra! ¡Me has estado espiando! ¿Por qué? ¡Habla o te denuncio a la policía! —Me ha salido una vena agresiva que desconocía en mí. Pero es mi vida y estoy luchando porque nadie me la joda.

Susana se acaricia la mejilla dolorida, y comienza a llorar.

—No fue idea mía. Fue idea de…

—¿De quién? ¡Habla! ¿De Javi?

—Sí... —reconoce entre sollozos—, de Javi, pero no le digas nada, por favor.

—¿Y qué pintas tú haciendo lo que Javi te diga? ¿Estáis liados?

—No, no estamos juntos. —Susana sigue llorando y empieza a temblar. Nunca fue una mujer muy fuerte. Temo que le entre un ataque de ansiedad. Yo también estoy pasándolo muy mal.

—Tranquila, Javi es un capullo. ¿Puedes contarme lo que está pasando, por favor? —Adopto un tono más calmado y empático.

Susana se derrumba y se abraza a mí.

—Lo siento mucho, Zoe. No sé cómo he podido acceder. Y menos contigo, con lo bien que te has portado siempre conmigo. Pero Javi... siempre me gustó. Mucho, Zoe, mucho. Siempre deseé ser tú. Y cuando rompisteis, vi la oportunidad. Me acerqué a Javi, empezamos a salir..., pero no había manera. Él sigue pensando en ti, Zoe, está obsesionado. —Le acerco un pañuelo, se limpia las lágrimas y continúa—: Yo intentaba que te olvidara, que iniciase una nueva vida conmigo, pero se pasaba el día hablando de ti.

»Un día me contó que estaba preocupado porque habías empezado una etapa de adicción al sexo, y que te quería ayudar, pero que tú no te dejabas. Que quería ponerte contra la espada y la pared a ver si así reaccionabas.

—¿Cómo habéis entrado en mi casa? He visto los micrófonos debajo de los cuadros.

—Lo siento de veras, Zoe. Para Javi fue muy fácil. Ni siquiera echas la llave. Usó unas láminas y abrió la puerta en un momento. Consiguió unos micrófonos muy viejos que estaban olvidados en el almacén de su comisaría. Es una tecnología tan antigua, que para poder escuchar y grabar algo hay que tener un equipo a muy pocos metros, porque el radio de acción es muy pequeño.

»Necesitaba instalar el equipo muy cerca, en mi casa. Me pedía que lo grabase todo, y él lo escuchaba después. —Susana rompe a llorar otra vez—. Yo también lo escuchaba y así le informaba al minuto de lo que ibas a hacer.

»Lo siento mucho, Zoe, no sé cómo he podido hacer algo así. Yo quería que me quisiera, demostrarle que haría cualquier cosa por él. Y que al ver que te acostabas con cualquiera te olvidara y me diese una oportunidad. He perdido la cabeza. Él lo sabía y me manipulaba. He sido su marioneta.

—Es tremendo. Pero ¿por qué apareciste tú en el chalet y no él? ¿Sospechaba algo?

—No. Al final yo no me sentía bien con lo que estaba haciendo. Decidí no informarle más de tu vida. Quedé con él y le dije que eso no estaba bien, que no lo iba a hacer más, y que le iba a devolver su equipo. Me dijo que lo pensara, que me calmase, y que ya hablaríamos la semana que viene. Estos días él ha estado fuera de Madrid, o eso dice.

»Sabía que estaba mal, pero seguía escuchando tus conversaciones. Siempre te admiré. Para una amargada como yo era como leer esas revistas del corazón donde todo es maravilloso. Me encantaba escuchar cómo Marcos te gastaba bromas, vuestros diálogos, vuestras confidencias… Lo siento, soy una basura. —Susana rompe otra vez a llorar. Está deshecha.

—Pero ¿por qué te atreviste a ir al chalet?

—Todos los días te escuchaba hablar de tu nueva vida, de lo divertida y excitante que era. Quería verlo con mis propios ojos, entrar en ese mundo, ser un poco tú… La curiosidad pudo conmigo y decidí acudir a la fiesta. Tonta de mí, había pensado en llevarme esa máscara, para que no se me reconociera. He visto demasiadas películas. No sabía ni lo que estaba haciendo, esa noche bebí mucho, tomé pastillas y es un milagro que no me matase con el coche. Soy una imbécil.

—¿Y ahora qué hago yo? Si denuncio todo esto tú también estás implicada, y debo ser muy gilipollas, pero todavía te tengo un poco de aprecio.

—No sé, Zoe. Haz lo que creas que es mejor para ti. Lo que venga, me lo merezco. Lo siento muchísimo. Si puedo ayudarte en algo, lo haré.

Cerrando el círculo

«Trataré de llevarme
imágenes que me harán la espera soportable.
Fueron incalculables
diamantes al fondo en cada una de las tardes».
(«Rincón exquisito», Second)

Desde la azotea del Círculo de Bellas Artes se divisa todo Madrid. La Gran Vía se extiende a mis pies, con su edificio Metrópolis, mi favorito, como pétreo mascarón de proa de un barco urbano que navegase lento pero seguro sobre el cemento de la capital.

A pocos metros, la diosa Cibeles monta guardia frente al magnífico edificio del Ayuntamiento, desde el que también se disfruta una preciosa vista de la gran urbe.

Marcos ha querido sorprenderme y me ha regalado esta pequeña visita a las alturas del corazón de Madrid. En la azotea se dan cita una cafetería y una zona donde te puedes tumbar para contemplar el cielo madrileño un poquito más de cerca. Debido a la sempiterna boina de contaminación, no es el mejor lugar del mundo para observar las estrellas, pero el atardecer sobre los tejados madrileños es un espectáculo digno de ver.

Tras contarle mi entrevista con Susana, mi chico ha pensado que subir aquí arriba y combinar el cielo con un buen café puede ser la fórmula ideal para tomar la decisión adecuada en este momento.

Marcos se pide un expresso y yo un capuccino. Y, como es habitual en él, no puede evitar hacer alarde de conocimientos.

—¿Sabes por qué se llama capuccino?

—A ver, sorpréndeme, pedante.

—Vale, pues no te lo digo.

—Venga, dímelo. Que ya me ha entrado la curiosidad.

Hasta en días como hoy nos distraemos con nuestras tonterías. Me mira esbozando una media sonrisilla y me dice:

—Eso es lo que más me gusta de ti, tu curiosidad por las cosas. Para mí una persona que no tenga interés por lo que le rodea está muerta. No comprendo a esas personas que se pueden pasar la vida sin enterarse de lo que pasa en el mundo, o sin probar cosas nuevas. Son como los burros que van con esas orejeras que les tapan la visión lateral para que no se salgan del camino.

—Bueno, digamos que no soy una ameba. Y dime, ¿por qué lo llaman capuccino? ¿Por los frailes?

—¡Exacto! El capuccino se hace con café, leche caliente y encima espuma de leche, que conforma una capa que conserva el calor del café. Esa capa se asemeja a la capucha de los frailes, de ahí el nombre.

—Bravo. Y ahora, señor erudito, ¿alguna idea para que Javi y Susana me dejen en paz?

—Ninguna. Precisamente he decidido venir aquí arriba a ver si nos inspiramos. Recapitulemos y hagamos inventario de esta locura: tu ex, que posee una foto nuestra en el Ateneo, ha puesto unos micrófonos en el salón de tu casa para escuchar tus conversaciones, seguirte, seguramente hacerte más fotos y grabarte en situaciones comprometidas, para chantajearte y que así vuelvas a tener contacto con él.

»Tu vecina Susana está enamorada de tu ex y, para complacerle y porque te envidia y quiere ser tú, lo ha estado ayudando en sus propósitos pero ahora dice que está arrepentida y quiere tratar de arreglarlo.

»Y a ti Susana te da pena o lo que sea y no la quieres denunciar. Por otra parte, dos amigos míos informáticos estuvieron revisando tu ordenador, la tablet y el móvil y vimos que ahí no habían entrado. Al menos no desde otros dispositivos, aunque si estuvieron en tu casa bien pudieron entrar a curiosear desde tu mismo ordenador. Ahora ya no hay problema, te han puesto seguridad extra y tienes más contraseñas que la Casa Blanca. Mi ordenador y mi móvil también están limpios.

—Correcto. Pues nada. A mirar las nubes. Mira, esa tiene forma de *mail* amenazante.

—Opciones: una es ir a la poli y denunciarlo todo. Es lo que cualquier persona normal haría. Pero tú no quieres pringar a Susana, y al ser Javi poli no nos fiamos de que no vayan a intentar ayudarlo sus compañeros. Además de que no tenemos muchas ganas de verlos tras el asunto del Ateneo. Pero si Javi les enseña la foto, será mucho peor.

»Otra idea es mandarle unos matones del Este muy eficaces que conozco. Pero es algo drástico —dice bromeando—. Una tercera, quedar con Javi y hablar como adultos, a ver si entra en razones, que lo dudo.

»No sé, ¿no conoces ningún secreto de Javi con el que puedas chantajearlo tú también? O simplemente con amenazarlo con la denuncia…

—Es muy tenaz cuando se propone algo. No creo que recule. Y en cuanto a sus secretos, hasta ahora era una persona tan anodina… Pensándolo, me sorprendo de haber pasado tantos años con él.

El sonido del móvil reclama mi atención. Hablando del rey de Roma… Nuevo mensaje de Javi. Lo leo en voz alta:

Hola, Zoe.

Sigues sin dar señales de vida. El otro día me encontré con Paco, el director de tu oficina. Recordamos los viejos tiempos, cuando te acompañaba a las comidas de empresa. No le he querido contar nada de tu nueva vida, aunque seguro que él te daría buenos consejos.

Quedemos para tomar algo, por favor. Me muero sin verte, estoy perdiendo la cabeza. No le he enseñado a nadie la foto del Ateneo, no te preocupes. Nunca te haría daño.

Un beso.

—¡Este desquiciado sigue erre que erre, ya amenazando con contárselo a los de mi curro! ¡Y dice que no le va a enseñar a nadie la foto pero no para de nombrarla! ¿Cómo la conseguiría? ¿La tomaría él? ¡Si no vimos a nadie en la calle, estaba desierta!

—Siento mucho haberte metido en este lío. Yo solo quería darte una sorpresa, me pareció que iba a ser genial enseñarte el Ateneo a ti sola. Dio la maldita casualidad de que mi tío se dejó aquellas llaves y que habíamos bebido, que estábamos eufóricos por habernos encontrado…

—Marcos, no te arrepientas. Fue algo precioso. Pase lo que pase será uno de los recuerdos más bonitos de toda mi vida. Esa noche no la cambio por nada. ¿Han vuelto a interrogar a tu tío? ¿Se sabe algo nuevo?

—Hablé ayer con él y sigue todo como antes. No ha vuelto a tener noticias. Pero está preocupado.

—Lógico. Creo que lo mejor es ir ahora mismo a la policía y contárselo todo. No aguanto más esta situación.

—Tienes razón. Terminamos el café y, mira, aquí al lado hay una comisaría. Vamos a poner en su conocimiento todos los hechos. Es lo que teníamos que haber hecho hace mucho tiempo.

—Sí. Esto cada vez se va complicando más. Espero que no sea demasiado tarde.

Mi teléfono comienza a vibrar. Esta vez es una llamada. Es Tere.

—¡Zoe, he ido a verte a tu casa y estaban sacando en camilla a Susana, ahora mismo! ¡Creo que ha intentado suicidarse!

—¡No fastidies! ¿Y no sabes dónde la han llevado?

—Creo que al 12 de Octubre. ¿Dónde estás?

—Estoy con Marcos en la azotea del Círculo, tomando algo. Voy a llamarla ahora mismo, a ver si lo coge alguien, y si no voy directa para allá. En cuanto sepa algo te digo. ¡Madre mía! Un beso.

Marco inmediatamente el teléfono de Susana y lo coge su madre. Me cuenta que su hija ha ingerido una alta dosis de pastillas y que la habían encontrado viva de milagro. Su madre tiene llaves del piso. Me confirma que está ingresada en el 12 de Octubre y que le han hecho un lavado de estómago y está fuera de peligro. Marcos y yo corremos para allá.

BUSCANDO UNA LUNA

«Bajé las escaleras, sí, de dos en dos,
perdí al bajar el norte y la respiración;
¿y por las noches qué harás?
Las paso descosiendo, aquí hay un arco por tensar».
(«Buscando una luna», Extremoduro)

Marcos pisa a fondo el acelerador de su A3. El hospital no está muy lejos, afortunadamente.

Por el camino me pregunto a mí misma cómo es posible que todo esto se haya salido tanto de madre. He estado varios años viviendo con un acosador y yo sin saberlo. Y lo de Susana… Tras su aparente y aburrida normalidad se escondía una frágil marioneta. Supongo que Dios los cría y ellos se juntan. Son de traca, la verdad. Si los pillara el doctor Encinar les endosaría una buena cantidad de sus pastillas mágicas.

No sé cómo he podido estar tan ciega. Nunca fui demasiado perspicaz, eso es cierto. En fin, ahora lo principal es comprobar que Susana está bien y hablar con ella para que no vuelva a cometer ninguna tontería.

Llegamos en diez minutos y subimos corriendo a su habitación, en la tercera planta. Susana está tumbada en la cama, despierta y de su brazo derecho cuelga una vía. Su rostro, cansado, demacrado, revela el oscuro trance por el que acaba de pasar. Su madre se mantiene de pie, a su lado, cogiéndole la mano, con el disgusto reflejado en todas y cada una de sus algo ajadas facciones.

Al vernos aparecer, Susana sonríe como una niña pequeña que hubiese cometido una travesura.

—No paro de dar problemas, Zoe —murmura con un hilo de voz.

—¿Qué dices, tonta? —Me acerco y le doy un cálido y largo abrazo. Noto cómo tiembla debajo de mí y me alegro de que ese cuerpo siga lleno de vida. Intento transmitirle toda la fuerza y energía del mundo.

Cuando nos despegamos ella tiene lágrimas en los ojos. Las hago desaparecer de forma tierna y cuidadosa con la yema de mis dedos y le riño amistosamente.

—No lo vuelvas a hacer. Nunca. ¿Vale? ¿Me lo prometes?

—Vale. Lo prometo —afirma obediente.

—Os dejo un rato solas para que os contéis vuestras cosas, Zoe. Muchas gracias por venir —dice de forma oportuna su madre. Nos saludamos y le presento a Marcos, que también riñe cariñosamente a Susana:

—¿Te crees que estas son formas de conocernos?

Susana sonríe y bromea:

—Si llego a saber que iba a venir un chico tan guapo, me habría arreglado un poco. Tengo días mejores.

—Oye, este no intentes quitármelo —bromeo para animarla. Aunque el paralelismo quizá no haya sido muy afortunado.

—Nunca volveré a hacerte daño, Zoe. No me he sentido tan mal en mi vida. Nunca pensé que sería capaz de hacer algo así. Me sentía como un estorbo, alguien estúpido, dañino, que te había causado un dolor que no merecías… Solo quería desaparecer.

—Afortunadamente no has desaparecido y vas a seguir dándome guerra, pero ahora de la buena.

Charlamos sobre el hospital, que está viejísimo, recordamos algunas anécdotas, bromeamos sobre el menú de la cena… Parece que todo vuelve a la normalidad. Incluso Marcos ironiza con invitarla a la próxima fiesta *swinger* que celebremos. «Sin máscara, por supuesto».

Va pasando la tarde y debemos irnos. Tenemos que ir a comisaría, estoy deseando soltarlo todo.

Nos despedimos de Susana y de su madre con la promesa de regresar pronto al día siguiente y la sensación de que hemos logrado curar un poquito su malogrado corazón.

—Eres genial, Zoe. Esta tía intentó fastidiarte y tú en cambio no haces otra cosa que ayudarla. Y no tienes ni una sombra de rencor. —Me coge del talle como sabe que me encanta que lo haga y me dice —: Te quiero.

Yo lo rodeo con mis brazos y me fundo con él en un beso. Todo está en paz. Es perfecto. Cuando estoy con Marcos tan cerca, a un milímetro, los problemas desaparecen, nada importa.

Cogidos de la mano, nos dirigimos hacia el ascensor. Entonces, al doblar la esquina, al final del pasillo, aparece quien no tendría que estar allí. Se me hiela la sangre cuando veo que de frente viene… Javi. No sé cómo, pero ha debido enterarse del intento de suicidio de Susana poco después que nosotros.

Agarro con fuerza la mano de Marcos, que ha torcido el gesto.

—Aquí está otra vez este gilipollas —dice mientras cierra el puño.

—Tranquilo, Marcos.

Javi nos ha visto también y avanza decidido, altivo, con los brazos separados del cuerpo y la cabeza erguida. Es un chulo. Un gilipollas, Marcos tiene razón. Ha estado haciendo más pesas desde que nos separamos, se nota. Habrá decidido cultivar el cuerpo en vista de que el cerebro no le daba para más.

Es imposible esquivarlo. Cuando llegamos cara a cara no puedo más y exploto:

—¡Has visto lo que has conseguido! ¡Susana ha estado a punto de morir!

—¿Yo? Pero ¿qué dices? —me responde de la forma más borde, masticando cada palabra con desprecio y rabia. Cruza una mirada con Marcos que no presagia nada bueno.

—¡No te hagas el idiota, que se te da muy bien! ¡He descubierto los micrófonos que pusiste en mi casa! ¡Y sé que has estado siguiéndome! ¡Por eso tienes esa foto! Pero ¡ahora mismo voy a ir a la policía! —Presa de los nervios y la rabia he desvelado todas mis cartas, pero ya es tarde.

—¿Has hablado con Susana? —pregunta inquieto.

—¡No metas a Susana en esto! ¡Ha estado a punto de morir por tu culpa!

—¿Cómo se encuentra? ¿Qué ha dicho? —Javi prefiere hacer preguntas en lugar de dar respuestas. Y yo, tonta, se las voy dando. Da igual, no soporto tenerlo a un metro y no decirle todo lo que siento.

¡Eres un desgraciado, te voy a denunciar ahora mismo por instalar micrófonos en mi casa y usar a una pobre chica para espiarme! ¡Y por los *mails,* y por seguirme!

—Primero tendrás que demostrar que todo eso lo hice yo, y dudo que puedas. Susana no dirá nada. Eso te lo aseguro. —Su tono es ahora amenazante—. Y los *mails* no prueban nada, solo que me preocupo por ti. Además, no están enviados desde mi correo ni desde mi ordenador.

—¡Te va a dar igual. Vas a acabar en la cárcel! —interviene Marcos, que da un paso adelante. Los dos chicos quedan frente a frente. Javi es ligeramente más alto que Marcos y sus músculos están más hinchados por las horas de gimnasio.

—¡El que va a acabar en la cárcel vas a ser tú! ¡Te voy a destrozar la vida! ¡Has convertido a Zoe en una puta!

Marcos no aguanta más y sin mediar palabra estrella un puñetazo en la cara de Javi. Ha sido tan rápido que este no ha tenido tiempo ni de pestañear. La fuerza del impacto casi lo tira al suelo, y cuando se endereza, enfurecido, de su pómulo abierto mana un reguerillo de sangre.

Quiero detener esto, pero a la vez he disfrutado con el castigo que Marcos le ha propinado. Sin embargo, tengo miedo de que Javi le haga daño, es muy fuerte y lleva toda la vida asistiendo a artes marciales y cursos de defensa personal.

—¡Eres un hijo de puta! —brama Javi, y se lanza con toda su fuerza hacia Marcos. Yo trato de interponerme pero Marcos me aparta con el brazo izquierdo, lo que le da el tiempo justo para esquivar medianamente el primer puñetazo de Javi, que impacta en su hombro derecho.

—¡Que alguien avise a seguridad, por favor! —grito desesperada.

Aparecen algunos pacientes y acompañantes en el pasillo, pero nadie se atreve a meterse en la pelea. Alguien grita: «¡Enfermeras!».

Ahora Marcos y Javi son una bola de puñetazos, patadas, agarrones… Se atacan con una furia terrible, con verdaderas ganas de acabar el uno con el otro. Yo corro hasta el cuarto de enfermeras, para pedir ayuda, y mientras mis piernas vuelan, giro la cabeza horrorizada para seguir la pelea. Odio a Javi. Lo odio.

El maldito cuarto parece estar más lejos que ningún sitio. Mientras, Marcos y Javi están destrozándose mutuamente. Javi es más fuerte e intenta mantener agarrado a Marcos, mucho más rápido, y este prueba a zafarse del brutal agarre de mi ex e impactarle con alguno de sus fulgurantes golpes. Algunas personas les gritan que se detengan, pero nadie se atreve a parar la pelea.

Marcos logra descargar tres fuertes puñetazos sobre el rostro de Javi, pero este es muy buen encajador y parece un roble imposible de derrumbar. En cambio Marcos acusa mucho más los ataques de Javi.

Por fin llego al cuarto de enfermeras. Una de ellas me dice que ya han avisado a seguridad, que no tardarán en presentarse los vigilantes y que una compañera ha ido a buscar a los médicos. Vuelve a reclamar la presencia de seguridad y se dirige conmigo hacia la pelea.

Javi tiene a Marcos con la espalda contra el suelo. Está subido encima de él y le está propinando varios puñetazos. Marcos patalea y se protege como puede con los codos... Algo arde dentro de mí y me abalanzo a toda velocidad hacia mi ex. Le propino una patada en la espalda para que suelte a Marcos pero ni se inmuta. Tiene unas dorsales de hierro. Se gira y de un manotazo me estrella contra la pared.

Entonces los ojos de Marcos expresan una furia como no había visto nunca y propina un cabezazo a Javi que lo tumba para atrás. Ambos acusan el golpe, no solo Javi, y quedan desorientados. Y seguridad que no llega. Ni los médicos. ¿Dónde está el personal de este maldito hospital?

—¡Te voy a matar, cabrón! —ruge Javi.

Pero Marcos no está por la labor. Esquiva el intento de puñetazo de Javi y le asesta una patada en las costillas. Javi se tambalea. Marcos aprovecha y le lanza dos puñetazos, esta vez al estómago.

Esta nueva estrategia parece dar sus frutos: Javi está muy tocado. Marcos parece investido de una fuerza sobrehumana. Su camiseta rota deja ver sus músculos y sus venas trabajando a toda máquina. Agarra por el cuello de la camisa a un maltrecho Javi y lo estampa contra la pared. Javi trata de escapar, rehúye el enfrentamiento. Se da la vuelta e intenta llegar hasta la escalera. Pero Marcos está ciego de ira.

—¡Déjalo, Marcos, es suficiente! —le digo.

Pero no me oye, no me ve siquiera. Su nariz sangra, su camiseta está hecha jirones, tiene un ojo morado y golpes por todas partes. Y quiere que Javi pague un precio muy alto por ello. Por todo esto y por todo el daño que nos ha causado.

Marcos toma impulso. Quiere asestar a Javi un golpe definitivo que lo atraviese, que lo rompa en mil pedazos, que lo convierta en un maldito recuerdo. Se lanza a por mi ex como un poseso, en el instante mismo en que aparecen dos vigilantes acompañados de un policía. Pero ya es tarde. Mi chico vuela hacia Javi, que se aparta en un último reflejo de supervivencia. Marcos continúa su trayectoria presa de la inercia y entonces mis ojos dejan de ver, mi corazón deja de latir, mi pecho deja de respirar.

Después de la tormenta

«Habrá que inventarse una salida,
ya no hay timón en la deriva».
(«La Deriva», Vetusta Morla)

Perdona por escribirte una vez más, Zoe. Esta será la última vez que tengas noticias mías. No tenía fuerzas para decirte todo esto a la cara. Además comprendo que verme sea lo último que quieras hacer en tu vida.

Te escribo esta carta de mi puño y letra para que quede constancia de todo. ¿Recuerdas cuando nos conocimos y nos escribíamos cartas? ¡Qué diferente es todo ahora! Y por mi culpa.

Si me dirijo a ti no es para pedirte perdón, pues no creo que lo merezca, sino para decirte al menos que siento muchísimo todo el daño que te he causado y que nunca más volverás a sufrir por mi culpa, porque desapareceré de tu vida.

Echo la vista atrás y no sé cómo pude perder la cabeza de ese modo. Me dolió mucho nuestra separación, pero cuando me enteré de que salías con Marcos, los celos se apoderaron de mí y afloraron facetas de mi personalidad que ni yo mismo conocía.

Esta mañana he ido a comisaría y he realizado una declaración de todo lo que te hice. Aquí te adjunto la copia. Va dentro de este otro sobrecito porque quiero que leas primero esta carta.

Reconozco en ella que fui yo quien entró en tu casa (antes nuestra), sabedor de lo descuidada que eres. La primera vez que entré no lo hice con el propósito de instalar nada, ni siquiera se me pasaba por la cabeza. Simplemente echaba de menos la casa, tu olor en la almohada, tus cosas en el baño… Entraba cuando sabía que tú no estabas y me tumbaba en el salón a ver la tele y a tomarme una cerveza. Así me engañaba y me hacía a la idea de que nada había cambiado. Mi cerebro esperaba verte aparecer como siempre, sonriente, guapísima, con tu alegría habitual, preguntándome qué tal el día… Sí, es una locura. Lo hice por primera vez una noche que estaba borracho, y sabía que estabas fuera de Madrid… Y luego lo repetí tres veces más mientras tú estabas en el trabajo.

Una de las veces cerraste con llave la puerta y no pude entrar. Temí que hubieses notado algo, pero a la vez siguiente la puerta estaba cerrada manualmente, como siempre.

Esos momentos eran los únicos felices que tenía. Para mí era algo inofensivo. Siempre procuraba dejar todo como estaba para que tú no te asustaras.

Después llegó la noche del robo. La casualidad quiso que yo estuviese dentro de mi coche en esa misma calle a esa misma hora. Acababa de dejar a una amiga en su casa, justo en ese mismo lugar, y ya iba a arrancar cuando te vi saliendo del coche con Marcos. Os observé mirando a ambos lados de la calle y entrando en el Ateneo. Me quedé impactado por verte de nuevo, y más acompañada, y entrando en ese sitio y a esas horas. Encendí la radio y monté guardia, como si estuviese de dispositivo. Tampoco tenía nada mejor que hacer. Cuando salisteis, mientras cerrabais la puerta, os hice la foto con el móvil. En el momento no sé ni por qué. Quería tener una imagen tuya, pero luego la usé mal.

Cuando al día siguiente me enteré de la noticia del robo, jamás pensé que pudieras ser tú. De hecho, os vi salir sin nada en las manos, y mucho menos un cuadro tan voluminoso. Pero, dadas las circunstancias, mi enferma cabeza pensó que me serviría para chantajearte.

Tampoco vi salir o entrar a nadie más del Ateneo esa noche. Y estuve bien atento. Tranquila, los ladrones no accedieron por la puerta principal. Lo sé porque, ya sabes, tengo contactos. Hicieron un butrón en un local que estaba en desuso al lado. Y entraron y salieron por allí. Así que estabais fuera de toda sospecha desde el principio. La policía guardó el máximo secreto y ocultó lo del butrón para facilitar la investigación. Vosotros no lo sabíais y yo lo utilicé en vuestra contra.

Habrás tenido noticia de que el tío de Marcos ha sido detenido junto a la banda que perpetró el robo. Si bien él no les facilitó las llaves, lo cual habría sido demasiado evidente, porque todo el mundo sabía que era el guardián del Ateneo, sí les dio la información de que esa noche las alarmas no funcionarían.

Se trata de una conocida banda criminal, experta en robos de arte. Al parecer, ahora también se dedicaban a la trata de blancas, y tenían bajo su control a la novia del tío de Marcos. La pobre chica había contraído una importante deuda con ellos y tenían amenazada a su familia. Beltrán, el tío de Marcos, acordó facilitarles el robo del cuadro a cambio de su libertad. A veces el amor nos lleva a cometer actos que jamás habríamos pensado. Ahora pienso que lo que hizo Beltrán fue mucho más noble que lo que he llegado a hacer yo.

Hago especial hincapié en mi declaración policial en que vosotros no tenéis nada que ver con el robo, y de mis grabaciones se desprende que vuestra visita fue del todo inocente. Y me pongo a disposición de la policía para facilitárselas si las requieren. Al menos han servido para algo bueno.

Como ves, el que estuviera yo allí esa noche fue pura casualidad. Continúo…

La siguiente vez que entré en tu casa después de la noche del robo ya no pude resistir la tentación: encendí tu ordenador y probé a abrir tu correo. Sabía que eres muy confiada y sospechaba que ni siquiera habrías cambiado la clave. Leí uno a uno todos tus correos. Por si me quedaba alguna duda, comprobé que no tenías nada que ver con el robo del cuadro. Y también de este modo fue como me enteré de que estabas saliendo en serio con ese chico. Ahí enloquecí. Algo hizo clic en mi interior y perdí el control.

Pensando en cómo podía mantener algún contacto, se me ocurrió lo de los micrófonos y descubrí entre los trastos de la comisaría el aparato de escucha. Fantaseé con la idea de poder oír tu voz cada día, escuchar tu risa, tu respiración…

Al principio lo deseché, claro, pero me llevé el equipo a casa. Cada día lo contemplaba en el rincón de mi habitación. Prácticamente me hablaba y me decía que era el instrumento que me acercaría a ti, que lo usase. Decidí hacer más deporte, me apunté a un gimnasio y todo, para despejarme la cabeza y olvidar esas locuras. Al principio funcionó, pero al poco, a pesar de machacarme con las pesas y los partidos, de salir a correr una hora, de quedar con amigos y procurar no estar ni un segundo solo en casa, si no era para dormir, la idea de escuchar tu voz se fue haciendo cada vez más fuerte.

Tú me habías denegado todo acceso a ti: me habías bloqueado de tu correo, de tu teléfono, de tus redes sociales, de tu vida. Y con ese aparato yo podría compartir, aunque fuera a modo de espectador, tu día a día.

Investigué en Internet el funcionamiento del aparato. Era muy sencillo, la única pega era que el radio de acción era muy limitado, unos pocos metros tan solo. Así que volví a desechar la idea. Me conformaba de nuevo con entrar algún día furtivamente en tu casa, leer tu correo, acariciar tus sábanas… Siempre con cuidado de que no me vieran los vecinos, escondiéndome bajo una gorra y unas gafas y mi nueva apariencia más musculada. Incluso modifiqué mi forma de vestir para que no me reconocieran.

En una de esas visitas me topé de bruces con la buena de Susana en la escalera. Y me reconoció, claro. Tú no te dabas cuenta, pero siempre había estado colada por mí. Por eso rechazaba a todos los chicos que le presentábamos y nunca se echaba novio. Me lo dijo un día. Pero me hizo prometer que no te lo diría, y así lo hice. Nunca pasó nada entre nosotros mientras estuvimos tú y yo juntos. Y, te lo creas o no, la única vez que hice la estupidez de ponerte los cuernos fue justo aquella en que me pillaste. Dos malditos polvos con una tía que no me importaba lo más mínimo. Pero bueno, no te torturo más con el tema.

Empecé a ver en Susana un recuerdo tuyo, una forma de acercarme a tu mundo, y comencé a salir con ella con la esperanza de volver a entrar en tu vida. Pero ella no quería que volviésemos a salir los tres. Lógicamente, sabía que yo seguía enamorado, hablábamos de ti todo el tiempo. Era algo enfermizo. Susana te admira mucho, muchísimo. También estaba obsesionada contigo a su manera.

Continué mi relación con Susana, pero ella siempre evitaba que pudiéramos coincidir contigo. Dejamos de frecuentar los sitios a los que íbamos antes los tres, y me hacía dejarla siempre cuatro calles más allá de la tuya.

Yo miraba cada día mi móvil a ver si me habías levantado el bloqueo, pero nada. Lo entendía, pero no lo aceptaba. Me enfurecí contigo por alejarme de ese modo tan brusco de tu vida.

La situación se hizo cada vez más dañina para todos. Susana trataba de conquistarme y de que te olvidara, a pesar de que no parábamos de hablar de ti, y yo volcaba más en ella mi rabia y frustración de no verte. Pero Susana, lejos de abandonarme, se mostraba cada vez más sumisa. Era un círculo vicioso.

Llegó un momento en que comprobé que Susana estaría dispuesta a hacer lo que fuera si yo se lo pedía.

Y entonces, con la excusa de ayudarte a superar una supuesta adicción sexual, le pedí que instalara el aparato de radioescucha en su casa y te grabase, y que me informase de cada paso que dabas. Ya estaba en una pendiente de locura, cuesta abajo y sin frenos.

Y Susana lo hizo. Siempre ha sido una persona de escasa personalidad. Fue muy fácil instalarlo todo. ¡Y funcionaba! Elegí los cuadros para esconder los micros y listo.

Cuando escuché tu voz por primera vez después de tanto tiempo, un escalofrío me recorrió todo el cuerpo. Quería más. Ya era un adicto. Tú seguías siendo muy casera y pasabas gran parte del tiempo en el piso, y los micrófonos, pese a su antigüedad, recogían fielmente cada palabra tuya pronunciada en el salón o el dormitorio, que es donde pasabas la mayor parte del tiempo.

Pronto ya no me conformé solo con escucharte. Quería verte. Saber dónde estabas en cada momento y no poder hablar contigo se convirtió en una verdadera tortura.

La pobre Susana era ya un alma sin voluntad en mis manos. Seguía haciendo todo lo que le decía. Grababa las cintas, me las pasaba y me informaba al momento de tus movimientos. Yo no comprendía esa sumisión tan servil, pero tampoco lo que estaba haciendo yo.

Poco a poco empecé a perder el control, y más sabiendo que llevabas ese tipo de vida. Los celos, la soledad, mi obsesión contigo…, hicieron un cóctel explosivo en mi mente y comencé a escribirte esos *mails*. Realmente nunca habría dicho nada de tu vida privada en tu trabajo, solo quería presionarte, a mi manera. Y a tu madre solo le di a entender algo, pero tampoco afirmé nada.

Un día no aguanté más. Escuchaba cómo decías que hombres que no conocías de nada te poseían, os escuché a Marcos y a ti haciendo el amor y creí morir de celos. Fueron los únicos momentos en que no pude escuchar la grabación completa.

Afortunadamente vuestros encuentros eran casi siempre fuera del piso, o de lo contrario no habría aguantado. Necesitaba tu cuerpo, tocarte, olerte, sentirte.

Me hice un perfil en la página de contactos de parejas, y cultivé la amistad de la gente que movía las fiestas, como el Marqués. Y así logré coincidir contigo aquella noche en su casa. Fue todo una locura. Estaba tan nervioso que me tuve que tomar un ansiolítico y media botella de vodka. Es lógico que me comportara de aquella manera tan penosa.

Luego los acontecimientos se precipitaron, hasta aquel desgraciado día en el hospital.

Como te he dicho, no te pido perdón, porque no lo merezco. Solo quería contártelo todo. Y decirte que soy la peor persona del mundo y que ni yo mismo me perdonaré todo el daño que te he hecho. A ti, a la persona que más quiero.

Espero expiar parte de mi culpa con mi declaración ante la policía y por escrito de todo lo que ha sucedido, y que mi expulsión del Cuerpo y seguramente pena de cárcel sirvan para mitigar este remordimiento que no me deja vivir.

Y cuando termine de pagar mis culpas me iré lejos de aquí, lejos de tu vida.

Te quiere.

Javi.

Decíamos ayer...

«Si pudiera abrazarte tan fuerte
y consiguiera quedarme dentro para siempre,
moriría por ti,
moriría por ti como mueren los valientes».
(«Los valientes», Mc Enroe)

Acabo de salir de Encuentros VIP. Son las seis y cuarto de la mañana, esta noche me he dejado llevar demasiado. No recuerdo la cantidad de chicos con los que he tenido sexo durante las últimas cinco horas. También chicas, sí: dos, preciosas, divinas. Mi acompañante hace ya rato que se fue a casa. Tenía que trabajar y me dijo que estaba cansado. Comprendo que hay días en que es difícil seguirme el ritmo. Me abrocho el abrigo, el frío de la calle acaricia mi piel con tanta delicadeza como antes lo han hecho decenas de manos.

Caminando por la calle, en el silencio de la madrugada, tengo tiempo de pensar en cómo me siento: por un lado, plena de energía, como si en lugar de gastar la mía hubiese absorbido la de mis ocasionales compañeros. Por otro, sucia, todavía no he conseguido deshacerme de esa sensación. El metro acaba de abrir. Avanzo por la calle medio desierta y el retrovisor de un coche aparcado en la acera me devuelve mi reflejo. Me observo, me escudriño, intento recordar a esa yo tan diferente de hace un año tan solo. Esa persona que hoy no me habría reconocido.

Me llamo Zoe. Antes era una chica «normal», ahora por lo visto soy *swinger*.

A mi derecha, a escasos metros del local liberal donde se celebra cada día a Eros y la vida, se alza paradójicamente el hospital Gregorio Marañón. Allí, Tánatos intenta imponer su ley de muerte. Dentro de sus gruesos muros, como si se tratase de una fortaleza que lo custodia, duerme indefinidamente mi dulce príncipe, mi niño, mi Marcos.

Hace ya cinco meses de aquel maldito día en el hospital 12 de Octubre. Cinco meses en que mi cabeza se ha convertido en un cuarto lleno de cristales rotos. Cinco meses en que me he transformado en una sombra, en los que he bajado hasta las profundidades de un dolor que ni siquiera imaginaba que existía. Cinco meses en los que he temido volverme loca.

He repetido mil veces la escena de ese día en mi mente, como si a base de reproducirla tantas ocasiones con mis cansadas neuronas fuese posible dar marcha atrás en el tiempo y cambiar el pasado. Cambiar el instante en que apareció Javi en aquel pasillo. Cambiar mi carrera desesperada hasta el puesto de enfermeras. ¿Por qué no me quedé interponiéndome entre los dos hombres hasta que me hubiese dejado la piel y les hubiese separado? ¿Por qué no cogí una papelera y le reventé la cabeza al gilipollas de Javi? ¿Por qué no…? Me torturo una y otra vez cargando sobre mi conciencia algo que no es culpa mía. Yo hice lo que pude. Pero ese sentimiento de culpa no se va.

Una y otra vez rememoro cada décima de segundo de aquellos instantes. De día, de noche, despierta, en sueños, mi mente visualiza otra vez las mismas imágenes: Marcos abalanzándose sobre Javi con la determinación ciega de la venganza,

Javi apartándose con un rictus de terror en su cara, la policía y los vigilantes llegando demasiado tarde…

Y sobre todo ese momento en que todo se detuvo, cuando Marcos desapareció por el hueco de las escaleras ante la incredulidad de todos los que estábamos allí. Y lo peor, un segundo después, ese sonido indescriptible, el que hacen los cuerpos al caer. Un sonido que yo no conocía y que ya nunca podré olvidar.

Después los gritos, las carreras escaleras abajo… Recuerdo que mientras saltaba los escalones de dos en dos les rezaba a todos los dioses en los que no creía para que Marcos siguiese vivo…

Nunca he bajado tres pisos tan rápido, y nunca se me han hecho tan eternos.

Cuando por fin llegué abajo corrí hacia Marcos. Yacía inconsciente, seguramente destrozado por dentro. Un reguero de sangre manaba de sus labios. Me abracé a él hasta que alguien a quien no recuerdo me apartó. Luego me dijeron que se lo llevaron a toda velocidad en una camilla al quirófano. Alguna de mis plegarias había llegado a algún extraño y caprichoso dios… Marcos estaba vivo.

He escrito «me dijeron», porque nada más verle y abrazarme a él entré en estado de shock. Quería irme con él, muy lejos, a algún lugar secreto entre las nubes donde solo estuviésemos él y yo, abrazados, con las caras muy cerca y los labios rozándonos, como nos gustaba. No recuerdo nada a partir de ese momento.

Luego supe que me sedaron y después me atendió una psicóloga, mientras Marcos se debatía entre la vida y la muerte en la mesa de operaciones. En algún lugar intermedio se quedó, porque aunque su corazón siguió latiendo y sus pulmones hinchando su pecho, su mente entró en un coma profundo. Irreversible, dijeron los médicos. IRREVERSIBLE.

Muchas veces Marcos y yo habíamos debatido y bromeado sobre esas palabras tan categóricas, tan absolutas, tan rotundas. Nunca nos gustaron. «Definitivo», «jamás», «siempre» eran conceptos con los que no comulgábamos. Con una cierta edad y experiencia a nuestras espaldas, la vida parecía habernos enseñado que la esencia de las cosas es el cambio, la evolución, el movimiento, y que solo el presente nos pertenece.

Ahora venían los médicos a pronunciar como si fuese una sentencia una de esas palabras que tanto detestábamos: irreversible.

Al principio, cuando me recuperé del shock, me negué a aceptar esa irreversibilidad. Había visto en multitud de películas que al final el chico se despertaba y los médicos se equivocaban. Conocía muchos casos de mujeres a las que los médicos les habían dicho que no podían tener hijos, y luego habían sido felices madres, o les habían dado un diagnóstico y era otro; o personas a las que habían pronosticado dos años de vida y al final eran diez.

Cada día acudía a los pies de la cama de Marcos, primero en el hospital, luego en su casa. Me sentaba a su lado y le observaba embobada. Incluso me conformaba con tenerlo así, aunque solo fuera para poder contemplarlo cada día. Le hablaba, le cuidaba, le traía flores, el nuevo disco de su grupo favorito…

Él permanecía con los ojos abiertos, inexpresivos, perdidos en algún oscuro lugar.

Perdí las ganas de salir de casa, si no era para ir a verlo. Incluso tomar algo con Tere era un suplicio para mí. Y las pastillas mágicas del doctor Encinar, ahora en dosis aumentada, no parecían surtir ningún efecto. Javi afortunadamente, como prometió en su carta, salió de mi vida para siempre.

Una noche temí volverme loca, me arreglé y me lancé a la calle. Dentro de mí bullía una rabia enorme por todo lo que había pasado. La vida, en general, no solo la mía, me parecía algo absurdo y realmente injusto. Me daban ganas de destrozarlo todo a mi paso, gritar, o incluso hacer daño a alguien.

Recordé mis visitas con Marcos a los locales y fiestas liberales, cómo disfrutábamos y nos reíamos juntos, y en mi interior le di las gracias por haberme descubierto ese mundo nuevo. Harta de todo, no me lo pensé, cogí un taxi y me dirigí a uno de ellos.

Cuando entré volvieron a mí las sensaciones de nervios y excitación de la primera vez que lo hice acompañada de él y de Vero. Fue como volver a revivir ese momento en el que Marcos estaba junto a mí. Aquellos tiempos en que la vida liberal era nuestro pequeño secreto. Fue casi como tenerlo un poquito a mi lado.

Me pedí una copa y observé todo de nuevo a mi alrededor.

La barra, la luz, el ir y venir de la gente con su toalla y sus chanclas, las muñecas adornadas con la pulsera de la taquilla, los juegos de miradas, incluso el olor a cloro… Todo me recordaba a él. Y de pronto, sorprendentemente, ese lugar de sexo y desenfreno se convirtió para mí en el templo de mis recuerdos, en una especie de burbuja, un mundo irreal donde en cualquier momento parecía que Marcos iba a aparecer sonriente, bromeando con su copa de la mano, haciéndome reír con su humor malo, como siempre, y proponiéndome cualquier nueva aventura.

Un chico se acercó y al verme sola, era algo normal e inevitable que ocurriese, me saludó de forma educada. Era agradable, guapo y, sobre todo, transmitía cierta sensación de calma, de paz. Empezamos a hablar y le conté cómo me sentía. Él supo escucharme. Detrás de la primera copa vino otra, y finalmente, terminamos teniendo sexo. Era la primera vez en mucho tiempo.

Fue como un bálsamo en medio de tanto dolor. Era un chico realmente dulce. Nunca sentiría nada por él, y así se lo dije, y él pareció mostrarse conforme.

El fin de semana siguiente volvimos a quedar, para ir a otro pub liberal. Y allí esa vez me comporté desenfrenadamente. Más que follar con los chicos del local, que acudían a mí a pares, parecía querer estrellarme contra ellos, como un barco contra las olas. Soltaba mi furia y mi rabia sobre sus cuerpos, amasijos de huesos y músculos que no eran más que el medio del que me servía para rebelarme contra el mundo. Sabía que Marcos lo aprobaría, incluso que desde allí donde estuviese perdida su mente, le gustaría mirar por un agujerito y sonreiría con ese gesto travieso y tan característico suyo. Y que se uniría si pudiera.

En esos momentos, practicando ese modo de vida que él me había enseñado y yo había asimilado como una buena alumna, me sentía más cerca de él. Comencé a frecuentar los locales liberales, ya sola.

A veces, en medio de una orgía, rodeada de manos, brazos, piernas, sexos…, me sentía como si estuviese practicando un rito ancestral destinado a despertar a Marcos. Entonces me encendía aún más, y mis compañeros se admiraban de la fuerza y la pasión que latía dentro de mí.

Quemar las noches envuelta en sexo para mí era una forma de no pensar, de evadirme, de perderme en las profundidades de la carne y el deseo.

Mi alma había quedado atrapada en algún lejano lugar, abrazada a la de aquel chico que un día apareció en el metro y compartió una canción de Interpol conmigo.